CHIEN 51

Page 9, l'épigraphe est une citation tirée du *Soulier de satin*, de Paul Claudel

ISBN 978-2-330-19414-7

LAURENT GAUDÉ

CHIEN 51

roman

BABEL

À celles et ceux qui n'ont pas oublié Delphes.

Car ce qui a existé une fois fait partie pour toujours des archives indestructibles.

Paul Claudel,
Le Soulier de satin,
Deuxième journée, scène XIII.

1

DERNIÈRES VISIONS DU PORT

D'un coup, la ville devint folle. Lorsque les dirigeants de GoldTex annoncèrent que le rachat de la Grèce était finalisé, les citoyens d'Athènes furent pris de panique. Eux qui s'étaient massivement opposés à cette acquisition, qui, durant des mois, avaient manifesté, soutenu la jeunesse lorsqu'elle construisait des barricades et jurait d'aller jusqu'au bout, finirent par se tourner vers l'oppresseur et voulurent tous partir. Même les plus réticents étaient en proie à cette obsession : quitter la ville, ne pas rester prisonniers de ce piège, rejoindre au plus vite GoldTex et poursuivre leur vie ailleurs. Ils sentaient bien que leur monde allait disparaître et ils avaient peur. Des rumeurs circulaient : on disait qu'il fallait faire vite, que seuls les premiers seraient pris, que le sort des autres promettait d'être sombre. On disait que la Grèce allait être démembrée, vendue par morceaux, et que ceux qui resteraient habiteraient bientôt sur une terre d'esclaves, oubliés de tous.

Il fallait s'en aller. Plus personne n'en doutait. La folie s'emparait de la rue. Sur l'avenue Tsaldari, une femme qui traînait derrière elle deux valises et ses trois enfants en bas âge s'arrêta net, se dégrafa jusqu'à montrer sa poitrine et se mit à hurler : "Prenez-nous ! Prenez-nous puisque vous achetez tout !" Sur le boulevard Thiseos, des hommes essayèrent de forcer un taxi à rejoindre le port. Devant la résistance du chauffeur qui s'enferma dans l'habitacle, ils finirent par saccager le véhicule, puis l'asperger d'essence et danser autour avec une rage qu'eux-mêmes, des jours plus tard, furent incapables d'expliquer. La défaite était consommée et la ville entière voulait fuir. Mais cela ne dura que quelques jours. Très vite, une résignation silencieuse succéda aux comportements les plus fous. Si c'était encore de la panique, elle était d'une autre nature. Les gens sortaient dans la rue avec accablement, comme s'ils s'étaient résolus à n'être que du bétail, comprenant que leur individualité ne pouvait plus s'opposer à rien de ce qui venait. Athènes marchait tête basse. Les familles avançaient, visage fermé, sans un mot. Toutes les artères qui menaient au port, à la gare ou à l'aéroport étaient saturées. Dans un réflexe absurde, beaucoup prenaient leur voiture, puis, une fois bloqués dans des embouteillages démesurés, constatant qu'ils ne pourraient plus ni avancer ni faire demi-tour, abandonnaient leur véhicule en plein milieu de la route pour poursuivre à pied, rajoutant ainsi encore au chaos. La longue file de voitures abandonnées semblait désormais n'être là que pour obliger les foules à des circonvolutions cruelles : rentrer le ventre, mettre sa valise sur la tête, se faufiler entre les carrosseries qui brillaient au soleil et réverbéraient une chaleur insupportable. Sur la bretelle périphérique qui menait à l'aéroport, le spectacle était inouï : des hommes et des femmes, par milliers, patients, résignés. Malgré les annonces qui précisaient régulièrement que plus aucun avion ne prenait de passager, que de toute façon il était impossible d'atteindre les aérogares tant il y avait de gens sur place, la foule continuait à se présenter dans le vain espoir qu'un pilote finisse par contrevenir à tous ces ordres. La ville entière voulait partir mais elle était immobilisée par son propre nombre. Les rues grondaient du piétinement des foules impatientes, de ces milliers d'enfants tenus par la main à qui on disait de cesser de pleurer. Lorsque les nouveaux arrivants découvraient cette marée humaine, étrangement, au lieu de rebrousser chemin, ils y prenaient place avec l'assurance que c'était bien là qu'il fallait être, faisant taire en eux leur bon sens, et même leur instinct de survie, acceptant de s'annihiler dans la masse comme s'il y avait un réconfort à se presser ainsi les uns contre les autres, celui, peut-être, de constater qu'ils n'étaient pas seuls et que leur frayeur et leur infortune étaient partagées. Tout était lent et pénible. La foule était exaspérée par sa propre impuissance. Il fallait supporter cette attente qui, au mieux, n'amènerait qu'au triste contentement d'avoir gagné quelques dizaines de mètres et au pire, vous excitait les nerfs.

Lui, comme les autres, s'était levé pour partir mais, à la différence de toutes ces familles apeurées, il avait un badge et un brassard qui lui permettaient de passer les barrages, de doubler les files immobiles. On l'enviait pour cela. Il le sentait dans le regard que les femmes épuisées lui lançaient.

Sur le port du Pirée, deux paquebots s'apprêtaient à quitter Athènes. C'étaient des bêtes immenses mais qui semblaient bien petites au vu de ces milliers de candidats qui espéraient monter à bord. L'embarquement avait commencé. Tous avançaient vers la passerelle avec une lenteur inventée par un bourreau méthodique. Il fallait montrer ses papiers, renoncer aux objets trop volumineux qu'on avait espéré pouvoir emporter. C'était chaque fois des cris, des protestations, des tentatives vaines de convaincre.

Il regardait cette humanité défaite et se sentait honteux de la quitter. Le navire militaire qui était à quai, plus petit que les deux autres, semblait l'attendre. Personne ne s'en approchait. Il était protégé par des soldats qui tenaient à distance les candidats à l'exil. C'est là qu'il allait d'un pas rapide. Deux jours plus tôt, il avait reçu son ordre d'évacuation personnel. Il avait fallu essayer de faire tenir dans sa petite valise tous les objets de son quotidien. Il n'avait dit au revoir à personne. Ses parents étaient morts quelques années plus tôt, et pour la première fois, il en fut heureux car il pensa à la tristesse qui les aurait saisis s'il leur avait été donné de voir ce naufrage. Le bateau finissait de faire le plein. Il monta à bord et s'installa sur le pont pour observer le plus longtemps possible ce pays qu'il quittait.

Cela aurait dû durer des heures encore, le temps que l'équipage termine les dernières vérifications, mais soudain, un bruit fracassant déchira ses oreilles. Il sentit un souffle chaud sur son visage et dut s'accrocher à la rambarde pour ne pas tomber à terre. Une explosion venait de souffler, en une fraction de seconde, toutes ces vies, toutes ces valises, ces familles encombrées. Elle avait même percé la coque du paquebot d'à côté. De là où il était, il vit la foule refluer vers les hangars. C'était la panique. Plus rien n'existait de la calme lenteur qui régnait encore l'instant d'avant. Des corps tombaient, d'autres les piétinaient sans même s'en rendre compte. Des mains lâchaient des enfants. Des familles se retrouvaient séparées. Et puis, quelques minutes plus tard, du côté des hangars, à l'endroit où tout le monde accourait pour s'éloigner le plus possible du lieu frappé par la mort, une seconde bombe explosa, tuant ceux qui croyaient s'être sauvés. C'était imparable et monstrueux. Tout saignait. Tout gémissait. Plus personne ne savait vers où fuir. Lui était tétanisé. Il ne pouvait plus quitter des yeux ce spectacle horrible. Il savait qu'il faudrait des heures pour retrouver les victimes et les compter. Des heures pour évacuer la zone et organiser le secours des blessés. Des heures pour ramasser les corps en miettes. Il était abasourdi, impuissant devant le carnage, avec, sous les yeux, cette foule indistincte qui venait de perdre tout espoir. Il pensa immédiatement au groupuscule Tigimas*. C'était probablement lui qui venait de frapper. Cela faisait des semaines qu'il menaçait de s'en prendre aux civils. Il avait prévenu qu'il ciblerait les gares et les ports pour empêcher les départs. Tout allait devenir laid. La Grèce allait être brûlée, écrasée. Elle allait se dévorer elle-même. Il était là, lui, accablé par ce spectacle d'horreur, inutile, parce que loin, déjà si loin, séparé du drame par les bastingages, par la hauteur du bâtiment et par le fait que le capitaine

* "τη γη μας (ti gi mas)" : "Notre terre", en grec.

avait ordonné de précipiter le départ et de larguer les amarres au plus vite. La lenteur avec laquelle le navire quitta le port contrastait avec la fureur qui régnait sur les quais. Il resta sur le pont, ne pouvant quitter des yeux, face à lui, la ville qui fumait, souffrait, criait. Les familles, là-bas, comprenaient que les bateaux ne partiraient pas aujourd'hui, qu'elles étaient prises au piège, frappées de tous côtés. Il les regarda pendant de longues minutes. Il ne pouvait plus rien, n'était déjà plus l'un d'eux. Il savait qu'il ne reviendrait plus. C'était la dernière image d'Athènes qu'il emportait avec lui : une ville à la bouche grande ouverte qui sentait la poudre et le sang. Tout était fini. Il ne serait plus jamais grec.

2

LE SERMENT

Il entend le bruit sourd d'un objet qui frappe contre le mur, près de la porte d'entrée de l'appartement, au niveau de la box de livraison. Cela le sort du sommeil mais aujourd'hui, comme si souvent depuis quelque temps, il hésite, ne sait plus mettre un nom précis sur ce qui l'entoure. Sa conscience flotte, il repense aux rues d'Athènes, au port du Pirée qu'il a quitté trente ans plus tôt, à tous ces mondes qu'il a vus disparaître, à toutes ces histoires qui l'ont traversé et dont il ne reste plus rien que le souvenir qu'il en garde. Il lui faut quelques minutes pour retrouver l'épaisseur de son corps. La fatigue, oui, la fatigue, c'est elle qui l'amène à son propre nom. Lorsqu'il la sent peser sur sa cage thoracique, il n'a plus de doutes, il sait qu'il est bien Zem Sparak, un "chien" comme on les appelle au dépôt, fouillant dans les rues de la zone 3 depuis vingt ans pour le compte des autorités, oui, il est bien celui-là et il va falloir se lever, aller au bout de cette nouvelle journée qui sera aussi longue que les autres, aura, c'est certain, le même goût de promesse non tenue que les autres.

Il a compris à quoi était dû le bruit qui l'a réveillé. Son réfrigérateur connecté a encore commandé des packs de lait frais, comme chaque matin depuis dix jours, parce qu'il ne l'a toujours pas fait réparer, six ou douze bouteilles, deux fois par semaine, c'est selon les caprices du processeur défectueux – et les bouteilles s'entassent, il ne sait plus où les mettre tant la cuisine en est pleine. Cette réalité l'attriste et lui pèse d'une façon démesurée tandis qu'il s'extrait de son lit, et pourtant aujourd'hui encore il ne fera rien, parce que la dernière chose dont il a envie, c'est de passer une partie de la matinée à répondre à un questionnaire de déclaration de dysfonctionnement avec la voix métallique de l'opératrice qui lui demandera de répéter sa réponse trois fois. Alors aujourd'hui comme hier, comme avant-hier, comme tous les jours qui ont précédé, il s'habille, enjambe la pile de bouteilles de lait dont certaines doivent déjà avoir tourné et sort, soulagé de revenir à la seule chose qui le sauve de l'ennui : la rue.

"Il y avait combien de voitures ?"
"Au moins quatre…"
"Et celui qui a gagné, vous l'avez vu ?"
"Comme je vous vois."

Il y a quelque chose d'inhabituel au carrefour 36. Il sait reconnaître cela. À l'angle, là où il y avait autrefois la petite épicerie de Safir (mais cela fait longtemps que les gens du coin ne vont plus dans une épicerie – et qui peut dire où est Safir aujourd'hui, dans quel taudis, vivotant de quels trafics, dormant dans quel dortoir de l'avenue III ?), là où il ne reste désormais plus rien qu'un rideau de fer rouillé, il y a un attroupement. Il sent "la fièvre du trottoir" comme dit le vieux Tobo, qui mendie dans les quartiers sud, dégoupille les canettes avec ses dents et verse toujours un peu de bière au sol avant la première gorgée pour que les "dieux ne nous en veuillent pas de boire alors qu'on devrait être en train de faire sauter ce monde qui ne ressemble plus à rien…". L'excitation court sur les visages de tous ces gens qui se tiennent côte à côte, pressés par une même curiosité. Il s'approche. Tous ont quelque chose d'exalté. Ils ont tous une lumière de drogués dans le regard. "J'aurais jamais pensé voir ça de mon vivant, dit un vieil homme aux yeux d'enfant. *Destiny* est passée." Il entend la phrase répétée et commentée à l'infini, de bouche en bouche, avec extase et incrédulité. La saison des tirages au sort a débuté. Chaque semaine, dorénavant, la population va retenir son souffle, rêvant d'être sortie du lit par un appel providentiel. Ce matin, à l'aube, un convoi de voitures noires comme on n'en voit pas ici s'est arrêté devant l'immeuble. Ils ont emmené un type. Il y avait des caméras, des gardes du corps, des présentateurs, tous les attributs de ce monde lointain que l'on ne connaît que par les images de la chaîne *Destiny*. Et maintenant, tous se racontent ce qu'ils ont vu. *Destiny* est venu. Cela veut dire que c'est possible, que demain, c'est peut-être eux qu'on viendra chercher. C'est comme si d'un coup ce bout de trottoir était devenu sacré, parce qu'il porte l'empreinte du miracle. *Destiny* a emmené un homme dont la vie va changer, exactement comme ils le montrent dans les spots qui passent en boucle sur les grands écrans des carrefours. "*You think you deserve a better life? Thanks to* Destiny, *you'll get the best life ever!"* Et les images de l'instant où sa nouvelle vie lui tombe dessus doivent déjà être diffusées. Aujourd'hui, la félicité est tombée au coin de cette rue parfaitement banale. Le sort a des doigts agiles qui déposent la lumière même dans les bouges les plus improbables. Un quartier entier va vivre pendant des semaines en commentant cet événement jusqu'à l'ivresse. Sparak ne partage pas leur joie. Depuis qu'il s'est approché de l'attroupement, une image le hante. Il y a des années, il en avait vu un autre, de "vainqueur", comme ils disent. Pourquoi est-ce qu'il ne peut s'empêcher de repenser à cette scène ? Pourquoi n'accepte-t-il pas d'y croire, lui aussi, de se laisser aller à la crédulité ? C'était sur l'avenue VII. Il revoit parfaitement la séquence : quelques heures à peine après être venus le chercher, ils l'avaient ramené, déclarant qu'ils s'étaient trompés. Une erreur de système. L'homme était resté deux heures en zone 2 – juste le temps de croire que sa vie serait dorénavant celle d'un privilégié, puis il était revenu dans son taudis. *Best life ever*. Il n'avait pas supporté. Quelques minutes plus tard, alors que les voitures noires du convoi disparaissaient, il était monté au trente-deuxième étage et avait sauté. *Destiny* n'en a probablement jamais rien su, n'avait, en tout cas, pas diffusé les images de son corps écrasé sur le bitume mais lui, Zem Sparak, il s'en souvient, parce que c'est lui qui l'avait ramassé. Et maintenant, il ne peut plus penser à autre chose. Il est comme enlisé dans ce souvenir.

C'est à cet instant que son bracelet se met à vibrer. Il regarde l'écran. Il est appelé sur zone et cela le soulage. D'un coup, tout disparaît : *Destiny*, la joie des badauds, les souvenirs lointains de sang poisseux…

Il laisse tout derrière lui et revient à ce qu'il est : un chien. Quelque part une rixe a éclaté, une femme s'est fait cogner ou un pauvre type attend d'être embarqué. Alors il quitte l'attroupement des bienheureux qui continuent à se réchauffer à la lueur du miracle et il prend la direction des Décharges Citoyennes en crachant sur la crédulité des foules.

"Oh non…" Il a prononcé ces mots avec un air de dégoût lorsqu'il a vu s'afficher sur son bracelet l'endroit précis où il devait se rendre. "Localisation : Décharges Citoyennes. Avenue VIII. La Steppe." Il soupire. L'avenue VIII, c'est une route à quatre voies, surélevée, au sud-est de Magnapole, sur laquelle plus aucun véhicule ne roule parce que les deux ponts à ses extrémités ont été condamnés. Au sud, l'un s'est partiellement effondré lors d'une averse particulièrement violente. Au nord, l'autre a été détruit il y a vingt ans pendant les Grandes Émeutes. L'avenue VIII est un bras coupé, inutile, sur lequel ne peuvent plus aller que les piétons. Sous la voie rapide s'étale depuis des années un grand terrain vague que les habitants ont appelé la "Steppe" parce qu'il est battu par les vents et que rien, étonnamment, n'y a jamais été construit. Mais ce n'est pas pour cela qu'il peste. C'est parce qu'il contemple la pluie jaune, presque orange, qui tombe dru et il sait qu'il va devoir se risquer en dehors de la zone couverte. Il n'a pas pris son *Smart Rain*. Sans textile intelligent, dans les quartiers non couverts, il sera trempé en deux minutes. Il va avoir droit aux pluies acides, à la grêle, aux bourrasques qui s'abattent d'un coup et laissent place quelques secondes plus tard à des rayons de soleil aux airs faux, et cela l'éreinte. Les travaux d'agrandissement du dôme climatique ont été lancés depuis des années, mais il y a toujours ces avenues pourries où l'asphalte suinte d'une couleur jaune et où les devantures sont bosselées par les giboulées qui tapent la tôle avec rage. Mais ses jurons ne servent à rien. Il faut bien qu'il y aille. Alors il prend la direction de l'avenue VIII et tant pis pour les trombes d'eau qui lui laisseront sur le visage des traces d'huile sale.

Le corps est là, couché sur le côté droit, au milieu de nulle part, dans cette Steppe qui s'étend avec tristesse sous l'ancienne voie rapide. Il s'attendait à tout, un vol, un accident, une bagarre entre deux dealers, mais pas à un cadavre. Il reste silencieux, incline la tête pour contempler le visage du mort, bouche et yeux grands ouverts. C'est un homme, caucasien, proche de la cinquantaine. Il sent une émotion étrange monter en lui. Ce pourrait être moi. Il ne sait pas pourquoi il pense cela. C'est ridicule. Et pourtant, il regarde attentivement le visage et n'ose pas encore se pencher sur lui. Que craint-il ? Il ne saurait le dire. Mais c'est comme si le cadavre allait l'appeler, lui demander de s'approcher et lorsqu'il sera tout près, l'implorer de faire un serment, comme ils le font tous, le vieux serment qui exige qu'on cherche la vérité et qu'on trouve le tueur. Sparak hésite. Quelque chose en lui ne veut pas. Comme si cet homme, allongé dans la boue, n'était pas un cadavre mais un guide, l'invitant à emprunter un chemin qui ne pourra que le perdre. Alors il reste droit, contemple encore un temps la scène. Le “siffleur” qui a trouvé le corps et prévenu les autorités est à ses côtés : Bareïm. Il le connaît. Un gros gars qui aurait pu être un athlète mais qui s’est ruiné la santé en mangeant des donuts de façon compulsive.

“Pas beau, hein ?” dit Bareïm.

“Non”, répond laconiquement Sparak.

“Ils ont dû lui tomber dessus à plusieurs...”

Sparak ne répond pas. Il n’aime pas parler pour ne rien dire. Et surtout, il n’aime pas particulièrement les théories de Bareïm. Comme tous les “siffleurs”, Bareïm veut montrer que lui aussi a des dons d’enquêteur, et il ne peut pas s’empêcher d’échafauder des conjectures comme si cela faisait partie de ce qu’on attendait de lui.

“Selon moi, continue-t-il, en veine, c’était pour lui piquer deux pauvres doses de TQX ou un truc minable de ce genre, et il a dû se défendre. Les gens ne savent plus fermer leur gueule quand on les rackette !”

Bareïm se met à rire de sa propre remarque – ce qui fait bouger toute sa carcasse. C’est à ce moment-là qu’on entend la voix électronique de son Curasix monter de sa poche :

“IMC 39,7... Artère bouchée à 67 %. Pression sanguine saturée à + 16. Il vous reste six ans, huit mois et vingt-deux jours à vivre...”

Le géant fouille dans sa parka, un peu honteux, et éteint l’appareil.

“Putain... Il suffit que je rigole ou que je tousse pour que cette saloperie se déclenche...”

Sparak le regarde, un sourire un peu narquois sur ses lèvres. Ainsi donc le gros Bareïm a cédé à la mode de ce petit gadget inutile qui fait fureur. En récoltant quelques données, il annonce fièrement à son possesseur les heures de vie gagnées si celui-ci mange mieux, fait du sport, monte les escaliers à pied. Il n'aurait jamais pensé que Bareïm ait le souci de se ménager et cela le fait rire. Bareïm le voit et dit, comme pour répondre à la phrase que Sparak n'a pas prononcée :

"C'est ma femme..."

Zem Sparak pourrait lui demander pourquoi il continue à manger des donuts s'il veut vivre plus longtemps mais il ne le fait pas. Au fond, il n'a pas envie d'entendre les réponses du géant.

"Tu l'as déplacé ?" demande-t-il en montrant des traces autour du corps.

"Ah non, répond le gros, pas touché."

Alors Sparak le fait. Il se penche sur le cadavre et le saisit par l'épaule pour le mettre sur le dos. Mais ses mains glissent et le corps lui échappe. Déséquilibré, il pose un genou à terre et macule son pantalon de boue jaune. Il soupire, puis recommence. Il l'agrippe avec plus de force cette fois et le fait basculer. Les pans du grand manteau de la victime s'écartent et son torse apparaît. Bareïm ouvre la bouche et laisse échapper un juron de surprise. Une longue incision court de la trachée jusqu'au diaphragme puis se divise sous les dernières côtes au-dessus du nombril. Il a été ouvert, comme un poisson.

"C'est quoi, cette horreur ?" demande Bareïm et il y a de la peur dans sa voix.

Zem Sparak ne répond pas et remet délicatement le manteau sur le mort.

Il attend l'ambulance plus d'une demi-heure. S'aventurer dans la Steppe n'est pas une chose courante et le chauffeur a cherché un moment l'accès au terrain vague. Le gros Bareïm est parti depuis longtemps, trop pressé d'aller raconter ce qu'il a vu. La pluie s'est mise à tomber, une pluie épaisse et jaune. En cinq minutes, il a été trempé. Il n'y a rien à faire, aucun arbre, aucun bâtiment aux alentours pour se mettre à l'abri.

Lorsque la voiture arrive, l'infirmier fait une moue de dégoût, visiblement contrarié à l'idée que Sparak salisse ses fauteuils. C'est pour cela qu'il lui demande de monter à l'arrière et de rester aux côtés du corps. Il ne peut pas se douter que c'est ce que voulait Sparak.

Dégoulinant de pluie, Zem sent dans ses cheveux et sur son visage la viscosité des résidus huileux mais peu importe. Le véhicule glisse sur les routes de ces quartiers sans nom en direction de la morgue Saint-Espoir, dans le district 6, et il se sent bien.

Il a besoin de ces minutes, longues, où il est à quelques centimètres du corps, pour que le pacte ait lieu entre lui et le mort. Il laisse son esprit s'ouvrir à cette présence étrange. Quelque chose débute. Il le sait. Le hasard l'a choisi, lui, pour qu'il soit le témoin de cette vie saccagée. Alors, il jure, en silence. Il jure qu'il trouvera. Que celui qui a tué sera châtié. Il jure que le temps n'aura pas de prise sur sa ténacité. Il jure qu'il remontera la trace du sang, patiemment, pour qu'au meurtre ne soit pas ajouté l'outrage de l'oubli. La voiture roule et il voudrait que le trajet dure plus longtemps. La mégapole déploie ses grandes avenues qui toutes partent de la zone 2 et viennent mourir ici, comme les rayons d'un soleil fatigué. Ils prennent le boulevard du Schisme, le seul grand axe circulaire reliant les huit districts, en direction du quartier RedQ. La morgue est au-delà. Il laisse la ville défiler et il lui semble en être le gardien, celui qui veille sans jamais se montrer, celui qui reste au côté des morts et sait que les rues sont pleines d'un autre peuple que celui qu'on voit. Il y avait là un homme, avec une vie, une histoire, des zones d'ombre et de grandes envies… et il n'y a plus rien que de la viande ouverte. Il va devoir se pencher sur cette existence, près, tout près, jusqu'à pouvoir la déplier et chercher en elle où s'est logé le meurtre. À quel moment de sa vie ? Lors de quelles rencontres, à la suite de quelle humiliation ou pour quelle vengeance ? Il va falloir trouver depuis combien de temps elle était là, cette mort. Il ne pensera plus qu'à cela, travaillera sans relâche. Et pourtant, que lui est cet homme ? Il l'aurait peut-être trouvé stupide ou pédant s'il l'avait croisé de son vivant. Il pense à l'absurdité de l'enquête qu'il est sur le point de commencer. Il ne peut pas s'empêcher de se poser la question. Qu'est-ce que ça changera qu'il élucide ce meurtre ? Celui-ci, un autre. Des gens se battent, se blessent et saignent, des assassins tombent sur d'autres hommes devenus proies parce qu'ils se sont aventurés trop loin de leur territoire, voulaient connaître l'excitation des mondes dangereux. La plupart de ceux qui meurent auraient pu être assassins. Chaque jour, ils se croisent, se jaugent et s'affrontent. Qu'est-ce que cela change ? Chaque jour, ils projettent de se voler, de se tuer. Tant d'autres sont déjà en train de faire des plans pour des crimes à venir. Il sait qu'il n'ira jamais aussi vite que tout ce qui se fomente dans la rue à chaque instant. Et pourtant, il jure. Il trouvera. Pas pour épurer la ville, pas au nom d'une prétendue morale ou d'un souci de justice, non, il trouvera, parce que le mort lui a demandé de jurer.

Une fois revenu dans le district 7, il se dirige vers la borne de la place des Feux. Il y retrouve Solar et Mazdo. Ce sont les deux seuls flics en uniforme qu'il aime bien. Ils ne sont pas comme les autres, ils ne le regardent pas de haut. Il leur arrive même de déjeuner ensemble, parfois. Solar vient de finir de saisir un cas de bagarre entre deux filles qui tapinaient. Ils l'accueillent avec un grand sourire.

"Alors, Zem, tu t'es roulé dans une flaque ?"

Et Mazdo rit en montrant ses dents cariées.

"Marrez-vous… marrez-vous", répond simplement Zem en s'approchant de la borne.

"Allez, viens boire un coup avec nous, reprend Solar, on va à la Niche."

"J'arrive, répond Zem. Faut d'abord que je rentre ça, j'en ai pour deux minutes." Et il commence à saisir les informations qu'il a récupérées : lieu, heure de découverte, description du corps. Il faut entrer toutes les précisions pour qu'elles aillent dans la grande database du crime, cet océan de données, gargouillis d'agonie, de foutre, de sang, de cris de terreur, qui est la cartographie la plus exacte de la ville.

Soudain, au moment où il appuie sur la touche pour valider sa saisie, l'écran devient noir, un signal d'alerte rouge apparaît : "Dossier verrouillé". Il ouvre la bouche de surprise, laisse échapper un petit bruit comme un gémissement contrit : "Non…" Il appuie deux, trois fois de suite sur la touche avec l'espoir de pouvoir revenir en arrière… "Oh non…" Mais rien n'y fait. Au bout de quelques secondes, le message change et il voit apparaître l'inscription suivante : "Veuillez prendre immédiatement contact avec votre pilote."

Cette fois, il hurle. "Putain !" Il tape du poing contre le clavier. "C'est pas possible !…" Mais il sait bien que ça ne sert à rien, que ça ne changera rien. Il reste là sous la pluie, devant l'écran, comme s'il ne pouvait pas se résoudre à ce que le programme central lui ordonne. Et pourtant il sait qu'il va devoir le faire : prendre contact avec ce que les autorités appellent des "pilotes" et ce que les gars, entre eux, nomment des "maîtres-chiens". C'est le nouveau protocole mis en place depuis peu pour obliger les services des différentes zones à collaborer entre eux lorsque les enquêtes l'exigent. C'est comme si son serment venait d'être injurié, comme si quelque chose s'immisçait entre lui et le mort. S'il est "verrouillé", il ne fera pas les choses à sa manière. Il se sent soudain vulnérable. À partir de maintenant, il va devoir obéir aux ordres d'un pacha de bureau qui n'est sûrement jamais sorti de sa zone. Un grand mécanisme vient de se mettre en marche et il sait qu'il va lui imposer son rythme à chaque heure de la journée, alors il ne peut rien faire d'autre que s'éloigner en maudissant cette journée qui le jette dans les bras d'un monde qu'il n'aime pas.

3

L'ÎLE-GUICHET

Le port d'Argostoli avait été totalement réaménagé. Les bateaux arrivaient à Céphalonie et déposaient les passagers devant des bâtiments immenses où les files d'attente dessinaient une étrange cartographie administrative. Une grande partie de la ville était organisée autour du tri des arrivants. Les paquebots déversaient chaque jour la population qui avait réussi à quitter Athènes. Pendant toute la durée du trajet, les passagers essayaient de glaner quelques informations. Il était rare que les membres de l'équipage répondent aux questions. La plupart du temps, ils faisaient une moue mystérieuse – sans qu'il soit possible de deviner s'ils savaient quelque chose qu'ils préféraient taire ou s'ils ne savaient rien. Lors du débarquement, tout était lent et craintif. Les familles se regroupaient, les mères tenaient les mains des plus petits et disaient aux grandes sœurs de garder un œil sur les autres. Le premier hangar était dédié au tri sanitaire. On vérifiait la température de chacun. Ceux qui marquaient des signes de fièvre ou d'infections manifestes étaient invités à rejoindre un autre bâtiment. De là, en car, on les amenait vers un immeuble du côté de Koutavos, qui faisait office d'hôpital. Pour les autres, le long processus d'enregistrement commençait. Les hangars 3 et 4 étaient les plus grands. La plupart des gens qui s'y présentaient ne connaissaient pas réellement les enjeux de l'entretien. Chacun avançait, avec crainte, se demandait dans quelle langue il faudrait parler, quel papier il faudrait présenter. Les employés étaient derrière des guichets protégés par une vitre épaisse. Leur voix était déformée par le micro et cela accroissait le sentiment d'être face à une sorte de divinité froide et lointaine. On n'était jamais sûr d'avoir correctement entendu. Leur visage ne laissait rien transparaître. L'entretien durait quelques minutes. L'enjeu était de sélectionner les plus diplômés. Ingénieurs, professeurs, médecins, cadres étaient immédiatement invités à signer un contrat d'embauche pour une durée de dix ans, renouvelable. Ils recevaient de nouveaux papiers et bénéficiaient du statut de cilarié. Eux et leur famille pouvaient rejoindre l'aéroport, d'où ils s'envoleraient vers Magnapole. Un ballet ininterrompu d'avions faisait la navette, de jour comme de nuit. Pour les autres, le processus était plus lent. Les personnes non qualifiées mais qui avaient un emploi en Grèce étaient également recrutées, mais il leur était proposé de rejoindre la zone 3. Personne ne leur expliquait exactement ce que cela signifiait et ils ne le découvraient que lorsque les avions les déposaient au milieu de l'immense zone suburbaine où les immeubles délabrés côtoyaient les nouvelles constructions à logement intensif. La Grèce était loin. Ils sentaient immédiatement qu'ils ne reverraient plus jamais le bleu profond de la mer. Tout cela était fini. Une vie de labeur commençait.

Il y avait une troisième catégorie : celle des non-qualifiés. Les chômeurs, les personnes à la retraite non reliées à un foyer d'actifs. Ceux-là restaient sur place. Il leur était proposé de travailler pour GoldTex à Céphalonie ou sur d'autres îles-guichets. Ils devenaient manœuvres ou chauffeurs de car. Ils aidaient les files d'arrivants à prendre la bonne queue, à sortir les papiers requis. Et puis, certains étaient refusés : les prisonniers, les délinquants, les chétifs. On les dirigeait précautionneusement vers le bâtiment D, pour *"Deported"*, le plus sécurisé, gardé en permanence par des policiers. Une fois à l'intérieur, on leur signifiait que GoldTex ne désirait pas donner suite à leur demande et qu'aucune place ne les attendait nulle part. Devant leur mine surprise, on leur expliquait qu'ils allaient être invités à monter à bord du paquebot *Rédemption 3* qui les emmènerait vers un pays avec lequel GoldTex avait des accords de sous-traitance. Certains, parfois, se rebellaient, se mettaient à crier, faisaient mine de tout casser. Ils étaient immédiatement appréhendés et passaient vingt-quatre heures dans une des cellules du sous-sol.

Tout un peuple avançait, pas à pas, répondait aux questions mille fois posées, répétait patiemment si le recruteur le demandait, attendait de recevoir un tampon, espérait qu'il s'agisse du bon, rêvait à la vie d'après en essayant de ne plus penser à ce pays qu'il quittait et qui, déjà, n'existait plus que dans sa mémoire. Tout un peuple hésitait, gauche, intimidé, espérait trouver sa place pour que la vie puisse continuer. Il acceptait la longue sélection administrative au nom de l'avenir des enfants à qui il fallait pouvoir offrir une vie, et tant pis pour l'humiliation de celui qui doit attendre, obéir, répondre aux questions, sourire pour tenter d'amadouer des visages impassibles, tant pis pour la longueur de ces heures qui étaient comme des tortures, où le rythme de ce grand corps administratif imposait à tous sa volonté lente, méticuleuse, tant pis pour la joie qu'on laissait derrière soi en essayant de se convaincre que vivre sans n'était finalement pas si grave à condition d'y gagner en confort, tant pis, on avançait vaille que vaille, d'un pas obéissant, vers ces terres lointaines qui ne voulaient rien révéler de ce qu'elles vous destinaient.

4

BON CHIEN

Salia Malberg se tient debout dans un imperméable gris qui la serre à la taille. Le cercueil a été déposé sur deux trépieds au centre du modeste jardin du souvenir. Il y a peu de monde. Elle est immobile au milieu de ce petit groupe d'une vingtaine de personnes qui s'est réparti en arc de cercle autour de la dépouille. Elle voudrait paraître plus triste qu'elle n'est. C'est pour cela qu'elle garde la tête baissée. Il lui semble que c'est ainsi qu'on doit être. Et puis, elle ne connaît personne et n'a pas envie d'engager la conversation. Elle attend que le maître de cérémonie fasse son discours, ensuite, elle partira. Combien de fois naît-on dans une vie ? C'est à cela qu'elle pense. Il ne fait pas de doute que Dombro l'a fait naître. C'est grâce à lui qu'elle est aujourd'hui inspectrice. Elle pense à cet homme qu'elle aura appelé toute sa vie "patron" et qui repose désormais dans ce cercueil, à quelques mètres d'elle. Elle se souvient qu'elle aimait sa voix grave et rocailleuse, que lorsqu'un rire naissait dans sa gorge, il semblait sortir des profondeurs de la terre. Son odeur de tabac aussi lui manque. La voix du maître de cérémonie s'élève maintenant au-dessus du petit groupe d'hommes et de femmes, debout, là, sur la pelouse bien tondue du jardin du souvenir. Il parle d'abord avec un peu d'hésitation puis sa voix prend plus d'assurance et les enveloppe. Il dit que dans quelque temps, paraît-il, nous serons capables d'échanger une dernière pensée avec nos défunts. Que la technologie y travaille et qu'il n'y a aucun doute qu'elle y parviendra. Certains parlent d'images que l'on enverra directement au cerveau du mort pour qu'il puisse partir avec ce qu'il y avait de plus beau dans sa vie. Il dit que cela arrivera peut-être mais qu'à dire vrai, ils n'ont pas besoin de cette technologie aujourd'hui car ils savent ce qui était essentiel pour Boris Dombro. Là, il marque un temps puis ajoute simplement ce mot : les siens. Il le prononce avec une sorte de chaleur emphatique. Elle se met à regarder autour d'elle. Les siens ? De vieux collègues, pour la plupart, ni épouse ni enfants. Une vie de travail et rien d'autre. Enquêteur. Puis commissaire. Puis directeur du centre de formation des recrues. Il n'a été que cela toute sa vie. Un collègue. Un supérieur. S'il fallait lui transmettre une dernière image du monde des vivants, elle est certaine que la seule qui le ferait sourire, ce serait celle de son bureau. Car c'est là qu'il a été celui qu'il aimait être. Elle entend le maître de cérémonie égrener la liste des endroits successifs où il a été en poste durant sa carrière. Elle ne savait pas qu'il avait été envoyé en Grèce, quatre ans, comme tant de sa génération, puis au Bangladesh, pendant deux ans. C'était bien avant qu'elle ne le connaisse, bien avant qu'il n'ait cette voix rauque et ce ventre énorme qui donnait à toutes ses chemises des airs de sacs trop pleins. Dombro, le respect d'abord puis l'affection qu'elle avait pour lui. Elle contemple encore une fois l'assemblée. Elle a été surprise de voir qu'il n'y avait qu'elle de son âge. Elle pensait que ce qu'il avait fait avec elle, il l'avait fait avec d'autres. Elle se souvient de ce moment dans son bureau, lorsqu'elle avait vingt et un ans, où il lui avait annoncé qu'il allait la prendre dans son école parce qu'elle n'avait pas tout à fait le niveau. Il avait dit cela en plissant les yeux. Quelque chose de malicieux avait brillé dans son regard, et il avait eu un étrange sourire, méchant, presque. "Pas tout à fait." Et il avait ajouté : "De peu. Mais juste en dessous." Puis il avait expliqué que ce serait dur pour elle. Tout le temps. Mais que si elle s'accrochait, si elle tenait bon, alors elle serait meilleure que les autres et il avait conclu avec une moue dubitative en disant que cela pouvait rater, qu'elle pouvait dévisser, mais que ce serait intéressant d'essayer. Ça pouvait marcher parce qu'elle avait quelque chose de sauvage en elle… Il avait dit cela en se levant et elle était restée tétanisée, croyant un instant qu'il allait essayer de la peloter ou quelque chose comme ça. Sauvage. Oui. On verrait bien… Mais il ne s'était pas approché, lui avait juste montré la porte pour lui signifier que l'entretien était terminé et elle était repartie avec son papier d'accréditation. Sa vie dans les forces de police avait pu commencer. Des mois à suer sa peine. Sans pouvoir se confier à personne. Petite boule serrée de volonté. Des mois qui l'avaient esquintée. Mais lui avait toujours gardé un œil sur sa recrue. De loin. Sans jamais dire un mot. Jusqu'au jour de la remise du diplôme où il l'avait prise à part pour lui dire qu'il était fier de ce qu'elle avait accompli, qu'il ferait tout pour qu'elle passe devant cette meute de connards – c'étaient ses mots – qui seront tous alcooliques à quarante ans parce qu'avec leurs grands airs, ils n'allaient rien encaisser de ce que le métier leur imposerait. Elle, elle irait plus loin et plus vite. Et il avait tenu promesse, passant des coups de fil, écrivant des lettres de recommandation pour que la "brindille" fasse son chemin. Mais si elle était honnête avec elle-même aujourd'hui, elle était bien en mal de dire si tout cela relevait d'une forme de pari sur l'avenir, ou plutôt du rachat d'une faute, comme si sa réussite à elle effaçait d'autres échecs dont il ne disait rien. Peut-être. Elle ne pourra plus lui poser la question. Il n'aurait de toute façon pas répondu, mais serait parti d'un grand rire qui aurait secoué sa carcasse puis aurait fini en toux, et il aurait conclu, après avoir bu un peu d'eau : "Faut pas se tromper de questions, brindille. On est flics, pas curés. « Où, quand, comment », c'est tout. Le reste, tout le foutu reste, c'est ce qu'il y a dans la tête du diable et ni toi ni moi n'avons envie d'y plonger."

Son bracelet, soudain, se met à vibrer et cela la sort de ses pensées. Elle regarde son poignet : c'est un avis urgent. Elle a honte de rompre ainsi le silence de recueillement qui l'entoure et recule de quelques pas pour laisser la cérémonie se poursuivre. Une fois à l'écart, elle consulte le message qui l'avise qu'elle est verrouillée et qu'elle doit se rendre d'urgence à son bureau. Verrouillée ?... Elle voudrait pester mais elle sait qu'il n'y a pas grand-chose à faire. Elle va devoir partir. Elle se console en pensant que Dombro aurait été le premier à lui dire de filer, de laisser les vieux pleurer et d'aller courir après la saleté du monde. Elle regarde une dernière fois le cercueil devant elle, à une dizaine de mètres, puis elle tourne les talons et s'éloigne.

Le dossier n'est pas épais. Elle l'a parcouru des yeux en deux minutes. Zem Sparak. Arrivé à Magnapole à l'âge de vingt-quatre ans. Matricule XP 51. A choisi la zone 3 après les Grandes Émeutes. Rien de plus. Juste un gars qui arpente la crasse des bas-fonds depuis des années. Elle soupire. Elle n'a pas envie de le voir. Elle déteste par-dessus tout travailler avec des gars amochés et celui-là va être comme les autres, trop lent, trop sûr de lui-même. Elle regarde à travers les parois de verre les bureaux de ses collègues. Cal, Ronnie et tous ceux du Pôle intervention. Les cow-boys du service. Toujours dans l'intensité, toujours pressés par l'urgence. Depuis des mois, ils travaillent pour démanteler le réseau BreakWalls. La hiérarchie les couve comme une louve, avec fierté parce qu'ils sont efficaces, avancent vite et bien. S'ils parviennent à coincer Jon Mafram, ils auront tous droit à une médaille. Elle aimerait faire partie du groupe. Elle l'a demandé. Son chef, le capitaine Monk, lui a expliqué qu'elle était encore un peu fraîche. C'est le mot qu'il a utilisé. Il n'est pas impossible que cela ait été une façon de lui dire que depuis la mort de Dombro, les choses allaient redevenir compliquées pour elle. Postuler. Être déboutée et persévérer. Il fallait qu'elle s'habitue. Faire son trou, cela prend du temps. Soit. Elle patientera mais elle y parviendra, car c'est pour cela qu'elle s'est engagée. Ne plus dormir. Travailler sans relâche pendant des semaines. Et puis, enfin, connaître le plaisir de l'arrestation, le sentiment d'avoir été utile.

Et alors les soirées à boire, tous ensemble, jusqu'à la prochaine mission, dans l'intensité toujours. C'est sa seule ambition. Elle y arrivera mais pour l'heure, elle a été verrouillée avec ce type qui va croire bon de lui expliquer ce qu'il sait du métier sous prétexte que c'est un homme et qu'il est plus âgé qu'elle, et elle se demande au nom de quelle perversion informatique elle doit endurer tout cela.

Devant le check-point du pont Trajan, sur l'avenue VII, il ne faut pas seulement attendre dans une longue file de voitures, pare-chocs contre pare-chocs, accepter, quand vient son tour, le geste méprisant du policier qui tend la main sans rien dire, considérant probablement que tous ceux qui passent devant lui ne sont pas dignes d'un mot, il faut encore descendre lorsqu'on vous en intime l'ordre, se laisser fouiller, pour qu'enfin, après avoir montré sa carte d'accréditation zone 2, ils vous laissent passer. Et même lorsqu'ils le font, c'est du bout des lèvres, comme s'ils vous accordaient une faveur. Sparak endure tout cela mâchoires serrées. Il remonte dans sa voiture après le dernier contrôle, démarre et laisse derrière lui la zone 3 en maudissant ces salopards qui se prennent pour des seigneurs de carrefours. Il n'aime pas passer d'une zone à l'autre, n'a jamais aimé. Ceux qui comme lui ont la chance d'avoir une accréditation en profitent généralement pour le faire chaque jour. Avec une autorisation pareille, il est facile d'organiser des petits trafics. Lui, non. Il en fait le moins possible. Les rues de la zone 2 lui ont toujours donné envie de mordre. Tout y est trop clair, trop lisse. Les bâtiments sont propres. Les routes sont asphaltées et il n'y a ni trous dans la chaussée ni immeuble effondré qui laisse au coin des rues des amoncellements de gravats dans lesquels peuvent déféquer les mendiants. Non, en zone 2, les boulevards sont arborés et les gens polis. Le dôme climatique protège des pluies jaunes, des bourrasques subites et assure une température sous les trente-deux degrés. Il a toujours détesté cette zone qui faisait semblant de croire qu'elle se suffisait à elle-même et que ceux qui n'avaient pas la chance d'y vivre avaient commis quelques fautes qui les tenaient légitimement éloignés du bonheur alors qu'il sait, lui, que la zone 2 est construite sur la crasse et la sueur de la zone 3, rien de plus. Et ce qu'il sent chaque fois qu'il revient, c'est le mépris tacite et immédiat de ceux qui possèdent envers ceux qui n'ont rien.

Il parcourt les couloirs à la moquette blanche, aux vitres propres, aux stores noirs, toute cette décoration qui cherche à faire de chaque bureau un écrin de pureté administrative. Il déteste tout ici. Qu'on l'ait fait attendre pendant vingt minutes sans rien lui préciser, que la fille qui vient d'entrer avec un dossier dans les mains ne se soit même pas excusée et qu'elle lui pose sa première question sans relever la tête.

"Il portait des traces de lutte sur le corps ?"

"Avec du sucre, merci", répond Sparak.

Elle relève la tête, surprise.

"Pardon ?"

"Le café, poursuit-il, avec du sucre."

Elle le regarde. Fait exprès de marquer un temps, pour ne pas perdre la main et montrer que c'est elle qui décide de la façon dont les minutes s'écoulent dans ce bureau.

“Je vois”, dit-elle, se rendant peut-être compte de sa grossièreté ou au contraire réfléchissant à comment moucher cet impertinent. Elle lui tend la main avec froideur.

“Salia Malberg.” Et puis elle ajoute : “Votre supérieure.”

Il la regarde et sourit. Comme s'il avait pu en douter une seconde, comme si tout ne le lui rappelait pas. Il l'observe : cheveux courts. Cicatrice à l'arcade sourcilière. Petit tatouage dans le cou. Tailleur noir. Trop élégante pour le bureau. Elle est jolie, mais elle a quelque chose de dur – pas d'éprouvé non, cela, il l'aurait respecté… –, de dur comme peut l'être la certitude.

“Zem Sparak, répond-il en lui tendant à son tour la main. Il semblerait qu'on nous ait verrouillés.”

“Il semblerait, oui”, confirme-t-elle avec une pointe d'irritation.

“Vous pensez qu'il y a encore moyen de s'en défaire ?…” demande-t-il avec un air complice.

“Pardon ?”

“Se déverrouiller pour que chacun retourne chez soi.”

Elle pose le dossier sur son bureau, le regarde droit dans les yeux et lui assène avec froideur :

“On est verrouillés par le tout nouveau programme de jumelage des polices. J'imagine que cela fait de nous des chanceux. En tout cas, des prototypes. Alors on va faire ce qu'ils nous demandent de faire et on va le faire du mieux possible pour que ce soit le plus rapide possible.”

Il a écouté sans broncher, scrutant ses traits tandis qu'elle parlait, essayant de juger de ce qu'elle avait au fond du ventre.

"L'officier pilote et son bon chien, c'est ça ?"
"Exactement", confirme-t-elle sans sourire.
Puis, reprenant le dossier qu'elle a sous les yeux, elle lui demande :
"Vous avez une idée de la raison pour laquelle on nous a verrouillés ?"
"Pour satisfaire votre irrépressible envie de découvrir le charme de la zone 3 ?"
Elle ne rit pas.
"Mais encore ?" ajoute-t-elle.
"Non. Aucune."
"Vous avez quoi ?"
"On a ramassé le type dans un coin que même les dealers ne fréquentent pas."
"Marques de coups ?"
Il attend un temps avant de répondre, essaie de mesurer si elle va être prête à encaisser ce qu'il est sur le point de dire.
"Le type était ouvert de la gorge au nombril. Comme un beau morceau de viande."
La fille a blêmi. Il ne se presse pas de parler à nouveau.
"Vous avez une hypothèse sur ce qui a pu se passer ?" demande-t-elle.
"J'ai autant d'hypothèses qu'il y a de tarés en zone 3."
"Mais encore ?" dit-elle pour souligner qu'elle n'est pas là pour rigoler mais pour avancer dans l'enquête. Il marque un temps, voit qu'elle ne plaisante pas et reprend alors, avec sérieux.
"Ça peut être un malade. Ce n'est pas ce qui manque. Mais ça pourrait être aussi de la chasse à l'Eternytox. J'ai déjà vu ça… Des gangs attaquent des individus dont ils pensent qu'ils ont bénéficié d'une opération. Ils les tuent et les ouvrent à la recherche des pièces

qu'ils revendront au marché noir… Sauf que personne dans le quartier des Décharges Citoyennes, ni même dans aucun district de la zone 3, n'a jamais eu les moyens de bénéficier d'une opération Eternytox. Ce sont des imitations qui circulent. Mais ça ne fait rien. Le tout est d'y croire ! Alors on se fait poser une artère intelligente au marché noir, ou une poche d'estomac en latex avancé et on espère tenir trente ans de plus. Mais malheureusement pour vous, la personne qui vous installe ces saloperies revend l'information aux gangs et vous êtes agressé dans les heures qui suivent par des gars qui ne voient en vous que des pièces détachables. Celui-là, comme les autres, croyait peut-être gagner un peu d'éternité et a fini ouvert, dans la boue."

Elle le laisse parler tout du long, puis lorsqu'il a terminé, elle ajoute calmement :

"Sauf que le type n'est pas de la zone 3."

Sparak a l'air surpris. Il regarde son bracelet, sur lequel il a gardé une synthèse du dossier.

"J'ai marqué là qu'il est né en zone 3…"

"Oui, dit-elle, mais il n'y est pas resté. On n'a pas encore son identité. On a récupéré sa puce personnelle mais elle est endommagée. Ça va prendre un peu de temps… On aura les résultats dans la soirée. Ce qu'on sait, c'est ce que nous dit l'analyse digitale. Résident zone 2. C'est pour ça qu'on nous a verrouillés. Un type de ma zone s'est fait écailler dans votre zone. Et maintenant, il va falloir comprendre comment c'est possible…"

C'est à son tour d'être surpris. Des gars de la zone 2 qui viennent se promener de l'autre côté des check-points, il n'en connaît pas beaucoup.

"Et si c'était une erreur ?" demande-t-il avec une lueur d'espoir.

Elle le regarde, avec une sorte de pitié navrée, puis finit par lâcher :

“N’espérez pas trop. Cette affaire va être pénible pour nous deux. Figurez-vous que moi non plus, je n’ai pas très envie de travailler en tandem. Alors on va essayer de régler ça le plus vite possible. Le mieux, pour ça, c’est que vous fassiez ce que je vous dis de faire. S’il est bien de la zone 2, je veux avoir plus d’infos. Qu’est-ce qu’il est venu foutre sur ce terrain vague ? Qui a-t-il vu ? À qui a-t-il parlé ? Si on répond à ces questions, ou même à une seule d’entre elles, on a peut-être une petite chance de savoir pourquoi on l’a tué. Et si on sait pourquoi, on pourra commencer à se demander qui a fait ça…”

La fille ne le regarde déjà plus. Elle est passée à autre chose, il le sent. Lorsqu’elle relève la tête, elle a l’air surprise qu’il soit encore là, alors elle ajoute :

“Avec les Séquences Effort, le dossier n’a pas été classé prioritaire. Je n’aurai accès à l’analyse de la puce que ce soir ou demain. D’ici là, faites ce que vous savez faire.”

Il la regarde avec un visage interrogatif. Alors elle précise :

“Creuser, fouiller, chercher. Bon chien.”

Ça, c’est la monnaie de sa pièce. Pour qu’il ne quitte pas le bureau en se sentant à l’aise. Bon chien, oui, qui va retourner jouer avec son os dans la boue.

5

LA TRAHISON DE GAZYNSKI

Au début, il avait vécu avec l'espoir de pouvoir retourner au plus vite en Grèce. Il savait que pendant les deux premières années, il n'avait pas le droit de faire de demande de congés mais cela ne l'inquiétait pas. Il l'avait accepté en signant son contrat et il était prêt à attendre. Il arpentait Magnapole avec de grands yeux. Tout était nouveau et sidérant. Il se promenait le long de la Saule ou dans le parc des Cèdres. Une ville pouvait être opulente et calme. Il avait du mal à le croire. Cela faisait longtemps qu'Athènes avait commencé à s'esquinter, qu'elle s'était enlaidie, appauvrie. En arrivant à Magnapole, il découvrait qu'une ville n'était pas nécessairement sale et mal équipée. Qu'on pouvait vivre sans connaître la torture harassante des coupures d'eau ou d'électricité. Il déambulait dans ces rues cossues et c'étaient des moments irréels de sérénité.

Il fut d'abord affecté à l'antenne de police du quartier Grandelune, au pied de la butte Liberty. Puis le Service des enquêtes internes eut besoin de personnel et le recruta. C'étaient les débuts de la Grande

Compétition avec le consortium MolochFirst et il fallait traquer l'espionnage intérieur. Des citoyens concurrents faisaient de l'entrisme chez GoldTex. Chacune des deux mégafirmes voulait prendre l'autre de vitesse. Aller plus vite. Acheter davantage. Asphyxier la concurrence. Il avait écouté, comme tous les autres, le leader El Fatong leur vanter la force de GoldTex. Il avait assisté aux grands discours où le pouvoir avait lancé le slogan : "Soyons chez nous partout !" annonçant une période de fusion-acquisition sans précédent. Tout était fait pour écraser la concurrence. Il avait essayé de partager cet élan, comprenant que le confort de la zone 2 était ce que GoldTex lui offrait en échange de son énergie, de son temps et de son efficacité.

Et puis, il y eut le 18 mai. La firme Gazynski annonça qu'elle rejoignait MolochFirst. Cela sidéra les dirigeants qui n'avaient rien vu venir. GoldTex était trahie par son associé historique. La Grèce bascula dans le giron de la concurrence. C'était un revers politique considérable qui annonçait une lutte sans merci entre les deux grands groupes. À partir de ce jour, la rivalité fut totale. Il fallait grandir plus vite, acheter pour empêcher l'autre de le faire. La perte de la Grèce était le signe que GoldTex avait été présomptueuse, n'avait pas su voir le danger arriver. Pour ne pas être humiliée, la firme envoya un corps expéditionnaire. Le statut juridique du Péloponnèse n'était pas tout à fait le même que celui du reste du pays. GoldTex affirma que Gazynski ne possédait aucun acte de propriété qui lui permettait de rétrocéder cette région à MolochFirst. Ce fut une longue bataille. Sur le terrain, des assauts furent lancés et repoussés, des positions prises et perdues. Dans les bureaux des avocats on se battait à coups de lois, de décrets. Finalement, après des mois de combat, MolochFirst se retira de Nauplie, la dernière ville encore peuplée, à condition que le Péloponnèse devienne zone inhabitable. MolochFirst ne voulait pas voir pousser des villes rivales de l'autre côté de l'isthme de Corinthe. GoldTex en fit une victoire pour faire oublier l'immense revers que constituait la trahison de son sous-traitant et il y eut de grandes fêtes dans les rues pour célébrer le retour de Nauplie dans le giron de l'entreprise.

À partir de ce jour, tout changea pour lui. C'était fini. L'espoir de retour était perdu. Il ne pourrait plus revenir à Athènes. GoldTex avait fait de lui un exilé, MolochFirst, un apatride. Son pays lui serait à jamais fermé. Les accords d'Argos scellèrent le sort du Péloponnèse. C'est à cette époque que GoldTex décida d'en faire un parc de recouvrement de déchets. En deux ans, toute implantation humaine disparut. De Kalamata à Nauplie, ce ne fut plus qu'un ballet incessant de camions qui déversaient dans des crevasses profondes, jour et nuit, les détritus du monde.

Il vécut dès lors comme une ombre, détaché de tout, allant, venant, sans affect, sans projet. La zone 2, avec son opulence tranquille, l'entourait mais sans jamais vraiment entrer en lui. Quelque chose n'était plus là. Il n'éprouvait pas de haine, ne désirait pas changer de quartier, ou de poste. Il était anesthésié. Et peut-être au fond était-ce ce qu'exigeait GoldTex. Une dissolution totale de l'individu dans le grand projet commun. N'être plus rien qu'un corps qui travaille.

6

CHECK-POINT

Cette ville, décidément, n'a pas de mémoire. Tout s'y perd et disparaît. Depuis son dernier passage, la plupart des commerces ont changé. Les publicités sont nouvelles, les visages sur les écrans lumineux sont toujours plus frais, toujours plus souriants. En zone 3, quand un commerce ferme, c'est que le patron est mort ou qu'on a brûlé sa boutique. Ici, c'est différent. Tout change tout le temps. Avant de rentrer, Sparak voulait acheter des feuilles de vigne chez Varoumakis, avenue des 3-Juillets, dans le quartier Grandelune, mais ce dernier n'y est plus. À la place, il y a un vendeur de "nuages frais". Ce sont les nouveaux desserts à la mode, servis sur une tige en bois, à mi-chemin entre la meringue et la mousse. On dirait une fleur de pissenlit. Il peste, puis se dit que puisqu'il est là, autant essayer… Dès qu'il fait un pas dans la boutique, tout se met à sonner. Cela arrive une fois sur deux. Son accréditation dysfonctionne. Elle nécessiterait probablement une mise à jour mais il n'a jamais pris le temps de la faire. La vendeuse panique. Elle roule des yeux terrifiés en lui disant d'une voix menaçante qu'il n'est pas accrédité et plus il avance pour lui montrer sa carte, plus elle recule en répétant : "Vous ne devriez pas être là… Vous ne devriez pas…" Alors, pour éviter qu'elle ne s'évanouisse ou n'alarme tout le quartier, il se résigne et sort sans son nuage citron vert. Une fois dehors, il maudit Varoumakis d'avoir disparu sans laisser de trace. Il maudit les bars qu'il ne retrouve plus. Cette ville, décidément, est un animal imbécile qui oublie tout ce qu'elle a été un jour.

Ira traverse la Steppe, passe sous le grand squelette de l'avenue VIII, non loin de l'endroit où le corps a été trouvé. Elle a appris la nouvelle, comme tout le monde dans le quartier. Les gens ne parlent que de cela. Le corps a vite été emmené et il n'est resté de lui qu'une empreinte. Dans les heures qui ont suivi, il était parfaitement possible de lire sur le sol les contours du cadavre. Les enfants du quartier sont venus jouer avec crânerie sur cet emplacement souillé, essayant d'imaginer où était la tête et où étaient les pieds. Et puis les pluies acides sont tombées et ont effacé les traces. Elle avance. Le jour tombe. Elle n'a pas peur. Lorsqu'elle arrive près de l'ancien checkpoint de l'avenue VIII, celui qui a été fermé à la suite de l'éboulement du pont nord, elle jette un regard sur la boutique de boissons qui s'est installée dedans et le vieux Tobo qui est assis sur le trottoir, à quelques mètres de l'entrée, l'interpelle en souriant : "Ira ? Où tu cours comme ça ?" Elle lui fait un petit geste amical de la main mais ne répond pas. Il continue à parler haut et fort pour essayer de la faire sourire : "Béni soit le jour où tu seras aussi pressée pour venir me voir !" Elle l'aime bien. Elle s'arrêtera demain peut-être et ils discuteront. Mais ce soir, elle doit faire vite. Elle est attendue. Dans quelques heures, si tout va bien, elle passera en zone 2. Là-bas, il y a cet homme qui lui donne de l'argent, la couvre de compliments et ouvre, pour elle, des bouteilles aux robes vermeilles. Elle se dépêche. Il faut qu'elle retrouve le passeur puis qu'elle se faufile dans les tunnels. Cela prendra encore quelques heures mais elle sera patiente. Rien ne l'empêchera de construire sa vie. Bientôt, elle ne sera plus la petite Ira du carrefour Citadelle mais une créature qui traîne à sa suite le désir des hommes et écrit, avec assurance, son propre destin.

Lorsque Zem Sparak approche du check-point Trajan par lequel il est entré quelques heures plus tôt, il s'immobilise. Ce n'est pas le long mur qui l'arrête, ni la présence des véhicules de police. Il est saisi par une odeur. Quelque part, dans les bidonvilles de la Fosse, un pneu brûle et le vent lui apporte le parfum épais du caoutchouc chaud. Tout remonte. Il entend des cris venus de loin. Les rues d'Athènes ressurgissent, se déployant dans son esprit avec cette même odeur de pneus brûlés. Il se laisse envahir par le souvenir de la rue, les cris des manifestants, la clameur du peuple en colère. Il se souvient de cette rage qui les animait tous. Leur pays s'écroulait. Ils avaient l'impression de vivre la fin du monde. Il repense au jeune homme qu'il était alors, torse nu, bras tendus, insultant les policiers avec un air bravache, ce jeune homme qui ne savait pas qu'il était en train de vivre ses derniers instants d'homme libre. Cela le rend triste, de la mélancolie du vieillard qui se souvient des mondes engloutis.

Dès le check-point passé, son premier réflexe est d'aller chercher une bière à la Niche. C'est une guinguette improbable, plantée au milieu de ce que les gens du quartier appellent le "Gabou", un terrain vague, juste derrière le commissariat du district 7 auquel les policiers ont donné ce même nom : "commissariat Gabou". Initialement, ce n'était qu'un camion qui faisait baraque à frites, puis le patron Fazarkous, que tout le monde appelle Fazar, a mis des tables autour, et un peu plus tard encore, a tendu une grande toile pour les jours d'averses. C'est devenu un lieu un peu bancal mais un lieu tout de même.

Il n'y a personne à cette heure-ci. Il commande deux bières. La première est pour lui. Il la boit d'une traite pour éloigner les souvenirs d'Athènes, puis se lève et quitte les lieux en emportant la seconde. Elle est pour le vieux Tobo. S'il y a quelque chose à savoir dans la rue sur le meurtre de ce matin, lui saura.

"Ta bière est frelatée… dit Tobo en faisant une grimace. Elle est fraîche mais elle sent le pesticide. Je ne t'en veux pas, tout est frelaté dans ce bas monde…"

Le vieux est de mauvaise humeur. Sparak acquiesce.

"Ouais, dit-il d'un ton traînant, mais ça reste une bière…"

Le vieux Tobo le regarde comme s'il venait de dire quelque chose d'infiniment profond.

"Sûr, frère. Ça reste une bière…" Et il ajoute, comme pour montrer qu'il apprécie le geste : "Et par les temps qui courent, on serait mal torchés de faire les difficiles."

Les deux hommes gardent le silence un temps. Sparak observe Tobo : vieillir dans la rue n'est pas une sinécure. Une vie entière à s'user sur le bitume…

"Qu'est-ce que je peux faire pour toi, Zem ?" demande Tobo.

"Un gars de la zone 2 a été tué dans nos rues, ça te dit quelque chose ?"

Le vieux a l'air surpris.

"Ici ? répond-il. Tu rigoles ? Je l'aurais su… Ça ferait un sacré boucan, un truc pareil…"

Il ment. Sparak le sent. Ce qu'il ne comprend pas encore, c'est pourquoi. Peut-être est-ce la peur ? Tout se sait ici. Il craint sûrement qu'on finisse par apprendre qu'ils ont bu une bière ensemble et qu'il a trop parlé. La peur, parce que Tobo se fait vieux. Il sait que la zone 3 vénère le silence et que s'il s'attire des ennuis, il ne pourra pas se battre. Son corps n'a plus la force d'hier. Son esprit est moins vif. Pour sortir son épingle du jeu, il faut penser rapidement et avoir le geste sûr. La peur. Ou l'intérêt ? Tobo veut peut-être faire monter les enchères, monnayer patiemment ce qu'il sait. C'est de bonne guerre. Savoir quelque chose ici, c'est un bon moyen pour gagner trois sous. Tobo est maître en la matière. Mais il ment mal ce soir, et Sparak en est presque désolé pour lui. C'est comme de voir un vieux jongleur laisser tomber une balle à ses pieds. La défaite est en toute chose. Sparak soupire, prend son temps, puis se lève en répétant :

"La moindre petite info m'aiderait bien, Tobo…"

"J'ouvrirai grands mes yeux et mes oreilles, Zem, promis. Tu sais que je peux t'avoir des TQX pour pas cher si tu veux…"

"Ouais… Ouais… Tu me l'as déjà dit…"

“Ils viennent du Bangladesh, frère…”

“Un sacré long chemin pour venir faire sauter nos petits cerveaux d’ici…”

“Ça, tu l’as dit !” dit Tobo en riant.

Sparak s’éloigne.

“Tu m’oublies pas, Tobo. N’importe quoi, la moindre petite info, je compte sur toi…”

“Ouais… Le grand Tobo se met à l’écoute, promis”, répond l’autre en levant sa bière…

Et tandis qu’il s’éloigne, il entend le vieux qui continue à parler :

“Le grand Tobo… Et son armée de pilules… Roi de la nuit… Plaisir… Plaisir… Y a que ça qui vous attend…”

En arrivant en bas de chez lui, il s’arrête, regarde son immeuble, envisage un temps la possibilité d’y entrer puis se ravise. Pour faire quoi ? Il n’a pas envie de dormir. Il va tourner dans son appartement, buter contre les bouteilles de lait qui se sont accumulées un peu partout. À quoi est-ce que tout cela rime ? Se coucher pour se relever demain et recommencer, comme des millions d’autres dans cette zone qui est le hangar de l’humanité. Est-ce cela, sa vie ? Après tout ce qu’il a vécu, finir ainsi ? À cet instant, il sait qu’il ne va pas rentrer. La nuit n’est pas terminée. Il veut autre chose. Alors il tourne les talons et s’engouffre dans la première avenue, et ce qu’il ressent à ce moment-là, lorsqu’il laisse l’immeuble dans son dos, c’est le soulagement de celui qui échappe à son châtiment.

Le passage dans le tunnel n'a pas d'importance. Se mettre à quatre pattes à certains endroits ou s'arrêter soudainement de bouger parce que le type devant moi a entendu un bruit et veut vérifier que ce n'est pas dangereux de poursuivre, non plus. Rien ne m'affecte. Je suis Ira Cuprack. Je vais d'une zone à l'autre. Les réflexions grivoises du passeur, la main qu'il ose parfois et qui s'arrête sur mes fesses comme si le fait de me faire passer d'un monde à l'autre l'autorisait à prélever un échantillon de ce que je vais offrir là-bas, n'ont pas d'importance. Je continue. Je sais vers quoi je vais. Une fois le tunnel passé, il y a cette nuit qui débute et qui est à moi. Je n'ai plus qu'à me changer derrière la première voiture, glisser mon pantalon noirci aux genoux dans mon sac à dos et je ne suis plus Ira Cuprack. Les portes s'ouvrent. Celui qui m'attend a le don de se faire obéir. Il lui suffit d'un geste, d'un mot. J'ai rendez-vous, moi, la petite Ira de rien, que personne ne connaît, que le passeur se croit autorisé à peloter, la petite Ira qui n'a que sa beauté, j'ai rendez-vous avec la chance et rien ne m'arrêtera. Vous dites que je ne devrais pas ? Que c'est vendre plus que son corps ? Qu'il y a des étreintes qui salissent ? Vous ne savez rien. Je suis née du mauvais côté mais je n'y resterai pas. Les femmes qui vivent dans ces rues que j'ai envie de lécher tellement elles sont propres et brillantes, n'ont jamais connu la violence qui m'a élevée. Je suis née par malchance mais rien ne dit qu'il faille se contenter de cela. Je suis belle. J'ai un corps qui commande qu'on se mette à genoux. J'ai une taille et des hanches qui font tourner la tête des hommes. C'est la seule chose que je puisse utiliser. Je devrais m'abstenir ? Rester propre ? Est-ce que les rues de mon enfance m'ont laissée propre ? Ma beauté, je m'en sers. Je leur donne mes bras, ma bouche, ils pensent me posséder mais se trompent. Ils n'attrapent rien de ce que je suis. Je suis ailleurs. Je prépare ma vie. Ce rendez-vous va me le permettre et je vais droit à lui, sans hésiter. Qu'il ne soit pas beau n'a pas d'importance. Que ce ne soit pas le genre d'homme dont j'ai pu rêver ne me fait rien. Je sais bien que les étreintes avec des garçons de mon âge seraient plus tendres, mais ils n'offrent rien que leur sueur de petits hommes cassés de vivre et je connais ce goût par cœur, c'était celui de mon père, de chacun de mes frères, et c'est celui que je me suis juré de fuir. Lui n'est pas beau, non, mais il ouvre les portes, fait se déplacer des voitures aux quatre coins de la ville pour qu'elles viennent me chercher et m'amener jusqu'à lui, dans des chambres d'hôtel qu'il choisit toujours différentes et toujours luxueuses. Lui fait couler des alcools chers dans des verres qui sont des bijoux. J'embrasse l'autre monde. Pendant quelques heures. Le tunnel crasseux est si loin. Je sais que je vais devoir le reprendre, que l'heure n'est pas encore arrivée où je pourrai rester dans ces lits indolents. Je sais que je ne fais pas encore partie de cette ville, qu'il va me falloir être rusée, mais pour l'heure, je suis Ira et dans le regard qu'il pose sur moi, je sais que je suis envoûtante. Je n'ai pas encore exprimé mes exigences. J'attends qu'il ne puisse plus se passer de moi pour le faire. Mon rêve est là. Je suis jeune et irrésistible. Qu'il faille faire jouir son corps de vieil homme n'a pas d'importance. Je regarde les plis de son ventre lorsqu'il s'agite et je souris. Je ne suis dégoûtée par aucun détail de son anatomie, par aucun nom dont il m'affuble. Ce que je vois, ce que je sens sous mes doigts, sous ma langue, c'est l'opulence, et je la veux toute pour moi.

Lorsqu'il ouvre la porte de chez Miki, le patron l'accueille avec un étrange sourire. C'est un homme d'une quarantaine d'années, petit, le visage plat orné d'une moustache. Il a en lui un côté à la fois servile et débonnaire.

"Déjà de retour ? lance-t-il avec un air de profond contentement. Je vous avais dit que ça vous plairait !"

Sparak a envie de dire à Miki de se taire, de simplement lui vendre ce qu'il est venu chercher mais il ne peut pas. Il sait bien qu'il faut en passer par ces phrases un peu fausses, un peu viles qui essaient de faire conversation.

Il est venu il y a deux jours. La boîte de Miki est une des plus fréquentée du quartier RedQ. Elle est connue pour ses filles et sa bonne musique. On peut y trouver de tout. Zem la fréquente les soirs de grande solitude, lorsqu'il a envie de serrer dans ses bras une fille au rire un peu forcé et aux joues trop maquillées. Mais la dernière fois, Miki l'a accueilli avec un air de comploteur gourmand. Il lui a annoncé qu'il avait aménagé une nouvelle salle au troisième étage. Il lui a parlé de l'Okios, la nouvelle technologie addictive à la mode. Le premier essai était gratuit. En bon commerçant, Miki sait qu'il faut avant tout fidéliser la clientèle. Zem a accepté. Il a essayé ce casque, deux émetteurs posés sur les tempes qui diffusent par conduction nerveuse des images au cerveau et assurent une plongée parfaitement immersive dans un monde que les yeux, ensuite, projettent sur les murs alentour.

“Qu’est-ce que je vous programme, inspecteur ?” demande le patron.

“Comme la dernière fois.”

Miki lève les yeux, avec un air étonné.

“Vous êtes bien le seul… Les autres veulent tous du sexe.”

“Chacun ses rêves, j’imagine”, répond laconiquement Sparak.

Miki acquiesce comme si une grande vérité venait d’être prononcée et qu’il fallait prendre le temps de la méditer. Puis il tend à Sparak le casque à poser et la pilule d’Okios. Il télécharge le programme et annonce, d’une voix douce : Deux cents. Sparak paie. Il a hâte.

Dans la salle du troisième étage, il y a une dizaine de matelas au sol. Des corps sont étendus, çà et là, le visage tourné vers le mur, certains ont la bouche ouverte, un sourire étrange aux lèvres… Il en enjambe quelques-uns, se choisit un matelas, avale la drogue chimique qui va le libérer de ce qu’il est en le rendant plus léger. Avant que la pilule ne fasse effet, dans les instants de lucidité qui lui restent, il pose sur ses tempes les émetteurs. Les effets de la drogue commencent déjà à se faire sentir. Il ne voit plus les corps des autres qui, comme lui, sont plongés dans des images qu’ils sont les seuls à voir. Il se sent bien. Ce qui lui était apparu encore quelques minutes plus tôt comme une pièce triste où chacun venait mourir de solitude s’est agrandi d’un coup et devient large. Il se dépêche de s’allonger. Les images surgissent, partout autour de lui. Comme la fois précédente : des archives d’Athènes.

Il revoit les pentes du quartier Philopappos, la rue Karaiskaki, étroite, qui donne sur la place Iroon. Il voit de vieilles voitures, des trams, des gens qui traversent en portant des sacs de courses. Il est émerveillé par la réalité de ce qui l'entoure. Il entend les bruits de la circulation. C'est comme s'il était dans ces rues en noir et blanc avec précision et vérité. Il sait que toute cette humanité est morte, n'existe plus, et pourtant, tout a l'air si présent… Il se sent si bien dans cette ville de fantômes, qui marche au ralenti. Il est chez lui et il sourit alors d'un sourire qui remplace la nuit.

7

ET LES MORTS AURONT UN NOM

Aux petites heures du matin, avant que l'aube ne fasse scintiller les façades des immeubles, les drones décollent les uns après les autres comme une grappe de bourdons. Chacun a son plan de vol. C'est comme un nuage qui se disperse dans le grand ciel sombre. Ils progressent en silence jusqu'à rejoindre le point où démarrera leur campagne, puis ils s'allument, activent leur micro, déplient leur écran ventral et projettent dessus les images de leurs communiqués. Ils rasent les immeubles, frôlent les fenêtres des habitations. Çà et là, des quartiers cossus de Grandelune, Spada et Petit-Chagrin, en zone 2, aux huit districts de la zone 3, de la jolie place des Sept-Fontaines à la zone résidentielle d'Outresaule, en passant par les bidonvilles de la Grande Fosse, ils réveillent la ville. "Demain, le renouveau ! Votez Barsok." La campagne pour l'élection d'un nouveau membre à la Commission directoire bat son plein. Partout des slogans sont diffusés d'une voix métallique. "Le seul candidat, c'est Kanaka !" Le vote aura lieu dans quelques semaines et les drones ont l'autorisation d'intensifier la campagne et de commencer leur vol dès les premières heures du jour.

Dans les zones 2 et 3, tous les robots-démarcheurs vont se multiplier. Panneaux publicitaires mobiles, petits traceurs à roulettes, écrans collants que les équipes vont répandre dans tous les lieux publics et qui vont s'allumer pour attirer l'attention des cilariés : sur les poubelles, les comptoirs des bars, la porte d'entrée des bâtiments… La ville va se mettre à parler de mille bouches. Kanaka contre Barsok. Personne ne pourra y échapper. Les drones vont vanter tour à tour les mérites des deux candidats pour remplacer l'Honorable El Fatong, mort deux mois plus tôt à l'âge de quatre-vingt-dix-huit ans. Le candidat traditionnel, Kanaka, chef de la Commission santé, contre l'impétueux Barsok, chef de la Commission sécurité, originaire de la zone 3. L'un comme l'autre ont injecté des millions dans cette armée de drones volants, rampants, roulants qui va se disséminer partout pour essayer de faire en sorte que pas une rue, pas un cilarié n'ignore la tenue de l'élection.

Sparak marche. Cela lui fait du bien. Il a mis du temps à se réveiller. La prise d'Okios l'a engourdi. Son corps tout entier est comme ralenti. Il sait que l'Okios endommage la continuité de la conscience et qu'il faut qu'il en use avec parcimonie mais les plongées dans les images en noir et blanc sont un tel vertige qu'il ne peut plus s'en passer. Il se secoue la tête. Il lui faut un peu de temps pour retrouver ses esprits. Le ciel du matin est traversé de longs nuages jaunes qui s'étirent comme des fils de laine sale. Le vent fait rouler quelques canettes de bière le long des trottoirs. Il se dirige lentement vers la

Niche dans l'espoir d'un café qui le réconciliera avec ce matin.

Au commissariat Pinto, dans la zone 2, le briefing du jour vient de commencer. Le capitaine Monk regarde la salle avec un visage concentré. Il attend quelques secondes avant de parler, veut être sûr d'avoir l'attention de tout le monde. Les gars se taisent les uns après les autres. Les derniers rires s'estompent. Lorsque le silence règne dans la salle, il commence. Il leur dit que la période est tendue et qu'il va leur demander le meilleur d'eux-mêmes. Il leur parle de la Séquence Effort qui a été décidée par la Commission directoire pour finaliser l'OPA sur la République dominicaine. "Ce n'est pas la première que vous vivez, messieurs… Vous savez que c'est dur mais que les autorités savent être reconnaissantes… Elles nous demandent de ne pas compter nos heures pendant des jours, des semaines parfois, mais après, elles nous récompensent largement… On va faire comme tout le monde… On va tenir le coup et travailler avec acharnement. Ça veut dire que je ne veux voir personne discuter dans les couloirs, personne rentrer chez lui avant vingt-deux heures… personne me poser des congés à la con… C'est compris ?" Il fait une pause, prend soin de croiser leur regard à tous, pour être bien sûr qu'il a été clair, puis boit un peu d'eau et reprend. Est-ce qu'il le fait exprès ? se demande Salia. Elles sont au moins six femmes dans la salle. Mais rien n'y fait. Pendant les réunions, il n'est question que de "messieurs" et de "gars".

"À ça, messieurs, s'ajoutent les élections à la Commission… Il n'a pas pu vous échapper que la campagne battait son plein… Ça ne nous concerne pas directement, mais écoutez-moi bien… Je suis un vieux de la vieille et je peux vous dire que dans des périodes d'élections comme celle-ci, le mieux est de faire profil bas. Je ne veux pas d'esclandres, de dysfonctionnements, d'affaires pourries qui feraient la une des journaux, je ne veux rien, aucune vague. Des beaux résultats, c'est tout. Plein de beaux résultats bien lisses. Jusqu'à ce que nos dirigeants aient fini leur campagne."

Ronnie, assis au fond de la salle, lève la main et après que le capitaine lui a fait un petit signe, demande : "C'est vrai, chef, que Barsok veut imposer la fusion des polices des zones 2 et 3 ?"

Avant que le patron ne puisse répondre, son voisin, Cal, renchérit d'un air goguenard. "Ah parce qu'il y a des flics en zone 3 ?" Et tous se mettent à rire à gorge déployée… Le patron n'a pas bougé, pas souri. Il reste parfaitement immobile et froid. Lorsque le calme revient, il se met à parler d'une voix sèche.

"C'est exactement le genre de conneries que je ne veux pas entendre pendant les semaines qui viennent, Ronnie… Tu diras ce que tu voudras à tes potes le soir autour d'une bière mais pas là… Et comme tu n'es pas près d'aller boire une bière parce que nous sommes en Séquence Effort, pour l'instant, le mieux, c'est de te la boucler et de bosser… Est-ce que c'est clair ? Vous n'avez pas d'avis sur cette campagne, vous ne savez rien, vous ne pensez rien. Vous faites juste votre boulot. Mais par ailleurs, je vous confirme que le candidat Barsok est notre chef de la Sécurité et qu'en tant que tel, il a lancé la réforme dite du pilotage, communément appelée le verrouillage…"

Un brouhaha de protestation monte des rangs des policiers.

"Je sais... je sais... Vous n'aimez pas ça. Mais il va falloir vous y faire. Ça n'arrive pas qu'aux autres. L'inspectrice Malberg peut vous en parler. Elle a été verrouillée hier pour un homicide en zone 3."

Les gars regardent Salia avec un faux air désolé, l'œil moqueur. Deux d'entre eux, au fond de la salle, poussent des aboiements pour singer son nouveau collègue. Un autre se penche vers elle et lui glisse : "Désolé, Malberg. Mais t'inquiète, on t'enverra des croquettes !..."

Le capitaine Monk sourit de ces enfantillages, puis tape sur son pupitre pour faire revenir le calme. "Espérons que cette lubie soit temporaire, comme tant d'autres avant elle... En attendant, je vous demanderai de faire avec et de jouer le jeu. Vous n'êtes pas obligés d'aimer votre chien, ni même de lui donner toutes les infos que vous avez mais simplement de le faire apparaître sur les rapports que vous me remettrez pour qu'on ne vienne pas nous accuser d'entraver la réforme."

Les gars protestent à nouveau, lèvent les bras en l'air de façon théâtrale. "Pendant ce temps, on ne fait pas notre vrai boulot !" lance Cal avec un air outré. Le capitaine l'entend et s'appuie sur sa phrase pour relancer sa présentation :

"Justement, Cal. Cela m'amène au dernier point... L'affaire BreakWalls et la traque de Jon Mafram... C'est le dossier prioritaire du service. Tout doit être fait pour faciliter le travail du Pôle intervention." Les gars assis autour de Cal ne bougent pas. Ils n'ont pas besoin de le faire. Ils savourent ce moment. Tous les regards sont sur eux. Toutes les envies. Salia voudrait lever la main et proposer son aide mais elle ne le fait pas. Elle sait bien que tout le monde se moquerait d'elle. Elle se tait et écoute seulement le patron redire que les illuminés de BreakWalls ne sont pas à prendre à la légère, que le groupe a visiblement décidé de durcir ses actions et qu'il faut rester en alerte maximale. Puis, lorsqu'il a fini de dire tout cela, il regarde une dernière fois la salle et lance, avec une voix forte : "Messieurs… Au boulot !"

Dès qu'elle est sortie de la salle de briefing, Malberg retourne dans son bureau et essaie de joindre le médecin légiste de l'Institut Grande-Pitié pour avoir les premiers résultats des analyses.

"Edmundo ? C'est Malberg…"

Elle entend mal. Ça grésille et la voix de son interlocuteur est hachée.

"Je t'appelle au sujet du corps qui est arrivé de la morgue Saint-Espoir hier soir… Est-ce que tu as une identification ?… Tu m'entends ?… Le corps de la zone 3… Est-ce que tu peux m'épeler le nom ?… P… A… Oui. Ensuite ? Je n'entends rien…"

À l'autre bout de la visio, le médecin légiste bouge sans cesse et les bruits de la rue rendent la conversation difficile.

"Mais tu es où, Edmundo, nom de Dieu ?"

Le légiste a la voix énervée de ceux qui n'ont pas eu une minute à eux et qu'on houspille parce qu'ils ne vont pas assez vite. Il répond qu'il est sorti s'acheter un café, qu'il a bossé hier jusqu'à deux heures du matin et que si elle veut sa place, il la lui donne volontiers.

"Pamouk ?… C'est ça ?… Malek Pamouk ? OK. Merci… Et l'heure de la mort ?…"

Salia n'entend pas distinctement sa réponse. Il dit juste qu'il lui a transféré le dossier, puis il y a un long grésillement, et enfin, plus rien. Il a raccroché, considérant probablement qu'il avait le droit à cinq minutes de silence pour avaler son café avant de retourner disséquer des corps réticents à révéler les outrages qu'ils ont subis.

Elle tape le nom sur son ordinateur. Pamouk, Malek. Le résultat la sidère. Il est né en zone 3 mais il est passé en zone 2 à l'âge de quarante-sept ans parce qu'il faisait partie des vainqueurs du Grand Tirage au sort. La photo qu'elle découvre est celle d'un homme souriant. Une fois arrivé en zone 2, il a suivi une formation accélérée pour changer de métier, puis est devenu cuisinier dans un restaurant sur les quais de la Saule, dans le quartier des Cèdres. Il avait une vie devant lui. Elle repense à cela : "vainqueur du Grand Tirage". La chance est capricieuse. Elle a sorti cet homme de la zone 3 mais c'était finalement pour l'y laisser mourir. Vivrait-il encore s'il était resté dans son quartier insalubre ?

À cet instant, le téléphone sonne. Edmundo est revenu de sa pause. La communication est meilleure. Il est dans une des salles de l'institut médico-légal. Avant qu'elle ne puisse dire quoi que ce soit, il se lance dans un long monologue :

"Je sais ce que tu vas me demander, Salia… Et oui, je peux te donner une estimation de l'heure de la mort. Mais ce n'est pas ce qui va t'intéresser le plus, crois-moi… Ce qui va te plaire, c'est que je peux t'affirmer que votre client n'est pas mort là où vous l'avez trouvé. Si cela avait été le cas, le corps aurait commencé à être bouffé par les pluies acides et ça se verrait… Non. On l'a déposé là *post mortem*. Il n'y a aucun doute. La mort a probablement été provoquée par un coup violent derrière la nuque. Ils l'ont ouvert ensuite. Voilà… C'est tout ce que je peux te dire pour l'instant. Il faut que je retourne à mes frigos…"

Et avant qu'elle n'ait pu dire quoi que ce soit, il coupe la liaison. Elle reste seule, avec l'énigme de cette présence et l'impossibilité de faire coïncider le visage de cet homme tranquille avec la carcasse outragée du terrain vague.

8

BARSOK

Il n'y a pas grand monde à la Niche. Il est encore trop tôt. Le vieux Fazar suit un ancien épisode d'une série brésilienne où il est question d'amour et d'héritage sur un écran qui a dû tomber à terre au moins dix fois et n'a jamais été réparé. L'arrivée de Sparak a l'air de le soulager. Il se lève, heureux de pouvoir se soustraire à l'hypnose de cette histoire sans fin dans laquelle les gens parlent avec une conviction forcée et boivent des cocktails à toute heure du jour et de la nuit…

Sparak s'assoit. Le patron lui lance avec un ton enjoué :

"Quoi de neuf en zone 2 ?"

Les nouvelles vont vite. Tout le monde sait que Sparak est parti là-bas. En guise de réponse, Zem fait une moue boudeuse.

"Impossible de trouver des *dolmades**."

Fazar a l'air de compatir.

"Les temps ont changé", dit-il, comme si c'était la nouvelle la plus triste qu'il ait jamais entendue. Ils restent tous les deux un moment silencieux, soupesant cette vérité indéniable. Puis, Sparak lui demande :

* Feuilles de vigne farcies au riz.

"Tu es au courant pour le corps retrouvé dans La Steppe ?"

"Oui", répond laconiquement Fazar.

"Tu sais quelque chose là-dessus ?"

"Rien."

Le silence retombe. Zem boit une gorgée de bière. Tout va continuer comme ça éternellement, se dit-il. Sa vie est là : le terrain vague au milieu duquel est plantée la Niche avec ses quatre chaises et sa toile de jute tendue en cas de pluie, les bières bues et rebues tout seul…

"Dis, Fazar…", lance-t-il alors pour se sauver de cette perspective.

"Quoi ?" demande le vieux avec lassitude.

"Tu ne sais pas où je pourrais trouver des *dolmades* ?"

Le vieux se rapproche en s'essuyant les mains sur un chiffon.

"Tu peux essayer chez Gavros, près du check-point Auguste. Vas-y de ma part, c'est mon cousin…"

Sparak est sur le point de le remercier mais le vieux ajoute : "Mais si tu cherches le parfum d'hier, c'est foutu, Sparak… On n'est plus au pays et les *dolmades* que tu trouveras n'auront été faits par aucune de nos mères…"

Et il tourne le dos, le laissant finir sa bière dans une solitude encore plus grande.

C'est à cet instant que surgit Mazdo. Il s'approche en faisant de grands gestes des bras, essoufflé, et crie : "Zem !" Avant que Sparak ait le temps de répondre quoi que ce soit, il répète : "Zem, lève-toi ! Grouille ! Les huiles ont débarqué au commissariat. Vite ! Le sergent Solomos t'attend pour commencer !" Et devant la mine interrogative de Sparak, il ajoute : “Il y a une fille de la zone 2 et tu le croiras pas mais ils disent que Barsok va venir !”

Le sergent Solomos a effectivement convoqué tous les gars du service. Ils attendent, en uniforme, curieux de la présence de cette inspectrice de la zone 2 qui, pour l'instant, s'est mise en retrait et ne dit rien. Dès que Zem et Mazdo apparaissent, Salia fait un signe de la tête à Sparak pour qu'il vienne la rejoindre et, tandis qu'il approche, elle s'engouffre sans dire un mot dans le couloir qui jouxte la salle. Une fois à l'abri des regards, elle se retourne, le fixe dans les yeux et lui lance :

“Ce n'est pas vraiment ce que j'attendais de vous.”

“Ah non ?” répond-il pour lui montrer que sa colère ne l'impressionne pas.

“Je crois que vous ne m'avez pas bien comprise…”

Elle le toise avec froideur, essaie de mesurer à quel point il la provoque sciemment. Lui ne bouge pas. Il sait très bien de quoi elle parle : il n'a pas donné signe de vie depuis leur première rencontre, et c'est probablement cela qui l'excède.

“Désolé de vous décevoir”, répond-il calmement.

“Je vous avais demandé de faire votre boulot de bon toutou, si je me souviens bien.”

Elle s'est approchée, tout près de lui. Il peut sentir son énervement. Est-ce qu'elle croit vraiment qu'elle l'impressionne ?

“Disons que vous n'avez peut-être pas su trouver les mots pour me motiver…”, dit-il avec un sourire narquois.

“Ah non ?”

“Non.”

“Vous voulez que je vous dise ce que je pense de notre petit couple ?”

“Je suis impatient.”

“Je pense que la database m’a gentiment offert un larbin et que je n’en ai pas encore assez profité. Je pense que je suis sur le point de décider de vous faire chier jour et nuit juste parce que c’est mon bon plaisir, que vous allez être corvéable à merci parce que votre petit air ne me plaît pas.”

“Ah non ?”

“Non.”

“Dommage.”

“On a une affaire, reprend-elle, et que ça vous plaise ou non, il va falloir s’y mettre.”

Il la regarde avec dureté puis lui répond :

“Vous voulez que je vous dise, moi, ce que je pense de notre affaire ? Puisque vous avez visiblement envie de croire que c’est « notre » affaire. Eh bien je pense que vous n’y croyez pas une seule seconde mais que vous me pensez assez con pour y croire, moi. Je sais très bien comment ça va tourner. Si on trouve quelque chose, vous disparaîtrez avec votre jolie petite affaire sous le coude et si on n’avance pas, vous direz que c’est à cause du bouseux de la zone 3.”

Elle le coupe.

“Et ?…”

“Et ce n’est pas comme ça que je travaille.”

“Ah non ?”

“Non.”

“C’est drôle.” Elle détache bien chaque mot. “Il me semblait qu’il y avait une chaîne hiérarchique et que c’était moi qui étais en haut et vous en bas et que donc, possiblement, je pouvais me passer complètement de savoir ce que vous inspiraient mes ordres.”

Il ne dit rien, attend de voir jusqu'où elle va laisser aller sa colère.

"Vous allez faire ce que je vous dis de faire. Et dès maintenant. Que cela vous plaise ou non. Vous allez marcher à mes côtés, comme un bon chien, et renifler où je vous dirai de renifler. Si vous ne voulez pas que je fasse sauter votre accréditation, vous allez apprendre à faire ce que je vous demande et même à me lécher la main."

C'est à cet instant que le sergent Solomos s'approche et les interrompt. Barsok vient d'arriver. Il est temps de regagner la salle.

Le candidat jaillit de sa voiture, entouré d'un aréopage de conseillers. Lorsqu'il entre, tous les policiers le dévisagent, heureux et fiers qu'un homme aussi connu leur rende visite. Malgré sa petite taille, une autorité naturelle se dégage de lui. Avec son visage carré, ses yeux noirs et son sourire enjôleur, il avance vers le premier rang sans hésiter, serre quelques mains puis s'assoit et laisse le sergent Solomos monter à la tribune en s'éclaircissant la voix. Celui-ci commence par remercier le chef de la Commission sécurité de sa présence. Il parle de l'honneur que cela représente pour un petit commissariat comme le Gabou. Il dit que, dans toute sa carrière, c'est bien la première fois qu'il voit ça. Puis, il s'adresse à ses hommes, en ayant préalablement prévenu le candidat : "J'espère que vous ne m'en voudrez pas de leur parler comme je le fais d'ordinaire ?" Et comme Barsok répond d'un sourire entendu, il se lance et leur dit que c'est une sacrée belle occasion pour eux, aujourd'hui, de montrer ce qu'ils savent faire. Que s'ils veulent qu'on sache qu'ils ne sont pas qu'une simple bande de clébards, c'est le moment. Il rappelle que l'enquête sur l'éventré du terrain vague fait l'objet d'un verrouillage entre les inspecteurs Sparak et Malberg, que ce nouveau type de protocole a été voulu et pensé par M. Barsok dans un souci de renforcer les liens entre les polices. "Je vais vous le dire autrement, les gars, finit-il par lâcher, c'est maintenant qu'il faut montrer ce que vous valez ! Toute info qui concerne l'affaire du corps des Décharges Citoyennes doit être transmise à Sparak. Le dossier est urgent. Vous allez vous défoncer pour que tout le monde sache qu'en zone 3 aussi, on sait résoudre des affaires." Les hommes reçoivent ces phrases comme une décharge électrique. Ils sont fiers, galvanisés et bombent le torse en se promettant de faire de leur mieux.

C'est maintenant au tour de Barsok de monter à la tribune. Il remercie le sergent en lui serrant la main, regarde longuement l'assemblée et commence :

"Je vous connais. Chacun d'entre vous. J'ai été comme vous. Vous le savez tous : je suis né ici, dans le district 7. Je sais ce que c'est que de vivre dans une zone dont on pense ne jamais sortir. Je sais ce que c'est que de se sentir moins bon, moins chanceux, moins riche, moins bien traité… Je sais ce que c'est que les familles qui s'esquintent, les pères qui disparaissent dans des soirées d'alcool. Je suis comme vous. J'ai eu honte de ma zone et je me suis demandé si j'allais crever dans cette honte. Eh bien non. Je suis là pour vous le dire. On peut être fier d'être né ici. Parce que les choses vont changer. J'ai voulu ce dispositif de tandem pour montrer qu'ici aussi on sait travailler. Pour montrer surtout que Magnapole, ce n'est pas que les zones 1 et 2, Magnapole, c'est les trois zones réunies. On ne peut plus continuer à vous mépriser. Vous savez, vous, ce que c'est que la misère. On vous demande de balayer devant la porte de la zone 2 et c'est toujours plus difficile, toujours plus mal payé. Mais c'est fini. Il est temps que GoldTex s'appuie aussi sur la zone 3 et qu'elle le fasse avec fierté. C'est ce que je leur dirai si je suis élu à la Commission directoire. Je ne suis pas meilleur que les autres, mais je connais plus de réalités que les autres. Je connais toutes les vies qui contribuent à la richesse de GoldTex et je sais que certaines sont depuis trop longtemps méprisées. Alors, écoutez-moi : je vous fais la promesse que cela va changer ! Si vous êtes prêts, si vous êtes avec moi, cela a déjà commencé à changer !"

Barsok finit son discours avec un large sourire, en levant les bras, sûr de son effet. Les policiers, face à lui, applaudissent à tout rompre. On ne leur a jamais parlé comme ça. Ils se sentent fiers, enfin reconnus. Barsok prend le temps d'en saluer encore quelques-uns, puis vient auprès de Sparak et Malberg et leur dit avec un air complice : "Je compte sur vous. Où que vous mène l'enquête, vous aurez mon appui. Il faut attraper le salopard qui a fait ça." Il fait une photo avec eux, puis son garde du corps lui indique qu'il est temps de s'en aller et il sort de la salle, laissant derrière lui un commissariat retourné par l'ardeur qu'il a déclenchée.

Zem se penche vers Salia et lui dit avec un rictus un peu moqueur :

“Nous voilà devenus le fer de lance de la police de Magnapole…”

Elle sourit et ajoute :

“On va essayer d’être à la hauteur. Et si on commençait par aller faire un tour aux Décharges Citoyennes ?”

Il ne pensait pas qu’elle aurait envie d’aller voir les lieux mais il ne dit rien. Peut-être est-ce l’effet du discours de Barsok ? Peut-être est-elle convaincue soudainement de la nécessité de travailler ensemble ? À moins qu’elle ne veuille juste un chauffeur pour visiter la zone 3 ?

9

LA VOYANTE

Il gare la voiture à l'orée de la Steppe, puis l'accompagne jusqu'à l'endroit où ils ont trouvé la dépouille. Elle regarde tout autour d'elle, l'immensité du terrain vague, et se tourne vers lui.

"Si je voulais me débarrasser d'un corps, ce serait bien le dernier endroit que je choisirais..."

Il acquiesce.

"Pourquoi venir jusqu'ici ?" poursuit-elle.

"Ça fait partie du problème, répond laconiquement Zem, ça ne colle pas."

Pour la première fois, elle le regarde avec intérêt. Oui. Il a raison. L'endroit. La disposition du corps. Ce n'est pas qu'un meurtre, c'est une mise en scène et, comme toute mise en scène, elle veut dire quelque chose. Mais quoi ? Et à qui ?

"L'avenue VIII, vous connaissez ?" demande-t-elle en remontant dans la voiture.

"Oui. C'est juste au-dessus", dit-il en montrant le bras d'autoroute qui domine l'endroit où ils sont.

"On y va."

“Avenue VIII ?” répète-t-il avec surprise, comme pour souligner que ça n’a pas grand-chose à voir avec l’enquête.

“Oui.”

Durant le trajet pour rejoindre l’embranchement, elle ne prononce pas un mot, regarde à travers la vitre la réalité de ce quartier où tout est misère. Est-ce qu’elle est déjà venue par ici ? Il est sur le point de le lui demander mais il ne le fait pas. Il sent qu’elle est mieux dans son silence. Ils glissent tous les deux, côte à côte, dans ces rues où les détritus dansent au gré des bourrasques, puis il prend la bretelle encore accessible et lorsqu’ils arrivent au bout de la route à quatre voies, devant le grand trou dans la chaussée, il éteint le moteur et lui dit : “L’avenue a été coupée… À partir de là, il faut continuer à pied.” Alors qu’elle est sur le point de descendre, il ajoute : “À votre place, je ne sortirais pas comme ça… On n’est plus sous le dôme climatique par ici. En cinq minutes, vous pouvez vous prendre une averse de pluie acide…” Elle le regarde un temps puis dit simplement : “Ça va aller…”

Il n’a pas bougé de la voiture. Il préfère attendre dedans. Au début, il réfléchit à l’affaire, puis son esprit s’évade. Qui est-elle ? Qu’est-ce qu’elle fait là, sur l’avenue VIII ? Il ne connaît rien de son histoire. Est-ce qu’elle veut juste faire trois pas dans la boue des quartiers pauvres pour pouvoir le raconter aux collègues ou est-ce qu’autre chose la lie à cette avenue tronquée ? Il sent en elle une opacité qui l’intrigue. Elle est venue, elle a voulu voir la scène de crime et la voilà maintenant qui se promène sous une averse qui va lui bousiller son imperméable et lui laisser des traces dans les cheveux pendant deux, trois jours. Il doit bien s'avouer qu'il l'aime bien. Même si elle l'énerve. Alors, lorsqu'elle revient vers le véhicule, il ouvre la portière et lance avec un sourire : "Vous avez trouvé ce que vous cherchiez ?"

"Vous avez connu les Grandes Émeutes ?" demande-t-elle lorsqu'ils roulent de nouveau.

"Oui."

"C'était impressionnant ?"

Il tourne la tête vers elle, surpris.

"Impressionnant ?"

"Oui, je veux dire… la foule, les combats, tout ça…"

Il comprend sa question. Impressionnant, oui. Par les milliers, les dizaines de milliers d'hommes et de femmes de la zone 3 qui hurlaient leur rage d'être des sous-citoyens. Impressionnant, oui, parce qu'ils avaient la force de tout brûler et que c'était beau, cette foule qui décidait de devenir un peuple. Mais le plus impressionnant, c'était la réponse de GoldTex. Un dispositif policier jamais vu. Le nombre des équipes, le matériel fourni, tout avait été fait pour mater au plus vite ce désir de liberté. Alors il le lui dit, et elle sent dans sa voix qu'il y a une sorte d'émotion étrange. "Ç'a été brutal", conclut-il. Et comme le silence après sa phrase devient un peu gênant, il ajoute sur un ton plus enjoué :

"Tout passage en zone 3 doit se finir par une bonne bière à la Niche…"

Et à sa grande surprise, tout en pressant une mèche de ses cheveux pour en faire couler l'eau, elle répond en souriant : "Va pour la Niche !"

Salia marche dans la boue en essayant d'éviter les canettes de bière et les bris de verre.

"Dépêchez-vous. Ils annoncent une nouvelle averse…", prévient Sparak dans son dos.

Elle lève les yeux et regarde avec surprise le spectacle du ciel qui a changé en quelques secondes. Des nuages venus de nulle part se pressent et tournent sur eux-mêmes. Le ciel bleu qui régnait encore il y a cinq minutes a disparu.

"Ça fait bizarre, ça change si vite ici… Je suis tellement habituée au dôme climatique…", dit-elle avec une sorte d'étonnement d'enfant, comme si elle trouvait que ce spectacle n'était pas dénué d'une certaine beauté.

"Croyez-moi, répond Zem avec les mâchoires serrées, ces saloperies d'averses subites, on ne s'y fait jamais…"

Ils accélèrent le pas et lorsqu'ils arrivent au niveau de la grande tente tirée au-dessus de quelques tables, le vieux Fazar les accueille avec un large sourire.

"Bienvenue à la Niche !"

Il a l'air très impressionné par la présence de cette femme qu'il ne connaît pas et fait des gestes un peu ridicules pour montrer qu'il sait recevoir. Il indique une table à Salia, va pour lui tirer la chaise, et lui demande avec une voix apprêtée ce qu'elle désire.

"Envoie deux bières, Fazar, et arrête tes manières, c'est juste un jour de plus sous ce bon vieux ciel de merde."

Fazar a l'air un peu vexé par la remarque de Sparak et s'éloigne. Lorsqu'il revient avec les bières, il a retrouvé son visage taciturne. Il décapsule les bouteilles et les pose sur la table sans dire un mot.

"Votre avis sur ce qu'on a ?" interroge Salia en buvant une première gorgée.

Il la regarde un temps comme pour lui demander si elle veut vraiment qu'il s'exprime et comme elle semble attendre, il finit par répondre :

"Le gars ouvert comme un poisson, ça ressemble à un trafic de pièces détachées. Il a pu se faire greffer. Quelqu'un l'a su et a voulu récupérer les pièces. La question, c'est qui peut faire ça ? Un trafic pareil, ça demande de la logistique. Il faut un lieu, du matériel, une salle d'opération, des chirurgiens... Honnêtement, un truc pareil, on en aurait entendu parler..."

"Donc ?" relance-t-elle.

"Donc ça ne colle pas."

"Je sais comment Pamouk est passé de la zone 3 à la zone 2."

"Je vous écoute..."

"Il a gagné au Grand Tirage *Destiny*."

"Non ?"

Sparak ne cache pas sa surprise. Un vainqueur assassiné, ce n'est pas commun. Salia continue à réfléchir à voix haute.

"Imaginons qu'il ait été tué en zone 2, puis transporté jusqu'au terrain vague... Si c'était le cas, qui aurait pu organiser le passage du corps ?"

Zem réfléchit, puis répond avec assurance :

"Panotis. Il a un œil sur tout ce qui entre et tout ce qui sort."

"Bon, dit-elle en finissant sa bière. Demain matin, première heure, on va rendre visite au dénommé Panotis et on lui met un petit coup de pression. On verra ce qu'il a à raconter."

"Ça me va", répond Zem.

Il reste un temps silencieux. C'est à ce moment-là qu'arrive le vieux Tobo, en boitant. La pluie a commencé à tomber et ses cheveux sont teintés du jaune des pluies acides.

"Fazar ! crie Zem en direction du bar. Mets une bière à Tobo. C'est pour moi."

Le vieux Tobo a entendu. Il s'approche en souriant. Mais voyant Salia, il se fige.

"Sois pas timide, Tobo. C'est juste une dame…"

Le vieux la regarde en plissant des yeux. L'expression un peu servile qu'il avait sur le visage la seconde d'avant a disparu. Il est happé par une curiosité nouvelle. Soudain, il se met à parler et il le fait d'une voix que Zem ne lui a jamais entendue.

"Tout parle chez nous, dit-il avec un air de prophète. Les canettes qui roulent sur les trottoirs, les rats qui fouillent les poubelles, les vieux cartons abandonnés au pied des immeubles, tout. Ça s'agite et remue. Ici, la loi, c'est le tourment. Il faut plonger dans la boue pour embrasser la vérité. Fracas… Fracas !… Tu verras. Même avec les yeux fermés !"

Sparak n'a pas le temps de lui demander de quoi il parle et pourquoi il s'adresse ainsi à Salia que déjà il s'éloigne, en faisant non de la main, comme s'il congédiait le monde entier. Sparak reste interdit. Salia aussi est silencieuse, comme en arrêt. Elle ne comprend pas ce que lui veut cet homme mais elle sent, à cet instant, qu'il a l'épaisseur des mystères, qu'il sait probablement mille choses qu'elle ignore, et qu'avec sa démarche dégingandée, il voit peut-être les ombres d'hier et les tourments de demain.

10

LES GRANDES ÉMEUTES

Il y en avait de plus en plus. Chaque matin, les habitants de la zone 3 en découvraient au coin des rues, devant les arrêts de bus, sur les façades des immeubles ou les vitrines des magasins. Ils observaient ces dessins tagués durant la nuit et, sans pouvoir en déchiffrer le sens, comprenaient que quelque chose était en train de naître. Cela ressemblait à des signes tribaux. Deux traits parallèles suivant la même courbe, ou un triangle contenant un rond. Chacune de ces figures géométriques était un appel à l'insurrection. Et bientôt les premières manifestations eurent lieu. Ces signes qui avaient recouvert la ville, ils se les étaient peints sur le visage. Une horde jeune, vigoureuse, recouverte d'étranges motifs. Chacun avait choisi ses peintures de guerre : un trait épais qui descendait sur le nez puis bifurquait au-dessus de la bouche. Deux traits sur les pommettes avec deux ronds en dessous comme si les yeux s'étaient déplacés pour se loger au milieu des joues. On aurait dit une troupe de guerriers étranges, obéissant à des codes méconnus. Il fallait modifier la perception de son visage pour tromper les algorithmes des drones de reconnaissance faciale qui patrouillaient et fichaient les manifestants. Il fallait brouiller la vue des robots, leur faire croire qu'un visage était un objet, qu'une tête de face était de profil, pour qu'ils ne sachent plus rien reconnaître et que la ville leur échappe.

La zone 3 sut qu'elle avait trouvé sa colère et que le nombre de ceux qui allaient descendre dans la rue ne cesserait de croître. Les autorités aussi le sentirent. Elles envoyèrent une flotte conséquente de drones scanneurs qui n'avaient d'autre fonction que d'identifier le maximum d'individus. Ils passaient et repassaient au-dessus des foules comme une nuée d'insectes. La Commission sécurité avait prévenu : le couvre-feu ayant été proclamé, toute personne se trouvant dehors serait considérée comme un manifestant et, une fois identifiée, serait immédiatement licenciée. GoldTex ne voulait aucune protestation. Les drones volaient, scrutaient, tentaient de percevoir la moindre faille dans les maquillages tribaux pour réussir à mettre un nom sur chaque individu. Ceux qui n'avaient pas bien dessiné leurs brouilleurs recevaient sur leur bracelet une notification de licenciement à effet immédiat. N'étant plus cilarié de GoldTex, ils devaient se rendre au plus vite dans un bureau du départ. Les notifications tombaient par dizaines mais moins vite que les manifestants qui venaient gonfler le nombre des insurgés. Lors de la troisième journée, la foule, furieuse d'être harcelée par ces drones qui lui tournaient autour comme des mouches, chercha la confrontation et se dirigea vers le check-point de la Fosse ouest, celui qui était dans l'axe de l'avenue I. À peine les premiers manifestants arrivèrent-ils qu'ils se mirent à courir, laissant libre cours à leur envie de dévorer ce point encore lointain, barricadé derrière des plots de béton anti-véhicules et des barbelés. Les gardes du check-point n'avaient pas imaginé qu'ils seraient l'enjeu de la première bataille. Ils n'étaient que huit et virent arriver la foule avec stupeur, hésitant sur ce qu'il convenait de faire. Ne sachant s'il valait mieux tirer ou fuir, ils s'immobilisèrent comme du gibier sous l'œil de la carabine, tétanisés, jusqu'à ce que les manifestants soient sur eux et brisent tout de leurs cris, de leurs poings, de leurs rugissements. En quelques minutes, le check-point tomba. Ce fut une surprise immense pour tous ceux qui venaient d'en prendre possession. Il était donc possible de gagner… Quelque chose était sur le point de céder. Ils le sentaient. “Brûlez ! Brûlez ! La zone 3 veut des droits !” Les slogans étaient repris par la foule avec une joie incendiaire. Les drones de surveillance allaient et venaient en tous sens mais sans avoir de prise sur cette foule immense. L'inquiétude s'empara des forces de l'ordre. Chaque poste de police se demandait s'il allait être le prochain à tomber. Les manifestants tinrent le check-point toute la nuit, aidés par les habitants qui apportaient des boissons et de quoi manger à ceux qui étaient aux avant-postes. Tous se mirent à croire que GoldTex allait céder et qu'un nouveau monde débuterait.

Au matin du quatrième jour, les policiers antiémeutes apparurent. Les manifestants comprirent tout de suite que la prise du check-point de la Fosse ouest n'avait fait que réveiller une immense machine de répression. Les policiers avançaient lentement, calmement, avec les canons à eau, les gaz, cuirassés dans des équipements qui leur donnaient des airs de scarabées modernes. Ils avançaient et frappaient tout devant eux. Ce fut le premier affrontement de ces dix longues journées de soulèvement. Les insurgés luttèrent avec rage pour tenir mais ils durent céder et finirent par abandonner le checkpoint. Les charges successives des policiers les obligèrent à refluer vers le centre. Çà et là, des incendies se déclenchaient. Les forces de l'ordre tiraient à balles réelles. Des drones hurleurs lançaient au-dessus des barricades des sons ultra-aigus qui faisaient saigner les tympans des manifestants et les obligeaient à fuir. Sans cesse, les barrages étaient détruits puis reconstruits, abandonnés puis repris. Les jeunes brûlaient tout ce qu'ils trouvaient pour obstruer les avenues et empêcher les gardes mobiles de circuler. Nuit et jour, les voix fatiguées des habitants reprenaient le slogan, sans rien abandonner de leur colère. "Brûlez ! Brûlez !" Plus personne ne croyait que la crise donnerait naissance à des négociations. Plus personne n'espérait obtenir des avancées, des concessions. Il n'était plus possible de revenir en arrière.

Comme tout membre des forces de l'ordre, Zem Sparak fut envoyé en zone 3. Au cinquième jour des émeutes, il fut rattaché à une brigade d'assaut. Pendant deux jours, lui et sa section jouèrent au chat et à la souris avec des petits groupes agiles qui leur lançaient des pierres ou les harcelaient en leur tendant des pièges du haut des toits d'immeubles. Il avait chargé maintes et maintes fois. Il avait passé des heures au milieu du souffle rauque de ses collègues.

Il avait frappé sur des corps ou s'était opposé de tous ses muscles à l'assaut brutal des assaillants. Coups. Matraques. Taser. Il avait vécu au rythme des affrontements. Jusqu'à ce jour où ils avaient été déployés sur l'avenue VIII, au-delà du check-point, au-dessus des bidonvilles de la Grande Fosse. Ils étaient là, en rangs bien serrés. Ils avaient reçu ordre de tenir coûte que coûte. Si la zone 3 parvenait à se répandre dans les rues de la zone 2, c'était le chaos assuré et il n'était pas certain que Magnapole y survive. Ils étaient disposés en quatre rangées successives. Sparak était dans celle qui prendrait de plein fouet la charge. Les corps étaient tendus. Tout le monde serrait les mâchoires. Les policiers savaient que l'assaut serait sauvage. En face, les insurgés n'étaient plus les mêmes. Tout le peuple de la zone 3, mû par le désir fou de passer la frontière et de fouler, enfin, les rues de la zone 2, était là. Les deux camps se faisaient face. Il avait eu envie de fuir. Pas par peur de l'affrontement mais par dégoût de ce qui allait se produire. Il lui semblait revivre l'écrasement du peuple grec. Il observait la foule face à lui et se demandait pourquoi il n'était pas plutôt parmi eux. Mais la charge n'eut pas lieu. Au moment où les manifestants allaient s'élancer, deux explosions simultanées retentirent, les faisant eux-mêmes sursauter. Pendant quelques secondes, rien ne bougea. Chacun regardait autour de lui avec surprise. On cherchait à comprendre ce qui s'était passé. Puis la clameur monta. La panique s'empara des manifestants. Le sol bougeait sous leurs pieds. Les détonations avaient fait sauter les deux piliers portants de l'extrémité nord. En quelques secondes, tout s'écroula. Ce fut lent comme les images précises d'un cauchemar. Les policiers, eux, n'avaient pas bougé. Le sol était resté solide sous leurs pieds. Ils virent le béton céder, les premiers trous apparaître, s'élargir, et tout finir par se disloquer. Le pont s'effondra, emportant dans sa chute toutes ces vies mêlées, dans un crissement affreux de pierres et de métal. Tout se désagrégeait vingt mètres plus bas dans un épais nuage de poussière blanche. Entre eux et la zone 3, désormais, il y avait ce gouffre. Personne ne viendrait au secours de ceux qui tombaient. Personne même ne compterait le nombre de morts. Les émeutiers étaient châtiés. Sparak aurait probablement dû se féliciter de cette issue qui lui permettait d'éviter un affrontement et marquait le début du retour à l'ordre mais il en était incapable. Il revoyait les corps chuter. Il entendait le grondement monstrueux des éboulis. Ce jour-là, il prit sa décision. Il sut que, dorénavant, il vivrait parmi eux, en zone 3, et qu'il le ferait en souvenir de ce pont brisé qui avait englouti tant de vies et fait taire tant de colère.

11

VISION-CHIMÈRE

“Et si on y allait maintenant ?”

Salia est revenue sur ses pas alors qu’elle était sur le point de monter dans sa voiture pour rejoindre la zone 2. Elle regarde Sparak avec une sorte de candeur insistante. Comme il ne réagit pas, elle précise.

“Panotis… Vous savez où le trouver à une heure pareille ?”

Il réfléchit. Le plus probable, c’est qu’il soit dans le quartier de la Forêt, ce coin du district 8, au-delà des Décharges Citoyennes, qui est le terrain de prédilection de ses activités de petit chef des rues. Cette idée lui plaît bien : s’enfoncer dans la ville, maintenant, avec elle, pour aller remuer le fond de la nuit, pourquoi pas ?

Dans la voiture, la phrase du vieux Tobo continue à résonner en elle. “Tu verras. Même avec les yeux fermés.” Cela l’obsède. Est-ce que ce n’est pas exactement l’inverse qui lui arrive depuis que cette enquête a commencé ? Elle ne voit rien. Même avec les yeux ouverts. Et d’ailleurs, est-ce que ce n’est pas ce qu’elle vit depuis toujours ? Que comprend-elle au monde qui l'entoure ? Depuis qu'elle a croisé Sparak, il lui semble qu'elle se détache de tout. C'est comme si c'était un effet de sa présence. Elle est face à lui comme face à un animal venu des temps anciens. Il est risible, inadapté, mais il a traversé des époques dont elle ignore tout et ce qu'elle sent et qui l'agace – comme une énigme qu'elle n'arriverait pas à élucider –, c'est qu'il sait. Pas d'une façon consciente. Non. Il sait comme le dinosaure sait, parce qu'il porte en lui le temps et vient d'un monde qui regarde le nôtre avec indifférence. Une porte s'est ouverte à cause de lui. Il y a dans sa fatigue la seule vérité qu'elle ait jamais croisée et elle a envie de savoir ce qu'elle va lui révéler du monde.

Sparak lui a demandé de garer la voiture dans la rue des Anciennes-Broussailles. Ils ne sont plus très loin de l'entrée de la Forêt. Ils marchent désormais en silence, laissant derrière eux les grands immeubles. Ils s'aventurent dans ce territoire qu'on appelle bizarrement de ce nom verdoyant alors que c'est une zone où ne pousse pas le moindre brin d'herbe. Il n'y a que des immeubles désossés, les uns contre les autres. On dirait le quartier d'une ville bombardée. Plus aucune vitre, plus aucune lumière. Tout a été déserté. La Forêt est un bloc fantôme au cœur de la zone 3. Ils marchent et elle se demande pourquoi la végétation n'a pas repris ses droits, ici, mangeant les façades, pénétrant dans les cours, faisant éclater le béton sous la pression des racines. Non, rien. Comme si les plantes elles-mêmes se refusaient à entrer dans ces rues, sachant que seul le danger y règne.

Ils arrivent enfin. Les immeubles s'écartent les uns des autres, s'ouvrant sur ce qui fut peut-être autrefois une place ou un carrefour mais qui aujourd'hui n'est rien d'autre qu'un terrain vague de plus. Au fond, sur la droite, une série de boxes de garage dont on a remonté le rideau de fer. Trois tables en plastique ont été sorties. Un petit groupe est réuni autour d'un halo de lumière provenant d'un branchement sauvage sur un ancien réverbère. À leur approche, les voix se taisent. Les visages se tournent vers eux, avec dureté. Sparak reconnaît le gros Bareïm qui a l'air un peu honteux d'être vu en telle compagnie. Il lui fait un signe de la tête, Bareïm baisse les yeux. Leur intrusion ici, à cette heure, est étrange et demande une explication.

"Salut, Panotis", lance Zem à un garçon maigre qui lui sourit en réponse, avec un air mauvais. Il a des yeux enfoncés profond dans le visage et une cicatrice sur la lèvre supérieure qui lui donne un drôle d'air, comme s'il se tordait la bouche pour faire une grimace.

"*Ya sou*, Sparak", répond-il calmement et, dans la foulée, avec un petit sourire entendu, il se tourne vers ses amis et leur dit : "Les gars, si vous pouviez nous laisser cinq minutes..." Et tous alors se lèvent, avec des regards qui se veulent durs, pour montrer leur mauvaise humeur.

Une fois qu'ils sont seuls, Panotis demande à Zem ce qui l'amène et Sparak lui parle du corps de la décharge, parce qu'il faut dire quelque chose. Il lui demande s'il en a entendu parler. Il sait bien que oui, puisque le gros Bareïm est là, ce serait étonnant qu'il ne l'ait pas évoqué. Panotis acquiesce, sans en dire plus, parce que ce n'est pas nécessaire. Il sent que l'autre n'est pas là pour cela et ce qui l'intéresse le plus, c'est la présence de cette femme qui n'a pas encore dit un mot. Sparak continue à poser des questions vagues : s'il a entendu des choses anormales, si le coin est agité en ce moment. Il se fout de ce que Panotis pense et n'essaie même pas de cacher qu'il écoute à peine les réponses. Il n'est pas venu pour cela et il veut que Panotis le sente. Il est venu le flairer. Et ce qu'il voit, c'est que Panotis prospère. Il ne faut pas se fier à la table miteuse, au rideau de fer rouillé qui donne à ce café un aspect pitoyable. Ce qui compte, c'est le petit air de souverain qu'arbore Panotis. Il a toujours été mauvais comme une teigne. Mais aujourd'hui, quelque chose de satisfait émane de lui et c'est cela qui retient l'attention de Zem. Ce qui compte, c'est que lorsqu'il a dit aux quatre autres types de les laisser, ils se sont tous levés sans poser de questions. Ce qui compte, c'est qu'il a les jambes écartées, qu'il s'est poussé en arrière sur sa chaise avec une assurance de prince.

"Tu prospères, dis-moi", lance alors Zem, et l'autre le fixe avec les yeux plissés.

"Ça a l'air de te faire rudement chier, répond Panotis en souriant. Je comprends. T'es resté un chien alors que moi, je suis devenu entrepreneur."

"Ça ne te manque pas ?" demande Sparak d'un air badin.

"Flairer le cul des autres ne m'a jamais passionné, Zem."

"Ah non ? J'aurais juré, pourtant."

Il y a un petit silence entre les deux hommes. Ils se jaugent puis Panotis regarde Salia et sourit.

"C'est toi qui fais le chien ou c'est elle ?"

Sparak ne répond pas. Il sait qu'il doit rester concentré.

“Il y a eu des passages de zone étranges, ces derniers temps, Panotis. Et tu sais quoi ? Je ne peux pas imaginer une seule seconde que tu ne sois au courant de rien…”

Panotis garde le silence. Il veut montrer qu’il n’a pas peur et qu’il parlera quand il l’aura décidé. Il regarde longuement Malberg, laisse ostensiblement traîner ses yeux sur son corps, puis revient à Sparak et dit avec une franchise frontale :

“On s’est jamais tellement aimé, toi et moi, Sparak, pas vrai ? Tu sais pourquoi ?”

“J’ai hâte que tu m’expliques.”

“Parce qu’on se ressemble et qu’on est moches. C’est ça, non ? Quand tu me vois, tu te dis : « Une vraie petite gueule de con, ce Panotis… » Eh bien, moi c’est pareil. Mais faut aller plus loin, Zem. Parce que ça, ça explique rien. Des sales gueules, il y en a partout, y a qu’à se pencher. Moi, elles m’empêchent pas de dormir. Le problème, c’est que je suis ta sale gueule, et toi la mienne et que ça nous énerve de nous voir comme ça. Alors, prends pas tes grands airs avec moi. On a la même crasse au fond du cœur. J’ai été ce que tu es, mon vieux, le bon chien à GoldTex et demain, qui sait, tu pourrais bien décider de venir me rejoindre. Me dis pas que ça te traverse pas l’esprit de temps en temps : couper ta laisse et venir ici… Tu sais que tu tarderais pas à régner. On est pareils toi et moi, on a ça dans le sang. On est plus durs que les connards qui nous entourent et c’est pour ça qu’on leur fait peur.”

C’est au tour de Sparak de sourire. Il a ce qu’il était venu chercher. Aucun renseignement précis, aucune réponse, mais un sentiment. Panotis est plus souverain que jamais. Alors il laisse Salia prendre le relais.

“Vous avez entendu parler d’un trafic de fausses greffes ?”

Panotis fait une moue dubitative un peu forcée, surjouant l’ignorance.

“Non, m’dame…”

“C’est dommage que vous le preniez comme ça, dit-elle avec froideur. Parce qu’on va chercher. Et si on trouve quelque chose qui, d’une façon ou d’une autre, nous ramène à vous, celui de nous trois qui se mettra à quatre pattes pour faire le bon toutou, croyez-moi, ce ne sera ni Sparak ni moi !”

Panotis accueille cette dernière menace avec un long sifflement ironique. Il n’y a plus rien à dire. Ils ont vu ce qu’ils voulaient voir. Alors ils s’en vont, et lorsqu’ils tournent le dos au petit groupe d’hommes qui s’est reconstitué derrière eux, ils entendent les aboiements que poussent les gars pour singer leur venue et ils savent qu’ils sont probablement en train de lever leur bière à tous les secrets qu’ils ne diront jamais.

Rentrer ? Non. Il veut que la nuit dure encore. Salia l’a déposé place des Feux puis est repartie en direction du check-point. Il est seul, sur cette place qui ne dort pas, au milieu d’autres êtres qui veulent encore voler des heures au jour. Il a envie de retrouver les rues de Plaka, une envie irrépressible. Alors il traverse l’avenue VII et plonge dans le cœur battant de la zone 3 : RedQ, là où les échoppes se collent les unes aux autres dans un brouhaha de misère. RedQ où les pilules circulent plus vite que les mains, où les rumeurs naissent et les espoirs meurent. Il va au Dreamshop, salue Miki et commande “la même chose que la dernière fois". Puis il s'installe au milieu des corps inertes mais qui sont, dans le secret de leurs rêves, infiniment agiles et ivres, en extase, léchés ou caressés, tout-puissants. Il prend son Okios. Peu lui importe d'être une épave de plus dans cette pièce trop petite puisque Athènes arrive et que tout s'efface.

Il retrouve le ravissement des images. Les rues envahissent son champ de vision. Les silhouettes passent. Les hommes, chemises blanches retroussées aux manches, assis sur de petites chaises en paille, jouent aux cartes et discutent en fumant des cigarettes qui ont l'odeur du temps passé. Il a l'impression de les connaître tous. Les femmes marchent dans les rues, avec un enfant à leur côté. Les vieilles dames traînent leur caddy à roulettes de retour du marché où elles ont acheté des tomates qu'elles cuisineront, comme le faisaient leurs mères et leurs tantes. Il se sent bien. Il entend parfois des éclats de voix. Font-elles partie du film qui se déroule sous ses yeux ou est-ce sa mémoire qui les agrège ? Il ne saurait le dire… De jeunes adolescents appellent un ami au pied d'un immeuble. Un marchand ambulant, vendeur de pastèques, harangue les ruelles d'un quartier ouvrier. Il pourrait presque répondre à chacun d'entre eux. Mais soudain, l'image se trouble. De la brume semble courir dans les rues. Ou peut-être pas… Ce n'est pas de la brume… C'est comme si deux images se superposaient : celle de la ville en noir et blanc et celle de sa jeunesse. Ce sont des nuages de gaz lacrymogènes qui courent au sol. Il sait ce que c'est. Il sait qu'il est en train de vivre un dysfonctionnement. Des "visions-chimères". Cela arrive parfois. La projection est parasitée par l'affect de celui qui regarde. Il n'est plus simple spectateur, c'est comme si les visions devenaient des projections de sa conscience ou de sa mémoire. Tout se mêle, il ne peut rien y faire. Il entend le grondement des manifestations. Il essaie de s'accrocher, de secouer la tête pour chasser la vision-chimère mais il sait que cela ne sert à rien. Son esprit n'a plus de prise sur rien. La drogue l'a emmené entre ces deux mondes et il ne peut que les voir s'interpénétrer, se salir l'un l'autre et cela lui tord le ventre. C'est un jour de manifestation. Il voudrait chasser tout cela mais la sensation devient de plus en plus forte et précise. Il ressent la tension dans les rues, la chaleur. Il entend les cris de ses camarades d'insurrection face à la charge compacte de la garde lourde. Il revoit tout. La peur. Le choc qu'on pressent brutal. Il voudrait faire revenir les images des temps suspendus mais la vision a maintenant pris totalement possession de son esprit. Il est avec son casque de moto et sa barre de fer. Il se souvient du moment où son groupe d'amis s'était dispersé comme une nuée d'oiseaux pour ne pas donner prise à la charge des forces de l'ordre. Les courses poursuites qui s'étaient ensuivies dans les rues. Il se souvient de ce renfoncement qu'il avait trouvé, où il s'était blotti pour reprendre son souffle. Il revoit tout. Comme s'il y était de nouveau. Là, soudain, à l'angle de la rue, un policier de la garde lourde est en train de rouer de coups un jeune homme à terre. Le passage à tabac est violent. Les secondes sont longues. Il sent que le flic ne s'arrêtera que lorsque le manifestant ne sera plus qu'une mare de sang. Et que, s'il ne l'interrompt pas, le policier tuera ce jeune homme dans l'indifférence d'une ville qui n'arrive plus à compter les coups donnés, les coups reçus. Alors il s'approche et avant que le flic n'ait le temps de se retourner, il le frappe à la tête. Un coup violent, net. Tout cesse en une seconde. L'homme tombe comme une masse. Il se souvient de cela : la lourdeur immédiate du corps, la surprise face à la facilité du geste. Il n'a pas besoin de vérifier. Il sait qu'il a tué.

Athènes brûle. La Grèce entière bascule dans le chaos. Il a tué. Ce n'est ni plus triste ni plus sanglant que ce qui l'entoure. Tout le monde est en train de crever. Un peuple entier est à l'agonie. C'est pour cela qu'ils se battent. Son corps est en sueur. Il veut s'échapper mais il ne peut pas. Il est prisonnier de son tourment. Le pays est en faillite. Il entend les déclarations diffusées à la radio. On leur dit que leur seule chance de survie est de se laisser racheter par GoldTex. Ils apprennent à prononcer ce mot, "GoldTex", à le détester. Ils ne seront plus grecs. Ils deviendront salariés d'une des deux plus grosses entreprises planétaires et comme GoldTex veut donner une image moderne de son fonctionnement, on ne dit plus "salarié" mais "cilarié", parce qu'être chez GoldTex, c'est être autant un citoyen qu'un salarié. Il voudrait pleurer et crier, qu'on vienne le sortir de cette pièce, qu'on efface les images qu'il a sous les yeux, qu'on le sorte de cette vision pervertie par l'amertume du souvenir, il voudrait taper des pieds contre le sol et appeler à l'aide, mais il ne peut pas. Son corps est lourd et impotent. La Grèce brûle et se disloque. Le corps du policier gît à ses pieds. Il voudrait se dire qu'il vient de sauver quelqu'un mais ses yeux restent fixés sur le sang qui coule. Il a tué. Cela s'est passé si vite qu'il en est stupéfait. Et il sent qu'en ce jour commence son long chemin de souffrance.

12

LE GREFFÉ

Tout se met à sonner chez lui : son réveil, sa montre, son réfrigérateur, les fenêtres connectées. C'est comme si l'appartement entier vibrait. Il perçoit ce qui se passe mais il est tellement enfoncé dans le sommeil que cela lui semble provenir d'un monde inatteignable. Les sonneries se font plus fortes, lui entrent dans le crâne et le vrillent. Alors il finit par ouvrir les yeux mais c'est pour les plisser immédiatement. Trop de lumière. Trop de bruit. Tout le meurtrit. Les retours au monde réel après les prises d'Okios sont de plus en plus durs. Il cherche un interrupteur, regarde son bracelet mais ne parvient pas à voir distinctement l'écran. Il finit par comprendre que cette sonnerie n'est pas celle d'un réveil mais d'un appel. Il ne sait pas comment celui-ci a pu se transférer sur tous les objets connectés qui l'entourent mais il décroche, et c'est la voix de Salia qu'il entend.

"Sparak ?…"

Il essaie de dire oui mais c'est comme si sa bouche refusait de s'ouvrir.

"Sparak ?…"

"Oui."

Cette fois il a répondu. Sa voix est si grave que Malberg marque un temps d'arrêt.

"Vous n'êtes pas en route ?"

Il ne voit pas de quoi elle parle. Il essaie de réunir ses esprits mais n'y parvient pas. Tout est si lent, si empêché…

"Vous dormiez, putain ? Ne me dites pas que vous dormiez ?… On a une enquête. Vous vous souvenez ?…"

Il ne sait pas quoi répondre. L'Okios, sa nuit frelatée, les visions d'Athènes rongées par sa mémoire… Il a l'impression qu'on lui a enfoncé la tête dans la terre. Salia reprend. Sa voix est rapide. Énervée. Impatiente.

"On a du nouveau. Débrouillez-vous mais soyez là dans moins d'une heure."

Il voudrait dire qu'il y sera, mais il ne le fait pas. Il sent que sa diction sera lente, pâteuse et il sait que le mieux est de se taire. Lorsqu'elle raccroche, il se laisse retomber sur son lit, avec le soulagement de n'avoir plus à se concentrer sur les mots mais déjà harassé par les efforts qu'il va devoir fournir pour réussir à s'habiller et sortir.

"Faites du bien à votre corps." "Bien jouir pour mieux travailler…" À son arrivée dans la zone 2, sur l'avenue des 3-Juillets, il découvre que les slogans sont partout : sur les panneaux publicitaires et dans les messages audios diffusés par les drones promotionnels. "Le sexe est une fête. Récompensez votre corps." Le chauffeur de taxi voit son air ahuri et sourit. "C'est le LOve Day…" Sparak ne réagit pas et le chauffeur comprend qu'il faut qu'il en dise davantage. “Vous savez bien… La Séquence Effort pour la fusion-acquisition de Santo Domingo… Les objectifs ont été atteints… Ils l’ont annoncé ce matin. Du coup, ce sera signé dans deux jours et le LOve Day, c’est pour ce soir… Vous avez encore la journée pour vous remettre d’aplomb !…” Et il part d’un grand rire gourmand. Visiblement, cette perspective l’enchante et il a déjà fait ses plans. Le LOve Day. Le taxi file le long des rues, longe le quartier vert et cossu de Petit-Chagrin. Partout, ils installent des décorations : couleurs vives, guirlandes, ballons. Bientôt, ce sera l’orgie sur ces avenues. Vingt-quatre heures de corps qui se croisent, se touchent, s’embrassent. Vingt-quatre heures de sexe sans rendez-vous, sans séduction. Dans la rue, dans les bars, partout, pendant vingt-quatre heures, il suffira d’avoir envie, de lire dans les yeux de celui ou de celle que l’on croise un consentement, et on pourra jouir. Les restaurants chics proposeront des formules champagne dentelles, les bars underground des soirées “vodka/blind fuck”. La ville entière va se mettre cul par-dessus tête pendant vingt-quatre heures pour se vider de toute cette fatigue, de tout ce stress accumulé et pouvoir ensuite retourner à son poste de travail et recommencer.

Qui se souvient d’Athènes ? Qui se souvient de ce que nous avons été ? Sparak regarde par la vitre arrière du taxi. La voiture dépasse des grappes de jeunes gens sur les trottoirs qui crient d’excitation chaque fois qu’ils aperçoivent un panneau annonçant le LOve Day. La pression va monter. La ville entière va avoir envie de faire l’amour et n’en pourra plus. Jusqu’à ce que tout explose. Est-ce que c’est moi qui ai quitté le monde ou lui qui s’est éloigné ?

se demande-t-il, mais il sait qu'il n'aura aucune réponse à cette question.

À l'arrivée dans le bureau de Salia, il voit tout de suite qu'il y a quelque chose de grave. Elle a l'air tendue, le front plissé, la bouche pincée. Quand il entre, elle lui dit d'emblée avec une voix abrupte.

"C'est à n'y rien comprendre."

Il va pour demander plus d'explications, mais il n'a pas besoin de le faire. Elle saisit un dossier et le pose sur le bureau devant lui pour qu'il puisse y jeter un coup d'œil.

"C'est quoi ?"

"Les premières conclusions du médecin légiste."

"Ça raconte quoi ?..."

"Que le type qui a éventré la victime était une brute et qu'il n'a pas fait du travail d'orfèvre. D'après Edmundo, toute personne ayant quelques connaissances d'anatomie n'aurait pas eu besoin d'ouvrir Pamouk comme cela a été fait. Les greffes peuvent être accessibles en prodiguant une entaille le long du sternum. Celui qui a fait ça est un barbare. Il n'y connaît rien ou il voulait marquer les esprits. Ce qui est bon pour nous, c'est qu'en arrachant les pièces il en a cassé deux. À l'œil nu, on ne voit rien, mais le légiste est formel : il a trouvé des micro-morceaux accrochés aux organes. Et c'est là qu'on a un problème..."

Zem lève les yeux et la regarde en attendant la fin de sa phrase.

"... ce ne sont pas des fausses pièces. Le gars était bien un greffé Eternytox, un vrai."

Zem ne dit rien. Il a besoin de temps pour intégrer cette nouvelle.

“Un vrai ? Je ne comprends pas…”

Sparak essaie d’évaluer tout ce que cela veut dire. Ce n’est plus un meurtre crapuleux, c’est autre chose. Il va falloir tout reprendre. Il repense alors à ces instants qu’il avait passés à côté du corps, dans l’ambulance qui l’éloignait des Décharges Citoyennes, ce moment du pacte, en silence, avec la victime. Il avait cru avoir à ses côtés le corps d’un pauvre inconnu de la zone 3, un de ceux qui ne comptent pas. Mais tout se complique. C’était un greffé. Combien sont-ils ? Trois, cinq par an à être choisis après des sélections drastiques, pour service rendu au Groupement. Il entend alors la voix de Salia qui le sort de ses pensées.

“Bon. Je crois qu’il est temps qu’on déjeune ensemble.”

13

LE GOÛT DE LA GRÈCE

À l'instant où il franchit la porte du restaurant Salamanca, dans la rue des Petites-Pies, à quelques blocs du commissariat Pinto, l'alarme se met à sonner. Avant même qu'il ait le temps de s'immobiliser, le videur se place devant lui, très près, et lui bloque l'entrée.

"Monsieur ?..." demande-t-il avec un ton faussement neutre.

"Oui ?"

"Je crois qu'il y a un petit souci... Vous n'êtes pas accrédité zone 2."

Sparak soupire, regarde le type en face, se demande s'il va lui dire d'aller se faire foutre, puis lâche, les dents serrées :

"Et pourtant, on dirait bien que je suis là..."

L'autre paraît surpris. Il devait s'imaginer que Sparak ferait immédiatement demi-tour.

"Ça va pas le faire, là, monsieur...", dit-il avec le sourire de celui qui pèse cinquante kilos de plus que son interlocuteur.

"Non. Ça va pas le faire", répond Sparak en lui rendant son sourire.

Le videur pose alors le plat de la main sur le torse de Sparak et exerce une pression continue comme s'il allait le pousser ainsi jusqu'à la sortie. D'un geste brusque, Sparak écarte son bras. À la seconde où il est sur le point de l'attraper par le col, la voix de Salia résonne :

"Sparak ! On se calme !"

Elle s'est faufilée entre les deux hommes en brandissant sa carte de police.

"C'est bon. Il est avec moi… Zem ? On va aller s'asseoir tranquillement et on va manger bien sagement, sans faire de problème… D'accord ? C'est bon ? On se détend… C'est juste un gentil déjeuner entre collègues, OK ?"

Zem la regarde comme s'il cherchait à se souvenir de qui elle était puis semble trouver, marque un temps, baisse le bras et tapote sur l'épaule du videur en lui disant :

"Faut pas me parler comme ça."

À table, la pénombre du restaurant les isole des autres clients et l'ambiance feutrée calme Sparak.

"On va se tutoyer, non ?" propose-t-elle pour essayer d'effacer la tension.

Il fait un signe d'approbation de la tête. Elle reste un temps silencieuse, le regarde mais ne dit rien.

"Quoi ?" demande-t-il.

"Faut que tu me dises… Comment un type comme toi s'est retrouvé en zone 3 ?"

Zem est surpris par la question.

"Qu'est ce qui te fait penser que je n'y suis pas né ?"

"Ça se voit, reprend-elle. Le monde de la zone 2, tu le connais. Tu ne l'aimes pas mais tu le connais."

Zem porte son verre à ses lèvres. Décidément, cette fille est plus vive que tous les gars qu'il a l'habitude de croiser.

"L'histoire est trop longue", répond-il.

Elle sourit.

"J'ai regardé ton dossier."

Il lève les yeux et attend qu'elle poursuive.

"Tu étais grec ?"

Il ne répond toujours pas. Comme si ce mot qu'elle venait de prononcer appartenait à un autre monde et qu'il essayait de comprendre par quelle incroyable coïncidence elle pouvait être liée, elle aussi, à cette réalité lointaine.

"Tu ne dis rien ?"

Elle se demande si sa question avait quelque chose de déplacé mais elle ne voit pas comment ce pourrait être le cas, alors elle poursuit :

"Ça a été dur, à ce qu'on dit, là-bas…"

"À ce qu'on dit…", répète-t-il simplement.

"Mais tu as choisi le bon camp. Sous tes airs bourrus, tu es plus malin qu'il n'y paraît."

Il n'a pas souri à sa boutade. Son visage s'est durci.

"N'essaie pas…"

Il ne finit pas sa phrase mais cette suspension est presque plus cinglante que n'importe quel mot qu'il aurait pu prononcer. Elle est piquée, ne comprend pas, cherche à poursuivre.

"Quoi ?"

Alors il la regarde droit dans les yeux et continue.

"La Grèce. N'essaie pas d'en parler. Tu n'y comprendrais rien…"

"Je n'y comprendrais rien ? répond-elle d'une voix offusquée. Pourquoi ? Tu crois que je ne sais pas que la Grèce s'est effondrée ? Que GoldTex s'est proposée pour le rachat et que ça a été la première fusion nationale ? C'est ça qui est trop compliqué pour moi ? Qu'il y a eu des mois entiers de manifestations, puis de guerre civile jusqu'à ce que le rachat soit fait et que GoldTex pacifie la rue…"

"Pacifie ?" Il a relevé la tête et son visage est sombre. Elle est surprise par la haine qui émane de lui, et rectifie :

"Je veux dire… Enfin… Avant que tout rentre dans l'ordre… Ce qui fait qu'aujourd'hui vous faites partie du consortium. Et que plein d'autres pays ont suivi votre exemple…"

Il baisse la tête et murmure entre ses dents :

"Ah oui… Tu sais ça, toi."

"Ça a l'air de te surprendre."

"Tu sais aussi que quand tu dis « pacifier », tu parles d'un pays qu'on a écrasé ? C'était comme la botte d'un flic sur la joue d'un manifestant, tu vois ? On écrase. Ça gueule, ça chiale, mais on écrase encore. Les rues ne se sont pas calmées toutes seules. Ça aussi, tu le sais ? Que GoldTex a dû envoyer les forces antiémeutes ? Et que ça a tapé pendant des mois ? Tu sais qu'on lui a arraché les doigts à la Grèce, à sa jeunesse, jusqu'à ce qu'elle ne ressemble plus à rien ? Tu sais tout ça puisque tu t'es documentée, non ? Et puisqu'on parle de nous et qu'on en est à se faire des petites confidences, tu sais aussi que ton formateur, le commissaire Dombro, il a fait ses armes là-bas, justement, dans les rues de Monastiraki où ça pissait le sang. Tu vois : moi aussi, je me suis renseigné. Il les connaissait, les entrepôts du Pirée. Il les a vus, les gars qui passaient des nuits entières à violer des jeunes activistes. Si ça se trouve, il en faisait partie. Tu le sais, ça aussi ?"

Il voudrait ajouter que oui, elle a raison, c'est bien de là qu'il vient, que oui, il a traversé ces jours sauvages et qu'il y a perdu un peu de ce qu'il était, mais que non, ce qu'il a vécu là-bas, elle ne pourra jamais en avoir la moindre idée, et que même, il lui interdit de prononcer ce mot sacré de "Grèce" devant lui, car elle ne sait pas, ne saura jamais ce que c'est que le bruit d'un pays qu'on étouffe. Il voudrait dire tout cela, mais ils sont interrompus par la voix du serveur qui s'est approché d'eux et lance avec un air triomphant :

"Filets de sole au jus d'algues et son riz sauvage !"

Pendant quelques minutes, ils ne parlent plus. Sparak a plongé le nez dans son plat. Il regarde avec sidération le minuscule petit tas de riz perdu dans un coin de l'assiette et pense que lorsqu'ils seront sortis, il se prendra un sandwich dans un boui-boui de la rue des Vieilles-Rives.

"Ça a l'air pas mal, non ?"

Elle a posé la question plus pour parler que par réelle conviction. Le mieux, maintenant, est de revenir à ce qu'ils ont en commun et de laisser de côté la Grèce.

"Bon. Qu'est-ce qu'on fait pour l'enquête ?"

Il lève la tête, surpris. Elle demande avec une certaine malice :

"Quoi ?… Tu n'aimes pas qu'on te demande ton avis ?…"

"On s'est trompés, répond-il. Ça n'a visiblement rien à voir avec du recel de fausses greffes. La question maintenant, c'est : qui savait que Pamouk était un vrai greffé."

Elle acquiesce.

“Exact. Le mieux, c’est peut-être de commencer par la Commission des greffes. Qu’on sache quand il a reçu l’Eternytox et pour quelles raisons. Ça ne résoudra pas l’enquête mais ça nous racontera un peu qui est notre homme.”

“Oui”, répond Zem en grognant. Il repousse ostensiblement son assiette, la regarde avec un sourire canaille et lance :

“Bon. On va manger ?”

14

PREMIER OPPOSANT

Cela avait commencé par des manifestations aux check-points. La nouveauté n'était pas que des habitants de la zone 3 se plaignent de l'humiliation subie au quotidien, veuillent assouplir les protocoles de déplacement et réclament davantage de laissez-passer, la nouveauté était que des résidents de la zone 2 se mêlent à eux. Ils étaient quelques-uns à venir aux manifestations et à demander plus d'équité. Ils revendiquaient le droit d'interroger le fonctionnement même de GoldTex. Le but de l'entreprise était-il d'offrir un paradis à un petit nombre en asservissant l'immense majorité des autres cilariés ? Cela avait commencé par des prises de paroles, çà et là, lors de débats. Puis il y eut des occupations d'universités, des banderoles accrochées aux fenêtres, des happenings durant lesquels, soudain, des militants se mettaient à hurler en plein milieu d'une artère marchande : “La zone 3, vous ne la voyez pas mais elle est là et elle a des droits !” ou “Votre confort, c'est notre sueur !”

Cela inquiétait peu les sphères du pouvoir et les dirigeants souriaient lorsqu'ils évoquaient ces hurluberlus. Mais les voix se multiplièrent. Elles parlaient d'une autre structure possible, affirmaient que la richesse n'avait de valeur que si elle était partagée, que GoldTex devait avoir le courage de l'utopie, que c'était la noblesse de l'esprit d'entreprise que de rester pionnier. Et puis, il y eut ce jour où la contestation découvrit soudainement qu'elle avait un visage. Le haut dirigeant Jon Mafram, membre de la Commission directoire, promis à un bel avenir, fit une conférence de presse et, devant des journalistes médusés, annonça sa démission en geste de protestation contre la politique des zones chez GoldTex. Personne n'avait jamais parlé ainsi. Personne n'avait jamais utilisé cette expression de “politique des zones” comme si c'était le fruit d'une volonté, entretenue, imposée et non un état de fait, naturel. Il affirma, avec calme, que sa décision était irréversible parce qu'il ne se retrouvait plus dans le projet du consortium. Il invitait tous les cilariés à rejoindre le mouvement BreakWalls qui se donnait pour unique mission la suppression des check-points à Magnapole.

Le pouvoir, immédiatement, traita Mafram d'illuminé, d'irresponsable. On essaya de le salir. El Fatong déclara à qui voulait l'entendre qu'il aurait sa tête. On exhiba ses fiches de paie, des photos de sa somptueuse demeure en zone 1, tous les éléments qui pouvaient faire de lui un riche privilégié se prétendant héraut du peuple alors qu'il était habitué au luxe des hautes sphères. C'est à cette campagne de dénigrement qu'il répondit six mois plus tard en annonçant une seconde conférence de presse.

Cette fois-ci, elle fut organisée dans un lieu tenu secret. Il apparut les traits tirés, le visage pâle et amaigri. Il expliqua avec lenteur, devant les caméras, qu'il avait fait le choix de disparaître quelque temps mais que c'était pour pouvoir revenir en ce jour et prouver à tous qu'il était un homme de conviction. "J'ai renoncé à ma greffe", annonça-t-il avec un sourire étrange. On aurait dit celui d'un explorateur revenu d'un monde nouveau. Mafram avait subi une opération pour se faire retirer la greffe qui lui avait été attribuée six ans plus tôt en qualité de dirigeant émérite. Il expliqua avec calme et résolution que c'était une façon pour lui de se mettre en accord avec ses valeurs. La population des trois zones découvrait avec étonnement le premier dégreffé. Le geste marqua les esprits. Cet homme se condamnait à la finitude alors qu'il avait reçu la plus haute récompense possible. Il acceptait les maladies, la fatigue, l'usure du corps. Mafram expliqua que cela devait ouvrir un chemin. Qu'il fallait rompre avec ce système, cesser de faire croire à chaque cilarié que le seul but de l'existence était de monter toujours plus haut sur l'échelle sociale. Il avait renoncé à sa greffe mais c'était, expliqua-t-il, pour retrouver la vie.

Chacun sentit confusément qu'une nouvelle ère commençait. Jon Mafram serait dorénavant une ombre dans le dos de GoldTex. Il acheva son discours en déclarant qu'à compter de ce jour il entrait dans la clandestinité. BreakWalls devenait un groupe d'action qui tenterait par tous les moyens d'alerter les cilariés sur les pratiques obscures, d'enrayer le système oppressif, de dessiller les habitants de toutes les zones sur les mensonges des hauts comités. À l'instant même où il acheva son discours, trois explosions simultanées frappèrent différents bâtiments officiels. Jon Mafram devenait, en une soirée, la voix d'une lutte qui ne cesserait jamais.

15

L'ALTERCATION

C'est mieux que Sparak soit resté dans la voiture, il se serait énervé. Il a dit qu'il attendait tranquillement en bas, il a ouvert bien grande la vitre avant et il a croqué dans son sandwich au poulet et houmous avec un soupir d'aise.

Elle est devant le guichet du Service des greffes, face à une employée sans âge aux gestes lents et elle répète pour la troisième fois le nom.

"Pamouk. P.A.M.O..."

Et pour la troisième fois, la femme au teint terne réitère avec la même voix traînante :

"Je n'ai rien."

"Écoutez, reprend Salia, j'ai là le compte rendu du médecin légiste qui me certifie qu'il était greffé."

La fonctionnaire lève posément les yeux sur elle, avec une lenteur exagérée, comme pour immédiatement couper court à l'énervement qu'elle a senti dans la voix de Salia et lui répond :

"Et moi, lieutenant, je vous dis que j'ai sous les yeux la liste officielle de tous les Honorables choisis par la Commission des greffes et qu'il n'y a pas de Pamouk."

"Comment c'est possible ?"

La femme au visage déjà un peu ridé qui porte une barrette dans les cheveux lui explique avec une voix calme, répétant ce qu'elle a dû dire déjà des milliers de fois :

"N'importe qui ne peut pas être greffé. C'est extrêmement contrôlé. Cela se fait dans la transparence et la légalité. Nous conservons des traces de chaque étape. La Commission reçoit une liste de propositions qui émane du cercle des experts. Ensuite, elle délibère par un vote tenu secret et fait part de son choix au commissaire général qui transmet à ses services. Les candidats sont alors informés. Ils doivent s'enregistrer et signer. Il est impossible que quelqu'un soit greffé sans que son nom apparaisse... Ou alors, c'est une greffe illégale mais dans ce cas, ce n'est pas de notre ressort..."

"Mais puisque je vous dis que le légiste certifie que le matériel utilisé était authentique..."

"Je ne sais pas quoi vous répondre. Si vous voulez, vous pouvez remplir un formulaire de demande d'information et le Bureau de la transparence vous répondra..."

Excédée, Salia reprend la copie du rapport qu'elle avait déposée sur le guichet mais à laquelle l'employée n'a même pas jeté un œil, soupire et tourne les talons.

"Rien ?"

"Rien", confirme-t-elle à Zem qui vient de finir son sandwich et arbore un visage satisfait.

"Comment c'est possible, ça ?"

"J'en sais foutre rien."

Ils prennent le chemin du retour, retraversent la Saule en direction du commissariat Pinto. Elle veut faire le point. Rien ne colle. Cette enquête leur échappe depuis le début. Elle se demande si c'est sa faute et ce que lui conseillerait de faire le vieux Dombro. Elle se rend bien compte que chaque nouvel indice obscurcit encore un peu plus l'ensemble et elle enrage.

Lorsqu'ils sortent de l'ascenseur, au cinquième étage du commissariat, un collègue annonce à Malberg qu'elle doit absolument rappeler un gars de la Commission sécurité, que cela avait l'air important, qu'il a laissé toutes les informations sur son bureau. Intriguée, Malberg fait signe à Sparak de la suivre et une fois installés dans son bureau, elle téléphone.

La voix, à l'autre bout du fil, est douce et prévenante. L'homme se présente. Zacharias Solobek. Malberg, tout en écoutant, fait de grandes grimaces dubitatives à Sparak, puis, lorsqu'elle sent que son interlocuteur est sur le point de dire quelque chose d'important, elle met le haut-parleur.

“C'est à propos de votre enquête sur la mort de Malek Pamouk. La data a établi une connexion entre vos fichiers et les nôtres. Je pense que cela peut vous intéresser… M. Pamouk a fait l'objet d'un rappel à la loi pour outrage. Ça ne serait pas grand-chose en temps normal mais vu les circonstances, j'ai imaginé que vous auriez à cœur d'avoir tous les éléments. On ne sait jamais. Surtout que l'autre personne impliquée dans cette plainte rend les choses… Comment dire… un peu plus épineuses…”

“De qui s'agit-il ?” demande Salia soudainement intéressée.

“L’élu de la Commission santé, M. Kanaka. M. Pamouk a violemment pris à partie M. Kanaka à la sortie d’un congrès. Il y a deux mois de cela. Il a fait un esclandre qui a été notifié. Il n’a pas été poursuivi à proprement parler mais les autorités lui ont intimé l’ordre de ne plus s’approcher. Vous verrez : tout est dans le dossier, je vous le transfère.”

“Vous êtes en train de me dire que notre victime a eu une altercation avec M. Kanaka ?”

“Oui. C’est à peu près cela.”

“Est-ce qu’on sait à quel propos ?” interroge alors Sparak qui, jusqu’à présent, s’était tenu muet dans un coin.

“Non, répond Solobek qui a visiblement entendu la question. Cela n’a malheureusement pas été notifié dans le dossier. J’imagine qu’il faudra le demander à M. Kanaka lui-même…”

“Merci, conclut Salia. Cela va beaucoup nous aider.”

Et elle raccroche, avec une lumière nouvelle dans les yeux.

Dans les secondes qui suivent, elle reçoit comme promis le fichier du dossier. Elle le parcourt sur son écran, sans rien dire, le visage grave, essayant de prendre la mesure de toutes les ramifications possibles de cette nouvelle information.

“Alors ?” demande Sparak pour l’inviter à lui faire un résumé.

Il voit poindre une inquiétude sur son visage. Comme si, à cet instant, la seule chose qu’elle aimerait, serait de disparaître pour laisser à d’autres le soin de chercher dans toute cette boue.

“Ça va devenir compliqué”, dit-elle du bout des lèvres. Et elle répète ce nom qui vient d’apparaître dans leur dossier. “Kanaka”. Ils savent bien à cet instant qu’il va falloir aller le voir et lui poser des questions. Que lui seul, peut-être, sait qui était ce Pamouk, pourquoi il n’est pas mentionné dans le dossier des greffés et ce qui l’a poussé à venir faire un esclandre. Mais ils sont aussi parfaitement conscients que ce nom est une malédiction. Kanaka, c’est un autre monde, trop haut pour eux. Et c’est exactement dans ces sphères que meurent les enquêtes.

16

KANAKA

En arrivant devant le check-point de l'Harmonie qui permet de passer en zone 1, ils ne peuvent s'empêcher de ressentir une sorte d'appréhension. Même s'ils ne se l'avouent pas, ils ont le sentiment obscur de profaner des territoires interdits. Comment ont-ils réussi à nous faire penser que nous n'étions pas chez nous en ce monde ? se demande Sparak en serrant les mâchoires. Le check-point n'a rien à voir avec celui qui sépare les zones 2 et 3. Il est plus calme, plus ouaté. Pas de longues files de voitures, pas de chaos avec des camions qui doivent expliquer par le menu la nature de leur cargaison. Il y a si peu de personnes qui ont une raison d'aller en zone 1 que l'abord du check-point est parfaitement silencieux. Lorsqu'ils s'approchent et que Salia tend son accréditation, Sparak ne peut s'empêcher de compter les caméras. Une forteresse. Son visage a déjà dû être scanné au moins cinq fois. Les chiens font le tour de la voiture. Un robot planchette s'est glissé sous le véhicule et vérifie le châssis. Tout se fait vite et de façon parfaitement fluide mais ils sont scrutés, analysés, leur passage est daté et archivé. Une fois que la barrière se soulève pour les laisser passer, ils remontent l'avenue de l'Harmonie. La beauté des lieux les frappe. Tout est si arboré, si paisible. Même dans les quartiers résidentiels de la zone 2, il n'y a pas ce luxe serein, sûr de lui. Au loin, il voit la colline de l'Alliance, l'endroit où se concentre, paraît-il, la vie de cette zone, le grand parc Rami, généreux et calme, bordé d'immenses villas. Sur les pentes de la colline, des commerces prestigieux et des restaurants raffinés jouissent d'une vue imprenable sur les eaux de la Saule qui, ici, n'a pas l'aspect d'huile sale qu'elle a en zone 3. Tout à l'air à sa place. Dans l'opulence. Eux tournent vers l'esplanade du Directoire, ce grand quartier où se concentrent plusieurs sièges de commissions. Ils n'ont pas le droit de s'écarter de l'itinéraire qui leur a été imposé pour aller jusqu'au siège de la Commission santé et doivent suivre la "voiture pilote" qui leur ouvre la voie. C'est un véhicule automatique qui les guide et vérifie qu'ils ne dévient pas de la route qu'ils sont autorisés à prendre. Et ce qu'ils ressentent, tous les deux, en glissant dans ces rues, c'est que ce luxe exige d'être servi et qu'il y a une autorité plus haute que la police, une autorité face à laquelle leurs badges et leur fonction ne sont rien : celle de l'ordre établi.

Le bâtiment de la Commission santé est un énorme building au design audacieux, tout en verre et en courbes douces. Le hall est immense, avec un jardin suspendu à cinq mètres du sol, flottant, comme dans un monde en apesanteur. Lorsqu'ils annoncent au comptoir d'accueil qu'ils sont venus voir M. Kanaka, on leur désigne le dernier étage. Ils avancent dans ces lieux en essayant de faire le moins de bruit possible. Quand ils sortent de l'ascenseur, ils constatent que les six derniers niveaux sont des terrasses végétales. Une hôtesse les attend et leur indique un couloir, puis une salle aux grandes baies vitrées dans laquelle trônent des canapés au cuir brillant. Ils s'assoient tous les deux, loin l'un de l'autre, dans un silence qui rend gênant le moindre couinement du cuir.

De me retrouver là, devant toi, avec cette culotte rose fendue au niveau du sexe et ce soutien-gorge sans bonnets qui laisse voir mes seins, je devrais avoir honte ? De me pencher sur toi, de sentir sous mes mains tout ton corps frémir, devenir impatient de jouissance, de commencer doucement à te caresser, à faire ce que tu demandes, à te sucer si tu l'exiges, à te griffer si tu préfères, suspendre mes gestes, accélérer, inventer des rythmes qui t'excitent encore davantage, je devrais avoir honte ? De t'appeler de noms ridicules, de ceux que les jeunes femmes donnent aux messieurs plus âgés, de te laisser me couvrir d'insultes qui t'échauffent les sangs, d'accepter tout parce que rien n'a vraiment d'importance, salope, petite chienne, "tu en veux ?", de prendre tout, sans broncher, en souriant, parce que cela ne m'entame pas, ne me fait rien, je devrais avoir honte ? Je fais tout cela, sans trembler. Je suis venue pour. Mais après, je demande. Et là non plus, je n'ai pas de honte. Je ne minaude pas, je ne prends pas de précautions, je dis ce que je veux et ma voix est sûre, si sûre qu'il est difficile de comprendre si c'est véritablement un souhait ou plutôt une exigence habillée en question. Passer en zone 2. Avoir une vie nouvelle. Voilà. Je veux tout ce que tu peux et je sais que tu peux énormément. Cela, je l'ai compris dès que je t'ai vu. À la façon dont tu parles, dont tu marches, dont tu donnes des ordres à ton chauffeur avec toujours si peu de mots. Je demande sans me refréner car je sais bien que mon esprit est celui d'une gamine de la zone 3 et qu'il y a des choses que je ne pourrai jamais demander parce que je ne sais tout simplement pas qu'elles existent. Je suis encore Ira Cuprack. C'est ma limite, la laisse qui me ramène toujours à la zone 3. Alors je réfléchis et pour essayer de la briser, je demande la chose la plus impossible que je connaisse. Tu souris ? Tu t'attends à ce que je parle d'argent, n'est-ce pas ? Ou de champagne, de bijoux, de vêtements trop chers, mais tu ne me connais pas, tu n'as pas encore compris que je me suis juré de tout quitter, alors je dis que je veux une greffe. Et là, tu restes silencieux. Tu ne ris plus. Tu me regardes méticuleusement comme si tu me découvrais. Je vois la peur dans ton regard. Elle est passée très vite mais je l'ai reconnue. La peur devant mon insondable assurance. Tu te lèves. Tu n'as pas répondu et ne le feras pas. Tu déposes des billets sur le bureau. Il y en a bien plus que prévu et c'est comme une façon de me répondre, de me dire que tu donneras beaucoup d'argent mais que tu n'iras pas au-delà. Je pourrais m'en réjouir. Je l'aurais fait il y a quelques mois. Une telle somme, pour une seule nuit, je n'aurais jamais cru que cela fût possible. Mais plus maintenant. Parce qu'aujourd'hui, je sais que cet argent, c'est ta façon de dire non. Et cela me brûle. Je ne céderai pas. Je ne redeviendrai pas Ira Cuprack. Le seul qui puisse tenir à distance la zone 3, c'est toi, tu en as la force, le pouvoir et tu vas m'offrir la vie que j'attends. Je le jure. Je serai patiente mais je ne te laisserai pas m'oublier, et je reviendrai bientôt pour demander à nouveau.

Cela fait vingt-cinq minutes qu'ils attendent. On leur a dit que M. Kanaka viendrait dès que sa réunion serait terminée. Plus le temps passe, plus Sparak sent une forme de colère monter en lui. Contre ce silence, cette beauté. Contre les hôtesses qui marchent à pas feutrés, contre les plantes exotiques qu'il aperçoit sur les terrasses extérieures. Contre le verre d'eau qu'on lui a apporté et dans lequel on a mis une rondelle de citron vert. Il a envie de redevenir un chien, de renverser la table basse, d'aboyer, de grogner, de casser l'harmonie de ce lieu et de mordre comme il sait le faire, mordre sans plus lâcher.

Attilio Kanaka ouvre enfin la porte de son bureau. Il les regarde sans véritable expression et lâche :

"J'ai dix minutes. Pas une de plus."

Puis il leur fait signe d'entrer, et ils s'avancent tous les deux avec une obéissance qui leur répugne. Dès qu'ils sont assis, la voix de Kanaka résonne à nouveau.

"Que puis-je pour vous ?"

"Monsieur Kanaka, commence Salia, merci tout d'abord de nous recevoir."

Elle parle avec précaution pour montrer à son interlocuteur qu'elle est consciente de l'incongruité de leur présence. "Nous sommes là dans le cadre…"

"Faisons court, coupe Kanaka. Je vous l'ai dit, j'ai peu de temps."

Elle sourit. "Bien sûr", dit-elle à voix plus basse.

À cet instant, Sparak se demande si elle va plier devant l'autorité, ou la défier.

"Malek Pamouk, vous connaissez ?"

"Non."

Ils ont du mal à masquer leur surprise. Salia surtout, dont la voix hésite.

"Vous êtes sûr ? Si vous voulez bien jeter un œil à cette photo…"

Elle la lui tend mais il la regarde à peine.

"Non", répète-t-il.

Il ne fait pas d'effort, ostensiblement, aucun effort.

"Vous êtes certain ?"

"Absolument. Nous avons fini ?"

Sparak se racle la gorge pour que les regards se tournent vers lui.

"Vous avez déjà ouvert un poisson, monsieur Kanaka ?"

"Pardon ?"

"Pour le vider de ses entrailles, vous savez ?"

"Non", répond l'autre sèchement. Et il ajoute avec provocation : "Comme vous pouvez l'imaginer, les poissons qu'on m'apporte sont déjà préparés…"

Il sourit, content de sa boutade, mais Sparak continue.

"Oui, bien sûr… Je comprends… Eh bien, vous voyez, ce n'est pas si facile… Les boyaux sont accrochés. Il faut tirer. Mettre vraiment les mains dedans, jusqu'à ce que tout vienne…"

"Vous êtes ici pour me donner des cours de cuisine ?" l'interrompt Kanaka.

Sparak le regarde droit dans les yeux.

“Non. Mais c’est ce qu’on lui a fait, à Pamouk. Pour lui voler l’Eternytox dont il avait bénéficié. Vous imaginez ce que cela signifie ?”

Kanaka devient blanc. Ses mâchoires se serrent. Sparak sait que ce n’est pas le récit des modalités du crime qui le fait ainsi blêmir mais l’outrage qu’il vient de lui faire subir par sa grossièreté. Cela ne dure qu’une seconde. Kanaka se reprend :

“Je suis navré pour ce monsieur. Mais comme je vous l’ai dit, je ne le connais pas. Si votre présence est liée au fait que je dirige la Commission d’attribution des greffes, je vous saurai gré de passer par mon secrétariat qui vous fera parvenir la liste des greffés publiée au *Journal officiel*.”

Et il ajoute avec aplomb :

“Maintenant, excusez-moi, mais j’ai du travail.”

Il ne bouge pas, les regarde simplement avec insistance pour leur signifier que c’est à eux de se lever et de s’en aller.

“Monsieur Kanaka.” Salia prend le temps de peser les conséquences de ce qu’elle va dire. “Je crains que notre rendez-vous ne dure un peu plus longtemps que prévu.”

Il la regarde, interloqué par tant d’impertinence, mais tente visiblement de contenir sa colère et reste muet. Salia poursuit :

“Nous avons mis la main sur un rapport de plainte. Il semblerait que M. Pamouk vous ait violemment pris à partie à la sortie d’un congrès. La police a dû intervenir. Est-ce que vous vous souvenez ?”

“Vous croyez que je connais personnellement tous les greffés ?”

“Je pense que leurs noms, du moins, doivent vous dire quelque chose. Il n’y en a pas tant que cela d’après ce que j'ai compris et en tant qu'élu de la Commission, vous voyez passer tous les dossiers validés..."

"Et moi je vous répète que je ne connais pas cet homme."

Salia fait une légère grimace, comme si elle était embêtée.

"Je vous crois, monsieur Kanaka..." La phrase fait rougir de colère son interlocuteur, furieux qu'une vulgaire lieutenante puisse penser que cela lui importe le moins du monde. "Mais peut-être pourriez-vous éclaircir un point qui reste mystérieux..."

Kanaka se tait, attendant qu'elle aille jusqu'au bout.

"Le légiste nous a certifié que la greffe était authentique. Nous sommes allés au registre et étonnamment, Pamouk n'apparaît nulle part. Pouvez-vous nous expliquer cette anomalie ?"

Le regard de Kanaka s'anime d'un coup. Il se penche en avant et fixe Salia droit dans les yeux.

"Je vous l'ai dit : je ne le connais pas. Visiblement, le Service des greffes ne le connaît pas non plus. Le plus évident, me semble-t-il, est que votre foutu légiste ait fait une erreur et que ce qui a été greffé à votre homme ait été de faux greffons. Les faussaires sont toujours plus performants et les pièces qu'ils produisent peuvent faire illusion. Quant à avoir été pris à partie, je ne m'en souviens absolument pas et je pense que vous m'accorderez que, vu mes responsabilités, je rencontre beaucoup de gens, dans les congrès, les meetings, les réunions. Je ne suis pas responsable de l'état mental de ceux qui s'adressent à moi. Si ce M. Pamouk était agité, allez donc fouiller dans sa vie. Maintenant, je vais vous demander de partir. Les dix minutes sont largement écoulées et vous n'avez rien fait d'autre que de me mettre en retard."

C'est drôle comme le long chemin du retour est teinté de sa voix, de ses expressions. Ils redescendent par l'ascenseur, traversent le hall monumental mais tout maintenant semble arrogant. Ils suivent le taxi pilote qui les ramène au check-point et le silence arboré qui les entoure sonne faux. L'énervement de la voix de Kanaka résonne en eux. Ils le revoient, avec ses lèvres pincées parce qu'il n'est pas habitué à ce qu'on lui tienne tête, à ce qu'on lui pose la moindre question inconfortable. Ils n'ont pas échangé un mot mais ils savent qu'ils partagent le même sentiment, celui d'avoir fait leur boulot et tant pis si les nuages s'accumulent, tant pis s'ils ne peuvent ignorer que cet entretien aura des conséquences, qu'on ne dérange pas impunément un élu d'une des commissions. Ils se sentent possédés d'une même fierté.

Arrivés en zone 2, ils sont surpris par le contraste. La foule est dense. Il y a une ambiance de soirée d'été aux heures suspendues dans les rues. De grandes traînées de lueurs rouges parcourent le ciel. Les passants se regardent avec une excitation croissante. Tout le monde a hâte. Le LOve Day approche.

17

LOVE DAY

Le boulevard Spada est embouteillé. Tout résonne du rire des passants. On se sourit, on se frôle. Les corps ont envie de se perdre dans des rapports qui n'ont plus besoin de noms. Des bouches, des mains s'épient avec impatience et appétit. La rue est lubrique. Elle attend, écartant déjà légèrement les cuisses pour appeler encore davantage le désir. Le soir va bientôt tomber et il semble que tout est déjà sur le point d'exploser. Sparak regarde avec étonnement les trottoirs bondés, les fêtards ivres, les femmes torse nu, les gens regroupés un peu partout, en liesse. Il ne sait plus dans quel monde il est. Pétards. Feux d'artifice. Tout s'échauffe autour d'eux.

"On va chez moi pour débriefer ?"

Sparak a l'air un peu surpris par la proposition, mais il acquiesce. À cet instant, un corps vient heurter la voiture. Il sursaute. Une fille a plaqué ses seins sur la vitre du conducteur. Elle rit et glisse doucement jusqu'à la portière arrière. Son regard a quelque chose de l'extase. Sourire large qui n'est adressé à personne d'autre qu'à la nuit entière.

L'immeuble est coquet, typique du quartier Petit-Chagrin. Trois étages, une façade joliment peinte, de grandes fenêtres et de larges balcons qui donnent à l'ensemble un aspect invitant. Plusieurs restaurants de la rue ont mis des tables dehors pour fêter cette nuit ouverte. Salia habite au dernier étage. Chaque porte, sur le palier, est d'une couleur différente. La sienne est bleue. Elle tourne la clef, pousse la porte et entre avant lui.

Au moment où il s'assoit dans le canapé, elle reçoit un appel. Elle décroche et après quelques secondes, il l'entend dire "oui, patron" tout en faisant une grimace à son adresse, pour lui signifier qu'elle sent que la conversation va être rugueuse. Elle s'éloigne dans la chambre d'à côté mais il l'entend encore ponctuer ce qui doit être une longue tirade du chef par des "oui", des "bien sûr", des "je comprends parfaitement" un peu piteux. Il sait très bien ce qu'elle est en train de subir. Le capitaine Monk lui demande sûrement comment il se fait qu'elle se soit sentie autorisée à aller importuner l'élu de la Commission santé. Il grogne, la met en garde, l'insulte peut-être, lui rappelle les objectifs et la menace de la mettre au placard. Il fait, en somme, tout ce que fait un supérieur en colère. Au bout de quelques minutes, lorsqu'elle revient, elle a l'air épuisée.

"Alors ?"
"Le patron m'a dérouillée."
"Pourquoi ?"

"Parce qu'on a mis nos sales godasses sur la jolie moquette de M. Kanaka."

"Et maintenant ?"

"Je ne sais pas. On fait la liste de nos questions puisque c'est la seule chose qu'on ait ?"

Elle sourit avec fatigue. Il acquiesce et commence. "Pourquoi est-ce que la greffe de Pamouk n'apparaît nulle part ? A-t-il été tué pour ça ou pour tout autre chose ?" Ils cherchent. Elle pose des questions, il essaie d'y répondre. Ils cherchent mais rien ne s'ouvre. Chaque réponse déclenche une nouvelle série de questions. Quel était le sujet de l'altercation entre Pamouk et Kanaka ? Pourquoi Kanaka nie-t-il connaître Pamouk ? Est-il possible qu'il ne s'en souvienne pas ? Ils cherchent, rebroussent chemin, se heurtent à toujours plus d'interrogations. Pourquoi est-ce que ce foutu corps a été laissé comme ça, bien en évidence au milieu de la zone 3 ? Au bout d'une demi-heure, elle se passe les mains sur le front, remet ses cheveux en arrière et soupire. "Bon. On arrête là ?"

"Tu es libre ce soir ?" demande-t-elle en se levant.

Il la regarde sans comprendre. Elle voit sa perplexité et part d'un grand rire.

"Tu sais bien ? Le LOve Day..."

"Oui... Eh bien ?..."

Il ne sait que répondre. Elle rigole. Touchée, peut-être, par cette étrange candeur. Il baisse les yeux. La gêne monte en lui. Il marmonne quelques mots qu'elle ne comprend pas. Pourquoi est-ce que tout cela l'embarrasse tant ? Elle le regarde maintenant avec un réel étonnement. Cela ajoute à son malaise. Pourquoi ne dit-il pas tout simplement "oui" du même ton naturel avec lequel elle a elle-même fait sa proposition ? Parce qu'il est d'un autre temps. Sa gêne le lui rappelle. Il y a un fossé entre eux deux. Le LOve Day, pour elle, ne pose pas de problème. Elle est née avec. C'est ainsi. Elle va faire ce qu'elle fait chaque fois : coucher avec des hommes ou des femmes au hasard de la soirée, ceux qu'elle croise, ceux avec qui elle travaille, le serveur du restaurant dans lequel elle va manger deux fois par semaine, le premier qui la regardera avec désir. Elle va le faire, comme tous ceux de sa génération. Parce que GoldTex dit que c'est bien, que c'est même nécessaire, que cela rend les cilariés plus heureux et qu'après une longue période d'effort, il est normal de se faire du bien. Elle va le faire. Et cela ne l'empêchera pas, le lendemain, de travailler avec ces mêmes collègues sans jamais évoquer ce qui s'est passé la veille, d'aller manger dans le restaurant du quartier sans rougir lorsque le serveur s'approchera pour prendre la commande. Elle est faite comme cela. Il est sur le point de protester qu'il est tard et qu'il va s'en aller, mais elle lance, en regardant sa montre.

"Tu ne vas pas rentrer maintenant en zone 3 ? C'est ridicule. Je nous fais à manger." Et avant qu'il ait pu émettre la moindre protestation, elle passe derrière le bar américain qui sépare la cuisine du salon et lui demande :

"Tu veux boire quelque chose ?"

Elle sort deux verres et une bouteille de vin rouge qu'elle pose sur un plateau.

“Ça vient d’où, Sparak ?”

“Comment ça ?” demande-t-il en prenant le verre qu’elle lui tend.

“Ça sonne pas très grec. Zem non plus, d’ailleurs… C’est quoi l’histoire qui se cache derrière ce nom ?”

Elle sourit pour désarmer tout malentendu. Elle se souvient de la violence avec laquelle il a répondu à sa question sur la Grèce au restaurant et elle voudrait qu’il comprenne qu’elle essaie juste de faire la conversation. Il hésite. Il sait qu’elle ne cherche pas à l’offenser, qu’il faut qu’il raconte, que c’est ce que font les gens, que ça pourra être un moment agréable. Il boit une gorgée et répond :

“C’est pas mon vrai nom.”

Elle a l’air surpris. Il en dit davantage, explique que ça se produit souvent : en arrivant à GoldTex, les gens changent de nom. Parce que les employés préposés aux inscriptions ne comprennent pas bien le nom d’origine, font une erreur de transcription ou tout simplement parce que ceux qui arrivent veulent tout effacer.

“Je l’ai raccourci un peu.”

“Explique !” dit-elle en riant.

“Mon nom, c’était Sparakos. À l’entretien d’embauche, j’ai eu le sentiment qu’il fallait que quelque chose de nouveau commence, que je ne pouvais pas garder mon nom d’avant.”

Il ne dit pas la vraie raison. Il ne parle pas de son envie farouche de ne pas laisser GoldTex s’approcher de ce qu’il était. Il ne dit pas qu’il voulait que son nom, Sparakos, reste à jamais intouchable. Construire un autre homme pour que GoldTex ne puisse pas salir l’ancien.

"Et Zem ?" demande-t-elle, contente de voir qu'il est d'humeur à discuter et curieuse d'en savoir plus.

"Tu vas pas me croire..."

"Allez, vas-y !"

Il sourit, essaie de se souvenir avec précision de la scène. "Les bureaux où avaient lieu les entretiens étaient au rez-de-chaussée sur une grande avenue. Il y avait d'immenses vitres. Pendant que le gars de GoldTex se penchait sur mon dossier, un camion est venu se garer devant. Au moment où l'employé du service m'a demandé mon prénom, j'ai relevé la tête et je suis tombé sur l'inscription en lettres rouges écrites sur le camion. « Gazprozem ». Mais mon angle de vision me cachait les premières lettres et ce que je voyais en face de moi, en énorme, c'était juste « ... Zem ». Je me suis dit que ça ferait un bon prénom."

Elle rit. Puis les ressert.

"Et ton vrai prénom, c'est quoi ?"

Il marque une pause, fait une grimace, puis lâche en souriant :

"Je ne m'en souviens plus..."

Plus tard c'est elle qui parle, lorsqu'elle a déposé deux assiettes devant eux. "Je ne connais rien de moi." Il la regarde avec surprise. Elle réalise que sa phrase est énigmatique et ajoute : "C'est comme si rien n'avait existé avant moi." Sa voix a changé. Elle raconte sa mère morte d'un cancer diagnostiqué trop tard alors qu'elle, Salia, n'avait que sept ans. Elle parle des années qui suivirent durant lesquelles elle vivait seule avec son père. "Et puis, il a commencé à ne plus vouloir. Je ne me souviens pas de tout, mais je le revois, à la maison, toute la journée. Il a commencé à poser de plus en plus de jours de congé maladie. Alors, il a eu des contrôles. On lui a expliqué que cela ne pouvait pas durer, qu'il serait sanctionné pour fraude. Mais ça n'a servi à rien. Il n'est plus allé au travail. Le Service emploi l'a convoqué à plusieurs reprises. Je ne sais pas ce qu'il leur a dit. Je ne suis pas sûre qu'il ait essayé de les convaincre qu'il allait réagir. Eux ont dû lui parler de la nécessité d'y retourner, qu'il le devait au moins pour sa fille. Ils ont dû parler de sanctions, du risque d'un déclassement, voire d'un licenciement. Je ne sais pas s'il était encore en mesure de comprendre ce qui allait se passer. Ça a duré des années. Jusqu'au jour de mes dix ans, où la nouvelle est tombée : « mutation en zone 3 »."

Elle marque un temps. Sparak sent qu'il ne doit pas parler, que c'est probablement la première fois qu'elle raconte tout cela et qu'elle a besoin de temps, pour le faire à son rythme. Il avait senti qu'il y avait en elle une fracture mais il n'aurait jamais imaginé une histoire de ce genre.

"J'avais des résultats très supérieurs à la moyenne, en classe, reprend-elle. « Une élève brillante », c'est ce qui revenait sans cesse sur mes bulletins. GoldTex a dû trouver que ce serait un gâchis de se priver de moi à cause de mon débris de père. Ils m'ont demandé si j'aimerais bénéficier du programme *Éclaireurs*. Rester en zone 2, mais en pension. GoldTex s'occuperait de ma formation et je pourrais voir mon père une fois par semaine, aux parloirs interzones. C'est ce qu'on a fait. Jusqu'à mes quinze ans. Les cabines, au check-point. La tristesse de voir arriver un type toujours plus détruit, toujours plus absent. Et la honte en moi, lorsque je revenais au pensionnat. Très vite, je n'ai plus eu envie. Ni d'aller au parloir. Ni d'être sa fille. À quinze ans, j'ai demandé que cela cesse. Je crois qu'il en a été informé par courrier mais je n'en suis même pas sûre. On a juste cessé de le convoquer. Il n'a pas protesté. Un an plus tard, c'étaient les Grandes Émeutes. J'ai reçu un courrier me disant que mon père avait trouvé la mort lors des manifestations. Quand j'ai été en poste, il y a quelques années, j'ai fait des recherches plus approfondies. Il est mort le jour de l'écroulement de l'avenue VIII. Un parmi tant d'autres. Il avait dû suivre la foule, à moitié drogué, à moitié aphasique… Je ne sais pas. Ou peut-être qu'au fond c'était le plus enragé des manifestants…"

Elle se tait et baisse les yeux.

"Comment tu es passée de ça à la police ?" demande alors Sparak, avec une voix douce qui lui fait relever la tête.

"Dombro recrutait pas mal dans les pensionnats. « Les pupilles, c'est de la bonne graine, disait-il. Ils savent être reconnaissants. » C'est lui qui m'a tirée de là."

Le silence retombe. Ils boivent chacun une gorgée de vin. Elle se sent étonnamment bien. La gêne qu'elle a ressentie au début, en parlant de son père, a disparu. Elle se lève, débarrasse les assiettes et se dirige vers la cuisine.

"Salia ?"

"Oui ?"

Il veut juste qu'elle se retourne, pour qu'elle voie son visage. Et c'est ce qu'elle fait. Elle reste un temps, immobile. Elle pose les assiettes. Elle comprend ce qu'il a dans les yeux : le désir est monté en lui. Alors elle s'approche, touche sa main du bout des doigts et pose ses lèvres sur les siennes. Elle le fait doucement, avec une infinie précaution. La lenteur du mouvement est une sorte de cadeau qui l'émeut. Il se sent à la fois soulagé et impatient. D'un geste plus rapide, elle enlève le pull qu'elle porte. Puis, torse nu, elle s'approche de lui jusqu'à le toucher de ses seins. Elle l'embrasse maintenant avec plus de gourmandise, comme si elle voulait profiter de chaque seconde. Cela fait si longtemps qu'il n'a rien senti d'aussi doux. Il ferme les yeux, sent sa main qui glisse sur son torse et lui caresse le sexe à travers le pantalon. Il ne sait plus très bien où il est, mais cela n'a pas d'importance. Il veut être tout à elle. Elle se baisse doucement et met son sexe dans sa bouche mais il la presse par le bras pour la ramener à lui. Il veut la prendre, l'étreindre, la serrer. Il veut être en elle, alors il la renverse sur le lit. Elle est là, sous ses yeux, avec ce corps jeune, ferme, inattendu. Il la pénètre. Leurs corps vont bien ensemble. Ils se trouvent, accélèrent, font des détours dans l'ivresse qui sont des jeux. Un temps de jouissance s'est ouvert, caché aux yeux du monde, loin de toute possibilité de saccage. Ils sont l'un à l'autre, inaccessibles à tout le reste et lorsqu'il jouit, il sent qu'elle est parcourue elle aussi par une longue décharge qui lui soulève le dos et lui fait ouvrir la bouche pour avaler tout l'air de la chambre.

18

LE TOMBEAU SEZNEC

Il ne s'attendait pas à partager la matinée avec elle, prendre un petit-déjeuner et discuter de ce qu'ils allaient faire ensemble, mais il est surpris de se retrouver seul au réveil. Il est cinq heures du matin. Son bracelet sonne depuis deux longues minutes. La première chose qu'il a notée, c'est son absence. Il regarde le message. Appel à rejoindre d'urgence une scène de crime. C'est la mort qui le réveille. Il se lève, hésite un instant parce qu'il ne se souvient plus de la direction pour la salle de bains, puis ouvre la porte et prend sa douche comme un automate. Une fois sorti, il relit avec plus d'attention ses messages. C'est là qu'il découvre qu'elle lui en a laissé un, à deux heures trente, environ une heure après qu'ils ont fait l'amour, lui disant qu'elle partait au Bar Rouge, dans le quartier Spada, qu'elle voulait encore profiter du LOve Day et de la nuit. Il n'a aucun souvenir de son départ. Il devait dormir profondément. “Profiter de la nuit…” Les mots l'égratignent. C'est cela qu'ils ont fait hier ? Profité de la nuit ?

Le jour n'est pas encore levé. Les rues sont calmes, souillées de canettes de bière, de confettis. La foule de la veille n'a laissé sur l'avenue que les traces de son outrance. Çà et là, des corps affalés, nus pour la plupart, dorment, ivres d'avoir tant bu, tant dansé. Ils sont offerts au regard, sans pudeur. Seules les couleurs du ciel, au-dessus d'eux, s'agitent et changent.

Je ne savais pas qu'on pouvait mourir de demander. Que la ville entière pouvait vous scruter avec un appétit mauvais. Je suis Ira Cuprack et j'ai peur. Je n'ai pas été assez intelligente. À moins que le monde ne soit trop compliqué pour moi, ce qui revient au même. J'entends des pas derrière moi. Je croise des regards méchants. Je sais qu'on s'échange des informations sur mes déplacements, sur l'heure à laquelle je sors et les passages que j'emprunte pour aller en zone 2. Qu'est-ce que la ville a appris sur moi ? J'ai l'impression qu'elle essaie constamment de me soupeser pour voir quel prix elle pourrait tirer de moi ? Trop de gens font le compte de mes allées et venues et veulent leur pourcentage. Ils ignorent qui je vais rejoindre. S'ils le savaient, ils auraient déjà essayé de me soutirer des secrets. Mais ils flairent qu'il y a de l'argent autour de moi. Que ce client – qui qu'il soit – est sûrement prêt à payer pour garder son anonymat. Est-ce que je suis trop petite pour cette ville ? Est-ce que je dois me résigner à être Ira Cuprack, pauvre fille qui rêve trop grand ? Je n'ai pas encore eu ce que je voulais. Je vais continuer à me battre. Je suis belle. Je sais faire oublier aux hommes leur âge et leurs tourments. Je ne me rends pas. Pas encore. Je suis Ira Cuprack, mais plus pour très longtemps parce que je le jure : malgré les menaces qui m'entourent, je vais me libérer de moi et de tout.

Il n'y a plus de videurs à l'entrée du Bar Rouge. Personne ne lui demande rien. Personne, même, ne le voit. En bas de l'escalier monumental, dans la grande salle circulaire, il y a des corps endormis. La sueur a séché. Les effets des drogues les laissent tous dans une profonde léthargie. Il enjambe des jeunes gens dévêtus, yeux mi-clos qui le voient passer mais ne réagissent pas. Une fois sous la coupole, il l'aperçoit. Elle est à moitié nue, blottie entre un homme et une femme. Il ne lui semble pas que ce soit le même corps que celui qu'il a étreint la veille : elle est plus petite et plus sèche. Il essaie de reconvoquer en lui la douceur avec laquelle elle l'a touché mais il n'y parvient pas. C'est trop loin. Il reste là, un temps, silencieux, la regarde en cherchant à décider s'il la trouve belle ou pas. Oui. Elle est belle, même ainsi, même avec cette obscénité du corps qui ne se sait pas sous le regard ou s'en fout et reste, cuisses ouvertes, lèvres entrouvertes, à la vue de tous.

"Salia ?..."

Il appelle.

"Salia ?..."

Il va falloir se pencher et la toucher.

"Salia ?..."

Il lui secoue doucement le bras. Elle ouvre enfin les yeux, esquisse un très léger mouvement mais à peine. Est-ce qu'elle le reconnaît ? Il voit dans ses yeux que pendant un temps, elle ne sait plus si elle est encore dans sa chambre après avoir fait l'amour ou ailleurs, et puis un voile passe dans son regard, comme si elle revenait à elle.

"Qu'est-ce qui se passe ?" demande-t-elle. Et c'est bien la lieutenante de police qui pose la question, pas la femme avec qui il a fait l'amour. Celle-ci vient de s'éloigner, a rejoint un endroit inatteignable qui ne se rouvrira peut-être qu'au prochain LOve Day, mais ce sera certainement pour d'autres que lui, il en a la conviction, et il se rend compte avec surprise que cette idée lui cause une peine profonde.

J'y ai cru mais je le sais maintenant, je ne serai jamais rien d'autre que la petite Ira Cuprack qui s'accroche à ses rêves et pense que le monde va s'ouvrir pour la laisser passer. Je l'ai vu s'approcher. Je ne me suis pas méfiée. Je me suis dit que l'argent attirait l'argent et qu'il était juste qu'il en soit ainsi. Il m'a appelée par mon nom : "Mademoiselle Cuprack ?" et j'ai trouvé cela délicat. Ce n'est qu'après que j'ai eu peur, lorsqu'il a commencé à me demander depuis combien de temps je voyais M. Kanaka. Mais il souriait. Il me posait la main sur la cuisse dans cette voiture où il m'avait priée de monter, et j'ai cru que ce serait juste un nouveau client. Je me suis dit que les hommes étaient prévisibles, et que la beauté, décidément, pouvait les faire courir en meute. Je me suis dit que tout était à deux doigts d'être à moi. Je n'ai pas vu que la ville se refermait, qu'elle avait décidé de me manger et que personne n'entendrait les cris que j'allais pousser.

Lorsqu'ils sortent de l'ascenseur et arrivent sur la terrasse panoramique de la tour Seznec, la lumière du ciel leur agresse les yeux. C'est une tour qui a été construite au siècle précédent, épaisse, solide, sans l'élégance des nouvelles architectures, mais c'est en partie la raison de sa notoriété. La jeunesse l'a adoptée. Un bar branché a été aménagé au dernier étage. Il ne désemplit pas. Boîte de nuit, lieu de rendez-vous où l'on se croise en contemplant la ville. D'ici, on a une vue imprenable sur la butte Liberty, et même plus loin, sur la colline de l'Alliance et le parc Rami en zone 1. Hier soir, le local était plein à craquer. Les jeunes gens ont dû se promettre, comme tant d'autres avant eux, qu'un jour ils régneraient sur les quartiers qui s'étendaient à leurs pieds.

En voyant le visage du policier qui les attend, Sparak comprend immédiatement que c'est un cas similaire à l'éventré des Décharges Citoyennes. Le gars est livide et se met à bredouiller qu'il n'a jamais vu ça, qu'il faut qu'ils s'accrochent…

“Qu'est-ce que vous avez ?” demande Sparak.

“Femme. Vingt-quatre ans. Résidente zone 3. Éventrée de la trachée au pubis. C'est pas beau à voir…”

Zem avance. Il s'approche du corps. La fille est étendue sur le sol, les jambes écartées, les bras tendus perpendiculairement au torse, la tête alignée, comme une réplique de l'homme de Vitruve. Le meurtrier l'a disposée sur le dos, bien droite, le ventre ouvert, sur cette terrasse, parce qu'il voulait la montrer, la donner en offrande à la ville tout entière, comme un sacrifice ou un défi. C'est le même assassin, cela ne fait pas l'ombre d'un doute. La même mise en scène, la même façon de faire de son meurtre un monument d'horreur.

Sparak avance, enfile des gants en plastique et se penche sur le cadavre. Il saisit délicatement l'index de la main droite de la morte pour le déposer sur son identifiant portatif. L'écran se met en mode de recherche, puis affiche un nom : "Ira Cuprack. Sans profession. Domiciliée zone 3. Adresse inconnue. Aucune arrestation."

Il se tourne vers Salia pour lui donner ces informations mais la jeune femme est restée un peu à l'écart, comme si elle était saisie d'une immense fatigue. Elle ne veut plus faire tout cela. Pas aujourd'hui, pas après la nuit qu'elle a passée. Zem la regarde. Est-ce qu'elle pense encore aux corps qui l'ont touchée, léchée, serrée pendant des heures ? Est-ce qu'elle pense au rapport qu'il va falloir faire, ou aux reproches à venir du capitaine Monk qui ne manquera pas de leur dire que s'ils avaient mieux bossé, un nouveau meurtre aurait pu être évité ? À moins qu'elle ne pense à rien, qu'elle veuille juste qu'on la laisse en paix. Elle s'est assise un peu plus loin, sur le muret de la terrasse. Elle a le regard vide. De son visage se dégage une profonde lassitude. Il aimerait lui dire de ne pas s'en faire, que tout cela n'a pas d'importance, qu'ils vont s'en aller, laisser la laideur du monde derrière eux, mais il ne le fait pas parce qu'il n'a pas envie de lui mentir. Après tout, c'est ce qu'ils sont : des éboueurs de la ville. Alors, il demande au policier s'il peut trouver deux cafés et il s'installe à ses côtés, en silence. Il veut juste rester près d'elle. Et tandis qu'il contemple la ville en contrebas, l'idée monte en lui qu'il y a là, dans ces rues, quelqu'un qui a tué et qui sourit. Et cela le rend triste, d'une infinie tristesse.

19

PAUVRES TRACES DE VIE

Il faut chercher et ils le font. Toutes ces petites traces de vie que chacun laisse nécessairement derrière soi. Un nom. Un appartement. Des achats. Des communications. Les voisins. Les amis. Les commerçants du quartier. Des témoins qui se souviendraient de quelque chose. Ils passent des heures et des jours à poser cette question : “Vous la connaissiez ?” Ils montrent une photo d’Ira Cuprack partout où ils vont. Certains leur racontent que c’était une fille sans histoires, toujours souriante, et d’autres moins bienveillants, que ça devait arriver, habillée comme elle l’était, avec cette manie de se promener tard, de revenir d’on ne sait où… Ils récoltent patiemment toutes ces petites traces, laissées çà et là, par cette vie de rien, et ils finissent par arriver à cet immeuble près du check-point Nevra, sur l’avenue Wander, district 6, où le gardien, au rez-de-chaussée, leur confirme : “Oui… C’est la fille du quatrième…” avec une sorte d’obscure réticence, comme s’il se méfiait d’elle, d’eux et de tout.

Vous ne trouverez rien. Je ne suis plus là. Je ne suis plus nulle part. Ils ont fait de moi ce qu’ils voulaient.

Je n'ai jamais été qu'un corps pour le divertissement des hommes, une bouche dans laquelle ils se soulageaient et des fesses qu'ils aimaient tâter comme on le fait de la croupe d'un cheval. J'ai été brièvement Ira Cuprack, puis plus personne. J'ai quitté cette vie qui ne m'aura rien offert, cet appartement où je n'ai presque rien laissé. Je n'avais pas encore commencé à être celle que je voulais devenir. L'oubli me recouvre, l'oubli d'une toute petite vie qui ne laisse que quelques traces sans contour, l'oubli et puis plus rien.

L'appartement n'est pas grand. Un couloir donne sur une pièce qui fait office de salon avec un bar américain ouvrant sur une petite cuisine. Le canapé prend un bon tiers de l'espace. La table basse est couverte de papiers divers et de barquettes de traiteur à emporter. Tout sent le renfermé. Il y a un petit balcon filant qui donne sur le grand boulevard et, au loin, les premiers immeubles de RedQ. La vue n'a rien de très affriolant. Sparak avance. En face, une porte donne sur la chambre à coucher. C'est encore plus petit. Juste de quoi mettre un lit et un portant où sont accrochés, pêle-mêle, manteaux d'hiver, robes d'été, pantalons, chemisiers, tout mélangés. Il ne faut pas être grand clerc pour comprendre que la fille ne roulait pas sur l'or ou qu'en tout cas, elle n'avait pas investi dans son appartement. Ils fouillent mais comprennent très vite qu'il n'y a rien à tirer de la chambre à coucher. Dans l'unique tiroir de la table de chevet, une photo de deux gamines, la victime et une autre, prise probablement il y a des années, pendant un été d'insouciance, bien avant que le monde ne devienne ce qu'il est. Sparak revient dans le salon, ouvre la fenêtre pour chasser l'odeur de mangeaille qui sature l'espace et s'attaque aux papiers disposés en fouillis sur la table basse. Quelques factures ou rappels d'impayés. Des prospectus pour promouvoir les abonnements à *Destiny. "Chaque jour, une chance… Forcez votre destin…"* Il est sûr que lorsqu'ils appelleront le banquier de la victime, celui-ci leur dira que la demoiselle a contracté tous les abonnements imaginables pour toutes les loteries du monde. L'appartement respire le désir de partir, de s'extraire, mais mal, comme le font les pauvres, en s'enfonçant toujours plus. Elle n'avait aucune chance avec ses billets de tombola pour lesquels elle a sûrement dû s'endetter. Et puis, sur la table, une enveloppe attire son attention : c'est un pli Flashpost, la société qui gère les communications avec les administrations. Il ouvre. Ce qu'il lit le sidère. Il appelle Salia qui s'approche. C'est une lettre de refus, à la suite d'une demande de pose d'Eternytox. La lettre date d'un mois avant l'assassinat. Il relit, vérifie le nom du destinataire. C'est bien elle. Tout est précisé. Mlle Ira Cuprack a émis une demande de greffe Eternytox qui lui a été refusée.

"Ça veut dire qu'il y a un mois, elle n'était pas greffée."

"Oui."

"Donc, on peut être sûrs qu'elle ne l'était pas au moment du meurtre."

"Oui, confirme Salia. Même si le lendemain de cette lettre elle avait miraculeusement trouvé une solution pour se faire greffer, l'opération serait récente et aurait laissé des traces sur son corps."

Ils referment la fenêtre et quittent l'appartement. Ira Cuprack n'a pas livré ses secrets mais ils ont le sentiment de s'être approchés de ce qu'elle était. Une pauvre fille à qui tout a toujours dit non.

“Qu'est-ce qu'on fait, maintenant ?” demande Zem en retrouvant la lumière extérieure.

“On a besoin d'Edmundo.”

“C'est qui ?”

“Celui qui fait parler les morts”, dit-elle en lui faisant signe de monter dans la voiture.

“Je n'aime pas te voir débouler comme ça !” lance Edmundo avec un grand sourire. Puis, avisant Sparak, il ajoute : “C'est qui, lui ?”

“Mon toutou.”

“Ah, j'espère qu'il ne mord pas !”

Salia sourit mais prend la précaution d'adresser à Sparak une œillade rapide pour s'assurer qu'il ne se vexe pas.

“Je pensais être mieux accueillie ! ajoute-t-elle. Pour une fois que je viens te rendre visite.”

Edmundo lève les yeux au ciel et pose son scalpel.

“Qu'est-ce que tu veux ?”

“Le corps de la fille de la tour Seznec. Je sais que ce n'est pas ton seul dossier mais je ne viendrais pas si ce n'était pas important. Ils me mettent une pression d'enfer.”

“Vous êtes tous pareils, s'exclame le médecin. Vous voulez tous avoir l'affaire du siècle et quand elle vous tombe dessus, vous vous plaignez d'avoir trop de pression… La moitié des flics de la zone 2 voudraient être à ta place sur ce dossier…”

"Tu rigoles ? Ils sont tous sur la traque de Jon Mafram", reprend-elle.

Le légiste ne réagit pas. Il s'est tourné vers Sparak.

"Et lui ? Il ne dit rien ?"

"Il ne vaut mieux pas", répond Salia en souriant.

Edmundo continue à le regarder, comme s'il était irrépressiblement attiré par ce corps taiseux. Puis il finit par aller chercher un dossier sur la table en fer-blanc près du monte-charge.

"Je te préviens : tu ne vas pas aimer…, dit-il en le tendant à Salia qui s'en empare immédiatement. Mort par étranglement… Ouverture du ventre *post mortem*… Traces de sperme…"

"On a un nom pour le sperme ?" demande-t-elle avec avidité.

Edmundo la regarde et répond avec une gravité nouvelle :

"J'aurais préféré que ce ne soit pas ce nom qui sorte mais la machine est formelle. J'ai tout vérifié deux fois, il n'y a pas de doute possible."

"C'est qui ?"

"Kanaka."

Salia fait une moue contrariée.

"Pas de trace d'Eternytox ?"

"Non. Aucune."

"Tu es sûr ?"

"Sûr. Rien n'a été arraché. Il ne manque aucun organe. Elle a juste été ouverte."

Salia regarde le médecin légiste.

"Tes impressions ?"

"Ça peut être le même assassin qui croyait trouver une greffe mais s'est trompé. Ou alors, un autre qui essaie de copier le mode opératoire du premier."

Salia prend un air un peu gêné.

“Pour la première victime, est-ce que tu es sûr de toi ? Le Service des greffes nous certifie que Pamouk n’a pas été greffé…”

Edmundo la regarde, offusqué.

“Si je suis sûr ?… Sur chaque morceau de cette merveilleuse technologie de pointe, il y a des nanosignatures, histoire justement que de tels bijoux ne s’égarent pas. Les micro-morceaux que j’ai trouvés avaient tous la signature du labo qui a la licence exclusive d’Eternytox. Donc oui, je suis sûr.”

“Alors pourquoi ils n’ont pas le dossier ?” demande-t-elle comme si elle se posait la question à elle-même.

“Ça, c’est pas mon problème. Les morts ne résolvent pas les enquêtes. Ils me glissent juste dans l’oreille un peu de ce qu’ils étaient et je peux t’assurer que Pamouk était greffé, et Cuprack pas. C’est tout.”

Ils sortent, laissant le médecin légiste à ses dissections.

“Et maintenant ?” demande Salia en soupirant.

“On n’a pas vraiment le choix, répond Sparak, il va falloir retourner voir Kanaka.”

“Oui, mais cette fois, il n’y aura pas de révérence.”

Elle a parlé avec un ton dur qui l’a surpris. Mais elle a raison. C’est leur seule piste et il est temps de le bousculer.

20

OUTRAGES

Ils se taisent durant tout le voyage. Lorsqu'ils arrivent au check-point de l'Harmonie, Sparak ne se laisse distraire par rien. Il ne regarde pas les avenues arborées ni le grand immeuble en verre. Il laisse Salia parler à ceux qui leur demandent des papiers, veulent savoir s'ils ont un rendez-vous, ceux qui leur disent de s'asseoir ici ou là, d'attendre un peu ou de monter. Il se ferme à leurs visages, à leurs voix. Il est une boule de colère qui grossit. Il traverse le grand hall, tête baissée, comme si rien ne devait le distraire. Et même lorsque Kanaka ouvre la porte de son bureau avec, sur le visage, une grimace pour leur signifier qu'ils le dérangent, il n'y fait pas attention. Rien ne doit le freiner. Il se tait pendant tout ce long temps où Salia commence, en remerciant Kanaka de les recevoir à nouveau, puis en lui expliquant que s'ils se sont permis de revenir, c'est parce qu'une jeune femme a été assassinée et qu'elle aussi a été éventrée, et même encore lorsqu'elle lui demande s'il connaît cette jeune femme, Ira Cuprack, et qu'il répond que non, même là, pendant tout ce temps de mensonges et de ballet de civilités, il ne dit rien parce qu'il a besoin de prendre son élan. Et puis soudain il pose sa question de façon si abrupte qu'elle semble fendre le bureau devant eux comme la lame d'un brise-glace.

"Vous l'avez baisée souvent ?"

Kanaka reste bouche ouverte, stupéfait. Mais Sparak est lancé et il ne peut que poursuivre.

"Je sais. C'est très embarrassant... Mais il faut bien que je vous pose la question."

"Vous êtes sacrément gonflé...", murmure l'homme, le souffle coupé par tant d'impertinence.

"Nous avons procédé à des analyses sur le corps de la jeune femme, l'interrompt Zem. Il s'avère qu'il y a des traces de sperme et que ce sperme est le vôtre, monsieur Kanaka. Alors je vais vous reposer la question calmement parce que j'ai le sentiment que jusqu'ici vous ne vous êtes pas vraiment concentré : est-ce que vous êtes bien sûr de ne pas connaître cette personne ?"

"Venir ici avec vos petits airs... et me poser ce genre de questions...", dit-il à voix basse.

"Monsieur Kanaka, pourriez-vous simplement nous répondre ?"

"Non, tranche-t-il, je ne réponds pas. Qu'est-ce que vous croyez ? Que j'ai éventré cette fille ? Vous me voyez faire ça ? Franchement ?"

"Il y a mille manières de tuer quelqu'un. On peut même le faire en gardant les mains propres quand on a de l'argent."

"Vous osez m'accuser ?"

Salia intervient dans l'échange entre les deux hommes pour tempérer un peu.

"Monsieur Kanaka, à ce jour, vous êtes le seul lien entre les deux victimes."

“Mais parce que vous l’avez décidé ! dit-il avec une voix soudainement aiguë, signe qu’il perd son sang-froid. Je vous ai dit l’autre jour que je ne connaissais pas l’homme qui a été assassiné. Il n’y a pas de lien ! Le seul, c’est qu’ils ont été éventrés tous les deux. Soit. Mais je ne vois pas en quoi cela les relie à moi.”

“La dernière fois, vous nous avez dit ne pas connaître Malek Pamouk alors qu’une altercation a eu lieu entre vous. Aujourd’hui, vous nous dites que vous ne connaissez pas Ira Cuprack, mais nous avons trouvé du sperme sur elle et ce sperme est le vôtre. Alors, monsieur Kanaka, pardon si la question vous déplaît, mais à quoi est-ce que vous jouez ?”

La voix de Sparak est ferme, implacable.

“La fille… Je ne sais pas… C’était sûrement pendant le LOve Day…”

Quelque chose sonne faux dans sa voix, Zem le sent. Alors, il donne un violent coup de genou dans le bureau. Cela fait sursauter Kanaka, qui le regarde comme si l’autre avait brandi une arme.

“C’est cela que vous répondez ? dit Sparak avec une voix dure pour finir de prendre le contrôle de l’entretien. Que la fille était peut-être une de celles avec qui vous avez fait l’amour pendant le LOve Day, et que vous ne savez rien d’autre ? Vous allez pouvoir nous dire où cela s’est passé, alors ? Pour qu’on trouve des témoins qui corroboreront votre explication ? Écoutez-moi, monsieur Kanaka. Nous en sommes à deux morts. Tous les deux éventrés. Alors oui, ça nous mène à vous, que ça vous plaise ou non, que ça jure dans votre petit monde ou non. On ne trouve trace de rien. Nulle part. C’est vous qui êtes en haut de la pyramide des greffes mais vous nous baladez depuis le début : vous ne répondez pas à la question, vous ne répondez à aucune question. La fille !… Qui est-elle ? D'où la connaissez-vous ? Depuis combien de temps est-elle votre maîtresse ou votre pute ? Vous voyez, j'en ai, des questions ! Un paquet de questions, même ! Vous voulez que je continue ? Est-ce qu'elle vous a fait chanter dans le but d'avoir une autorisation de greffe ? Est-ce que tout cela est devenu trop embarrassant en pleine campagne pour un poste à la Commission directoire ? Vous ne répondez pas, monsieur Kanaka ?"

Sparak s'est tellement penché en avant qu'il pourrait toucher son hôte. Il a laissé monter la colère en lui sans se soucier du ton de sa voix ni de ses gestes de plus en plus violents. Kanaka le regarde et la furie s'empare de lui comme si elle était passée de l'un à l'autre, par-dessus le bureau.

"Ça suffit ! Sortez de mon bureau ! Je ne répondrai plus à vos saloperies de questions. Qu'est-ce que vous croyez ? Que vous êtes là par votre seule volonté ? C'est ça, ce que vous vous racontez ? Que vous êtes juste de bons petits flics qui suivent leur intuition ? Si vous êtes là, devant moi, c'est parce qu'on veut que vous y soyez. Vous comprenez ou c'est trop compliqué pour vous ? On vous a conduits jusqu'ici. Vous n'êtes rien, vous. Bons chiens. Bonne laisse. Qui vous demande de venir me foutre tout ça sous le nez ? Vous y avez réfléchi ? Non. Bien sûr. Vous pensez juste que vous faites votre boulot. Vous savez pourquoi je ne vous réponds pas ? Parce que ce n'est pas à vous que je suis en train de parler, malgré ce que vous semblez croire. Ce n'est pas vous qui posez les questions mais ceux qui s'agitent au-dessus de vous sans même que vous vous en rendiez compte. Et d'ailleurs, ce ne sont pas des questions qu'ils posent.

Ils avancent leurs pions. Rien de plus. Vous êtes là pour qu'on sache que des policiers sont montés, qu'il se trame quelque chose, que d'une façon ou d'une autre, je pourrais être lié à ce double meurtre et tant pis si on n'a pas le début d'une preuve, tant pis si on n'a pas vraiment le temps de vérifier, il faut juste que la rumeur tienne jusqu'à l'élection et même qu'elle enfle si possible. Alors foutez-moi le camp ! Et dites à ceux qui vous féliciteront ce soir d'être venus m'interroger que j'ai une mémoire infinie et qu'ils me le paieront quand le temps sera venu !"

21

FURIE

Jon Mafram fume une troisième cigarette en regardant à travers les stores baissés de la fenêtre. Il aimerait sortir mais ne peut pas. Il sait qu'ils ne tarderont pas à le trouver. C'est une question d'heures… Depuis deux jours, plus personne ne vient lui rendre visite. Ils ont probablement tous été arrêtés, les uns après les autres. Le réseau est en train de tomber. Les langues se délient. Quelqu'un, quelque part, va prononcer son nom et dire qu'il sait où il se cache. Et tout s'accélérera. Cela fait si longtemps que son arrestation est leur priorité. Peut-être que l'aveu a déjà eu lieu, dans une cave sordide de commissariat, après un interrogatoire musclé ou, au contraire, sans aucune violence, dans un bureau froid, en ayant simplement échangé une liasse de billets. Est-ce qu'ils l'arrêteront dans cet appartement ou dans le prochain ? Il va encore bouger, se déplacer, essayer de leur échapper mais il sait bien qu'il ne gagnera pas. Le jour se rapproche où ils défonceront le verrou en poussant des cris, où des lumières aveuglantes balaieront l'appartement, où un haut-parleur de drone lui ordonnera de n'opposer aucune résistance et lui répétera qu'il est en état d'arrestation. À quelle heure de la journée est-ce que cela se produira ? En pleine nuit, peut-être... Il sera réveillé par l'explosion de la porte et tout ira si vite. Ensuite, son nom sera sur toutes les lèvres, à la une de toutes les infos. Jon Mafram, enfin arrêté. On ne parlera plus de l'ancien membre de la Commission directoire, on ne rappellera pas qu'il a été le premier dégreffé, ils ne diront rien de ses combats, ils saliront tout ce qui le touche, réduiront tout aux images de son arrestation où il aura l'air d'un trafiquant, mal rasé, en caleçon, image dégradée de sa défaite, les mains derrière le dos, menotté, l'air mauvais et le visage coupable. C'est cela qu'ils brandiront de lui. Le fugitif qui s'est terré dans un trou pendant des mois et qui sort de sa tanière, ébloui devant la lumière de la vérité, mettant ses mains pour s'en protéger comme si ce geste pathétique pouvait en quoi que ce soit retarder le moment du châtiment.

Dans la voiture qui les ramène, Sparak ne dit rien. Leurs bracelets soudainement se sont mis à clignoter. On annonce l'approche d'une furie. Les habitants hors dôme sont invités à se réfugier au plus vite dans les centres souterrains. En quelques minutes, les rues de la zone 3 vont se vider. Le cyclone arrachera tout ce qui a été mal construit, toutes les tôles rajoutées, bricolées... La grêle fera exploser les vitres. Des branchements électriques sauteront. Tout s'envolera. En zone 2, pendant quelques heures, tout sera assourdissant. Le dôme va être criblé d'impacts. Il cédera peut-être en quelques endroits. Et puis cela se calmera et GoldTex vantera les mérites du dôme climatique qui protège ses cilariés de la violence des vents et des déluges de glace. Les spots en profiteront pour encenser Yehu Rami, le père fondateur du dôme. Son portrait sera sur tous les écrans pour rappeler à la population ce qu'elle doit à ce héros de GoldTex. C'est étrange de savoir que tout cela arrivera, d'en être tout à fait certain alors que, pour l'instant, rien, à part les avertissements de leur bracelet, n'annonce ce déchaînement des forces. Pour quelques minutes encore, le ciel est traversé d'une jolie lumière qui fait scintiller les feuilles des arbres. Des oiseaux passent et font une ombre étrange sur la façade du bâtiment qu'ils longent. Sparak voudrait capturer ce moment, parce qu'il est beau, doux, et signe une sorte d'équilibre des choses, mais il sait qu'il ne s'en souviendra pas. Dans quelques minutes, tout s'obscurcira, cela commencera à frapper et cet événement balaiera tout ce qui précédait. Pourquoi ne peut-on pas choisir ce dont on se souvient ? se demande-t-il en laissant disparaître les oiseaux.

Lorsqu'ils entrent dans le commissariat Pinto, ils sont d'emblée saisis par l'effervescence. Ils pensent spontanément que c'est lié à l'approche du cyclone, que les forces de police ont dû être appelées en renfort dans différents coins de la zone 3, mais c'est autre chose. Au moment où ils sortent de l'ascenseur, ils tombent sur Cal et Ronnie. Tous deux ont l'œil qui brille et des gestes nerveux.

"Tu veux toujours faire partie de l'équipe, Malberg ?" lui lance Cal en finissant d'ajuster un gilet pare-balles. Et avant qu'elle ait eu le temps de comprendre, Ronnie lui explique, excité comme un chien de chasse au petit matin : "On va profiter de la furie pour choper Mafram ! On a besoin de tout le monde. Va demander à Monk... Dépêche-toi, on n'attend pas !" Et déjà, ils disparaissent dans l'escalier en poussant des cris de guerriers pour célébrer leur propre envie d'en découdre. Partout à l'étage, les policiers embarquent leurs affaires à la va-vite, prennent leurs armes, vérifient qu'ils ont bien un brassard. Monk est là, au milieu des bureaux qui se vident, comme un général en campagne : "Je veux tout le monde, c'est compris ? Grouillez-vous !" Son regard tombe sur elle. "Vous attendez un carton d'invitation, Malberg ?" Alors elle se tourne vers Sparak, voudrait avoir l'air désolé mais ne peut dissimuler son excitation. Elle est impatiente d'y aller, de rejoindre les autres. Lui ne dit rien. Il n'a pas besoin de parler. Il fait un geste en ouvrant les bras, façon de dire qu'il comprend. Elle lâche encore quelques mots, comme pour atténuer le fait qu'elle quitte tout si vite, mais cela n'a plus d'importance car ce sont des phrases prononcées à l'inverse de ce qu'elle pense. Ce qu'il voit, c'est qu'elle court déjà et dévale les escaliers, heureuse de rejoindre la meute.

Soudain, le ciel craque et dans les secondes qui suivent, les premiers bruits de grêle heurtant le dôme se font entendre. Ce sont d'abord des coups sporadiques, puis de plus en plus rapprochés. Très vite, cela devient un grondement permanent. Le convoi de police traverse la ville à tombeau ouvert. Les rues sont vides. L'arrivée de la furie a eu un effet immédiat. Les gens se sont calfeutrés chez eux avec terreur. Les véhicules roulent les uns derrière les autres, à toute vitesse, longeant les rives de la Saule, puis s'engouffrant dans l'avenue du Revizor en direction du check-point de la Fosse ouest qui ouvre sur l'avenue I. Ils s'éloignent du centre. Le fracas de la grêle s'intensifie encore. Toutes les lumières publiques ont été éteintes par mesure de sécurité. Les policiers n'ont que leurs propres projecteurs pour éclairer la route devant eux.

Une fois franchi le check-point, ils se retrouvent en dehors du dôme climatique. C'est comme si, tout à coup, une charge de buffles les attaquait de toutes parts. Le bruit est assourdissant. Les véhicules sont matraqués, on dirait que le blindage va céder. Les coups de vent sont d'une telle force qu'ils les sentent dans les voitures. Tout souffle et crie. Ils se tiennent serrés les uns contre les autres, s'agrippent à ce qu'ils peuvent. Salia a l'impression d'être dans un avion qui traverse une tempête. L'air est gelé à l'extérieur. Cela pénètre l'habitacle par tous les petits interstices qui sifflent. Elle sent la nervosité tout autour d'elle, la peur aussi, mais elle est bien. Elle est tendue, impatiente de sortir, de courir, de chercher.

Et puis, les voitures s'arrêtent. Tout est en suspens. Chaque seconde est longue. Enfin, une voix crépite dans le micro à l'avant du véhicule. “C'est bon, on descend !” dit alors le chauffeur en se tournant vers eux. Ils ouvrent les portières et le chaos leur saute au visage.

Il faut du temps pour voir quelque chose. Au début, Salia ne discerne même plus les collègues qui l'entourent. Cal est là, à quelques mètres d'elle. Il hurle à tous ceux qui sont près de lui : "Mettez vos casques !" C'est une recommandation superflue parce qu'il est strictement impossible de rester dehors sans protection. Les grêlons sont aussi gros que des noix et ricochent de partout. Cal montre un immeuble, explique qu'ils vont y aller en trois équipes. "Malberg, tu me suis !" lui lance-t-il, et tout le monde s'ébranle.

Je vous entends venir. Je me dresse sur mon lit. Je sais que vous vous approchez et qu'aujourd'hui est le jour. Pourtant, vos pas, vos cris même, sont couverts par le vacarme de la furie. Il n'est pas nécessaire que je me mette à la fenêtre pour vous voir, je le sens. Quelque chose dans mon corps se hérisse à l'imminence de la violence. C'est bien que cela advienne le jour de la furie. C'est votre monde qui déborde et se cabre. C'est votre monstruosité qui vous entoure et vous fouette le visage. C'est dans votre tempête que je vais disparaître. Votre propre bruit couvrira ma fuite et l'ombre qui s'est abattue sur toute la ville m'ouvrira des chemins que vous ne trouverez pas.

Ils traversent la rue des Grandes-Eaux à petits pas rapides. Les uns derrière les autres, arme à la main. Arrivés devant un immeuble, ils s'arrêtent pour laisser passer les unités d'intervention. Salia est juste derrière Cal. Elle respire calmement. Elle sent qu'elle est bien, qu'elle est lucide, que l'adrénaline la pousse mais ne l'aveugle pas. Bientôt, tout explosera. Bientôt, ce seront les cris, la porte que l'on défonce, la rapidité pour s'engouffrer dans l'appartement, neutraliser tous ceux qui y sont, les plaquer au sol sur le ventre, mains derrière le dos, les cris adressés les uns aux autres pour s'avertir du danger, et là, alors, peut-être, dans une pièce sans envergure, banale comme dans n'importe quel appartement, devant un poste de télévision ou en train de manger, ils verront Jon Mafram.

Non. Vous ne me verrez pas car je suis déjà parti. La tempête me cache à vos yeux. Le rideau de grêle est mon allié.

Les membres de la section d'intervention font sauter la porte d'entrée et pénètrent dans le corridor. Ils sont déjà probablement en train de jaillir dans chaque pièce en hurlant et en balayant l'espace de leur lampe torche. C'est là qu'elle le voit. Du coin de l'œil. Une silhouette qui court dans la tempête, dans le sens inverse de l'assaut. Cela ne peut pas être un policier. Elle ne réfléchit pas, crie immédiatement "Cal !" pour qu'il ne s'engouffre pas dans le bâtiment et, sans attendre, part à la suite de l'ombre qu'elle a aperçue.

C'est lui. Elle le sait. Elle court à toute vitesse. Il est devant elle, pas très loin. Elle court sans réfléchir. Il n'est pas certain qu'il ait vu qu'elle était à sa poursuite. C'est sa chance. Elle court pour réduire la distance qui les sépare. Elle n'est plus qu'à une centaine de mètres. Elle ne sait pas si Cal est dans son dos. Elle suppose que oui, mais cela n'a pas d'importance. Elle se rapproche encore. Il est là. Elle le voit maintenant. À quelques mètres à peine… Alors, dès qu'elle le juge possible, elle se jette sur lui. Ils roulent sur le trottoir. Pendant un temps, les deux corps s'entremêlent, puis s'immobilisent. La pluie les baigne et confond tout. Elle essaie de se relever au plus vite. Elle l'empoigne mais elle sent qu'il n'oppose aucune résistance. Il a dû être sonné par la chute. Il tente vaguement de se mettre sur le dos pour pouvoir mieux respirer, mais elle le tient serré entre ses cuisses et crie "Je l'ai !…" Cal arrive dans son dos. "C'est bon", glisse-t-il dans un souffle. Il se penche et retourne l'homme pour vérifier son visage. "Jon Mafram ?" dit-il en le menottant. Puis, il se relève et hurle : "Ici ! Je l'ai !" Elle s'est relevée elle aussi, et reprend sa respiration. Elle sait ce qui va se passer. Elle l'a compris dans le regard que Cal lui a lancé. C'est lui qui l'a arrêté. C'est ainsi. C'est ce qu'il faudra dire à tous ceux qui vont venir. Il est inconcevable qu'il en soit autrement. Si elle essaie de revendiquer quoi que ce soit, il la cassera en deux. Cela n'a pas d'importance. Cal sait parfaitement qu'il lui doit son moment de gloire à venir et ce n'est pas rien. Il lui glisse d'ailleurs un "c'est bien, Malberg" viril, pour qu'elle comprenne qu'il saura être reconnaissant, que si elle joue le jeu, elle pourra faire partie de l'équipe et au fond, c'est tout ce qu'elle voulait. Alors, elle laisse Ronnie et les autres gars approcher en poussant des hurlements de joie à mesure qu'ils découvrent le spectacle. Elle s'éloigne en les laissant se congratuler, et la pluie, déjà, cesse de tomber. La furie s'apaise. Le monde va pouvoir découvrir le visage de Jon Mafram, penaud, menotté, minable, en pleine lumière retrouvée.

22

LUMIÈRES DÉCHETS

Le taxi avait roulé jusqu'au check-point du pont Trajan. Le grondement de la grêle sur le dôme couvrait tous les autres bruits. Il ne voulait pas rester au commissariat Pinto, à attendre que Salia revienne. Le chauffeur avait hésité. Il craignait d'endommager sa voiture. Sparak avait dû insister et payer quasiment le double d'une course normale. Il était bien. Ce vacarme lointain l'éloignait de la vie. Il pouvait plonger dans ses propres pensées. Le monde qui l'entourait l'ennuyait. Il n'y avait que cette enquête qui le tenait.

Au check-point, le chauffeur avait refusé d'aller plus loin. Il était résolu à attendre la fin de la furie pour s'engager en zone 3. Sparak n'avait pas insisté. Il s'était calé dans le fond du siège, avait posé la tête en arrière et avait repensé à celle qu'il avait aimée à Athènes.

Léna Farakis. Elle est là, devant lui, telle qu'elle était en leur jeunesse, triomphante. Il se souvient de l'émotion que lui procurait sa beauté. Il essaie de retrouver l'image exacte de son corps mais n'y parvient pas tout à fait. Où étaient ses grains de beauté ? Comment était la courbe de sa nuque ? Il donnerait tout pour revoir avec précision chaque détail de son corps. Il ferme les yeux et se souvient de cette discussion qu'ils avaient eue, au tout début de la faillite du pays. Il lui avait parlé longtemps, pour la convaincre qu'il fallait résister, que la seule façon de le faire était de rejoindre les groupuscules d'action. Elle l'avait écouté en silence, amusée d'abord par cet air de petit soldat qu'il avait, puis admirative devant cette force de conviction qu'elle ne lui connaissait pas. Elle avait fini par acquiescer, lui dire que oui, elle viendrait et qu'ils seraient ensemble sur les barricades, ensemble à crier qu'ils voulaient un autre monde. Puis, elle avait eu ces mots – il s'en souvient très bien –, prononcés avec une gravité nouvelle dans la voix. Elle lui avait demandé de lui jurer que la vie serait toujours plus importante que la politique. Il avait voulu lui expliquer qu'étant donné la strangulation que GoldTex opérait sur la Grèce, la vie, toute la vie, était politique mais elle avait répété : "Tu me le jures ? Entre nous, la vie toujours plus que tout le reste ?" Et il avait juré, plus pour qu'elle le laisse enfoncer son visage dans le creux de son cou que par conviction. Léna. Après cette nuit, elle s'était effectivement engagée à ses côtés, elle était même devenue la plus irascible du groupe. Mais il y avait ce pacte entre eux. Même au plus fort de la colère, même dans l'urgence de l'action, la vie plus forte que tout le reste. Et alors, parfois, elle l'embrassait au milieu d'une manifestation ou insistait pour garer la voiture et aller se baigner malgré les tracts dans le coffre et le rendez-vous auquel ils risquaient d'arriver en retard. "Parce que si on oublie de vivre, le combat n'a plus de sens", disait-elle.

Aujourd'hui, il y repense et il peut dire que la politique a tout mangé, tout brûlé. Pas entre eux mais tout autour. Elle les a isolés, asséchés, et rien n'a plus jamais été joyeux. Il repense au jeune homme qu'il était. Athènes est loin, ses camarades aussi... Aucune des voitures incendiées, aucun des coups de barre de fer donnés n'ont pu empêcher la strangulation du pays. Les accords ont été signés. Une nation ruinée, en dépôt de bilan, a été rachetée. Aucun de leurs cris n'a pu empêcher la dislocation de la Grèce, branche par branche, comme on démonte un navire resté trop longtemps à quai, pièce par pièce, pour le vendre à des ferrailleurs gourmands. Il repense à elle et à ces heures où lutter avait encore un sens puisqu'ils étaient ensemble. Il se laisse envahir par le chaos qui l'entoure et le grondement de la furie sur le dôme lui rappelle le bruit des policiers qui avaient surgi dans sa vie, en défonçant la porte de cet appartement où ils dormaient à six ou sept. C'était le lendemain du meurtre du flic antiémeutes, à l'aube, dans le squat que le mouvement mettait à leur disposition. Ils avaient déboulé, d'un coup, avec les lampes torches au bout des fusils d'assaut. La brutalité s'était emparée de l'espace. Des coups. Des menottes. Tous avaient été plaqués au sol, face contre terre. On les avait emmenés. Il s'était félicité que Léna n'ait pas été présente. L'idée qu'elle était dehors et libre était la seule chose qui lui donnait de la force. Puis ils avaient été séparés. Chacun dans une salle d'interrogatoire. C'est là qu'il était devenu un chien. Dans les heures qui avaient suivi, ces heures qu'il n'aurait jamais dû connaître mais qui le définissent depuis, plus que tout.

Aussi soudainement qu'elle a commencé, la furie s'éloigne. En quelques secondes, l'averse se fait moins dense, les vents moins forts. Le silence revient. Puis la lumière. Le chauffeur allume le moteur, et ils entrent dans la zone 3. C'est un chaos indescriptible. Les rues sont parsemées d'objets étranges : poubelles renversées, véhicules retournés, panneaux publicitaires arrachés. Tout a été secoué, mis cul par-dessus tête et la ville se réveille, groggy, incrédule devant les traces du saccage. Les drones de GoldTex ne vont pas tarder à arriver. Il n'a pas envie de les voir balayer les rues avec leur message d'appel à la mobilisation : "Reprenez le contrôle de vos rues ! Une ville propre, c'est une ville qui se relève !" Tous ces slogans pensés dans des bureaux loin du chaos qui vont venir saturer la ville et les esprits. Il a envie de plonger en lui, d'être seul. Tant pis pour tout le reste. Il congédie le monde. Et lorsque le chauffeur lui demande où il doit le déposer, il lui répond : "À RedQ, au Dreamshop de la rue Tallarès."

"Sacrée furie !" lui lance le patron à son arrivée.

"Comme à chaque fois", répond-il laconiquement.

"Rassurez-vous, ici, rien n'a été endommagé."

Sparak avance d'un pas sûr vers la salle, avale, dès qu'il y est, deux cachets, oui deux, parce qu'il a envie de tout effacer. Qu'est-ce que ça peut faire si son corps s'esquinte ? Est-ce que la ville qui l'entoure ne l'endommage pas, elle aussi ?

Il s'est allongé, les yeux fermés, et il sourit car les rues d'Athènes apparaissent. Le temps s'installe dans une indolence qu'il connaît bien. C'est cela qu'il voulait, cela seul qui l'apaise et le sauve de tout le reste.

Mais dès le début, il sent que quelque chose est anormal. Les forces de son corps se sont évanouies. Il ne peut plus rien faire que laisser la vision se développer. Il est dans le quartier de Monastiraki, près de la place Mitropoléos. Il déambule et se rapproche de la rue Voulis. Cela lui semble étrange. Il connaît bien cette rue. C'est ici que vivait son ami Héraclès Mourikos. Est-ce un hasard ? Les voitures défilent au pas. Tout est plus lent que dans le réel. Il ne se passe jamais rien, normalement, dans les visions. C'est une règle. Les images sont sélectionnées pour n'inclure aucun événement. C'est juste un paysage vivant, une toile de fond avec le spectacle d'une humanité qui passe et repasse. Pourtant, là, deux voitures surgissent du haut de la rue. Elles se garent en épi devant le trottoir et six hommes en descendent avec autorité. Deux restent sur place, quatre montent dans l'immeuble. Il met du temps à comprendre mais il est bien obligé de constater qu'il est face à son passé. Est-ce un bug dans le programme ? Est-ce que cet événement a échappé au contrôle du logiciel de surveillance ? Le temps s'écoule. Et puis, soudain, les hommes ressortent. Un d'entre eux pousse devant lui un jeune homme, en slip, menotté. Zem le reconnaît immédiatement. C'est Héraclès. Que se passe-t-il ? Il sent son cœur battre plus fort. Comment est-ce possible ? Est-ce qu'il est en train d'assister à des scènes de sa propre vie ? Il n'était pas dans cette rue ce jour-là, mais Héraclès a bel et bien été arrêté. Dans sa léthargie, Sparak secoue la tête mais le produit qu'il a absorbé est trop fort pour qu'il puisse se soustraire aux visions. Il faut attendre que l'effet diminue. Il est ailleurs maintenant. Sur les hauteurs de Plaka. C'est en plein après-midi. Le soleil est au zénith. Il n'y a pas grand monde dans les rues, il fait trop chaud. C'est l'heure où les petits commerçants ont rangé leurs étals pour la sieste. Tout est calme. Pourtant, il voit soudain surgir devant lui un homme qui court à toute vitesse. Son tee-shirt est déchiré. Il a dû se battre et réussir à s'échapper. Il passe devant Sparak, suivi par deux hommes qui portent des pistolets à la ceinture et des brassards de policiers. Une centaine de mètres plus loin, ils le rattrapent, le font tomber à terre et l'un d'entre eux lui écrase la joue de son genou pour lui passer les menottes. Le jeune homme arrêté a tourné la tête dans la direction de Sparak, juste assez pour qu'il ait le temps de le reconnaître. C'est Mikis Papangou, un des membres du mouvement auquel il appartenait. Là aussi, les gestes des uns et des autres ont la même lenteur que les images d'archives mais ce ne devrait pas être ainsi. Zem Sparak gémit et se tord. Il se souvient. Toutes ces arrestations avaient eu lieu le même jour. Est-ce qu'il va assister à chacune d'entre elles ? Comment est-il possible que le logiciel contienne de telles images ? Tout se mélange. Sparak voudrait quitter ce rêve, se relever, retrouver sa pesanteur d'homme dans la vie réelle mais il ne peut pas. Il sent que les visions l'invitent à revenir à ce moment, dans les caves du commissariat, juste après son arrestation. Il n'a tenu ni plus ni moins longtemps qu'un autre. Il s'était promis, comme tous ses frères d'armes, que si on l'arrêtait, il ne dirait rien, persuadé d'être dur, plus dur que les autres, tant il y avait de rage en lui. Et peut-être se serait-il découvert effectivement héroïque face à la brutalité, capable d'endurer en silence au-delà de toute limite. Mais ce n'était pas ce qui s'était passé. Ils ne l'avaient pas frappé. Ou à peine. Ils avaient utilisé d'autres armes. Il se souvient parfaitement de cela : cet instant où le cerveau s'aperçoit qu'il ne s'est pas préparé à ce qui vient, le trouble qui monte et empêche de réfléchir. Ils lui avaient demandé ce qu'il préférait : donner dix noms de son réseau ou se taire et, alors, ils iraient arrêter Léna Farakis. Il avait sursauté. Comment connaissaient-ils ce nom ? Il se souvient des photos qu'ils lui avaient mises sous le nez et de leurs sourires, parce qu'ils étaient heureux de leur petit effet. Oui, ils savaient qui elle était et où elle habitait. Ils connaissaient les gens qu'elle voyait, les magasins qu'elle fréquentait. Il était resté bouche bée. Il comprenait qu'il avait perdu. Mais ne pouvant pas tout à fait s'y résoudre, il avait fait comme tout le monde : il avait gueulé qu'ils ne pouvaient pas faire ça, qu'elle n'avait rien à voir avec tout cela. Il avait prononcé toutes ces phrases inutiles qui n'étaient rien d'autre que la lente préparation à la capitulation. Léna. Les policiers n'avaient pas eu besoin de frapper. Rien que d'entendre ce nom dans leur bouche, ça l'avait détruit, comme si, déjà, ils la touchaient, la souillaient. Comme si déjà ils la soupesaient, la reniflaient, lui mettaient la main entre les cuisses. Léna. Il avait compris qu'il était piégé. Il n'y aurait pas de coups, pas de résistance héroïque. Chacun a son chemin intérieur qui mène à la faiblesse et ils avaient trouvé le sien. Il ne pouvait plus rien faire. Juste choisir qui allait tomber. Il n'avait plus qu'à consentir et c'était ce qu'il avait fait. En quelques minutes, il était devenu leur traître. Il avait baissé les yeux et il avait dit les noms : Héraclès

Mourikos, Mikis Papangou, Georges Seferidès, Yannis Carapharos… Il savait qu'il les envoyait à la mort, ou du moins à l'humidité des geôles, et que ce faisant, il mourrait à lui-même, que jusqu'à la fin de ses jours il se cracherait dessus, mais il avait dit les noms. Le désastre était né sur ses lèvres… Ses lèvres qui avaient fait démarrer des voitures, qui avaient poussé des équipes de policiers en civil à aller aux quatre coins de la ville pour y intercepter ses camarades, les attrapant à la sortie de leur immeuble, ou défonçant les portes de leur appartement pour les menotter nus et encore étonnés sur le carrelage froid de leur salle de bains. Tout était né de ses lèvres… Et c'était cela qu'il voyait maintenant. Toutes ces arrestations auxquelles il n'avait pas pu assister car il était resté plusieurs jours au fond de sa cellule… Par quelle cruauté ? Ou quel étrange désir de se punir lui-même ? Tout est là. Sous ses yeux. Est-ce la furie qui a tout déréglé ? Il entend les portes sur lesquelles on frappe. Les verrous que l'on fait sauter au pied-de-biche. Les courses poursuites. Il voit tout et voudrait pleurer. C'est un supplice. Et puis les policiers étaient revenus, glorieux et souriants. Ils l'avaient félicité, lui disant qu'il avait fait du bon boulot en lui tapant sur l'épaule. Pour ne pas le griller, lui avaient-ils expliqué, ils n'avaient pas arrêté les dix. Ils avaient été plus malins que cela. "Tu es trop précieux, Sparakos, lui avait murmuré le gars chargé de son interrogatoire, trop précieux, alors on va la jouer fine…" Ils en avaient laissé deux en liberté. "Tu vois, on pense à toi…" Il entend encore la voix sèche qui essayait de créer une connivence. "Vous serez trois à vous en être tirés, et, parmi vous, il y aura le traître, lui avait expliqué son geôlier. C'est ce qui va te sauver. On t'a laissé une belle porte de sortie." Il aurait pu mourir à cet instant. Mais il était trop tard. Son cerveau ne réagissait plus. Il était comme assommé. Il essayait d'imaginer la suspicion qui allait tout emporter dans le groupe, les regards méfiants, la peur. Tout s'était passé exactement comme cela. Après sa libération, il avait retrouvé ses camarades mais leur visage avait changé. Tous parlaient avec des voix fuyantes. Tous se posaient la même question : qui a trahi ? Jusqu'au jour où l'un des trois avait été retrouvé dans une décharge avec une balle dans la tête. Tout le monde avait pensé que le mouvement avait fini par identifier le traître et s'était fait justice. Zem avait été à la fois anéanti et soulagé. Le calcul des policiers était juste : ce meurtre l'innocentait. Celui qu'on venait de tuer était celui qui avait parlé. Sparak était le seul à savoir que c'était faux, que celui qui venait de mourir était un partisan comme les autres et que c'était lui qui avait tué cet homme, du bout de ses lèvres, comme tous les autres... Les flics, en tentant cette mise en scène de vengeance du mouvement, lui avaient offert sa plus belle couverture. Et cela avait fonctionné. Le traître était mort. Les deux qui avaient survécu étaient blanchis. Personne n'avait posé de question. Chacun pensait que la décision avait été prise par les instances dirigeantes du mouvement. Zem était vivant. Il allait continuer, traître à jamais, lié pour toujours à ceux qui le tenaient au bout de leur laisse. "Tu restes avec nous, Sparakos..." Toujours cette voix, douce et violente à la fois. "... Parce que tu es rudement doué." Il se souvient de cela. Et combien, plus que toutes les gifles, ce compliment l'avait détruit.

23

LES HÉROS

Ils entrent dans les bureaux du commissariat Pinto en héros. Elle est aux côtés de Cal. Tous les collègues les applaudissent. Pour leur répondre, Cal lève le bras en signe de victoire. Des semaines de traque pour aboutir à ce moment. Ils parlent fort et boivent des bières qui ont le goût du triomphe. Salia est heureuse d'être là. Elle voudrait ne penser à rien, juste répondre du tac au tac aux blagues qu'on lui lance, raconter pour la énième fois la course poursuite, et tant pis si Cal s'est octroyé la prise, tant pis s'il a élaboré un récit qu'il répète à foison comme s'il voulait s'en convaincre, qu'est-ce que ça fait ? Elle est contente, devrait l'être en tout cas. C'est tout ce dont elle avait toujours rêvé. Cal va lui proposer de faire partie de son équipe. Elle le sent à la façon dont il cherche son regard, dont il prononce son nom pour l'inclure dans son récit, comme si, déjà, ses camarades devaient s'habituer à l'idée qu'elle fasse partie du groupe. Et pourtant, elle est loin. Une pensée la ramène sans cesse à Sparak. Elle laisse un temps ses collègues chanter et rire, puis elle va déposer son arme dans son bureau.

Au moment où elle s'assoit sur son fauteuil pour souffler, elle est rejointe par Gadjo, le gars de l'analyse informatique. Il pousse la porte avec une sorte de précaution timide.

"Je peux ?" demande-t-il.

Elle lui fait signe d'entrer.

"Ça y est ? dit-il sur le ton de la blague mais avec une pointe de tristesse dans la voix. Tu as rejoint les cow-boys ?"

Elle ne sait que répondre et fait une moue interrogative. Cela le met mal à l'aise. Il baisse les yeux, puis se reprend et lui dit :

"Tu sais sur quoi je bosse ?"

"Non."

"On est en train d'éplucher tout ce qu'ils ont récupéré dans l'appartement de Mafram."

"Déjà ?"

"Oui. C'est le nouveau protocole. Dès que vous êtes entrés dans l'appartement, ils se sont connectés à la domotique et on a pu commencer à récupérer les données. Mafram n'avait pas encore les menottes qu'on connaissait déjà ses allées et venues sur les derniers mois..."

C'est comme s'il voulait prouver à Salia que lui aussi avait fait partie de l'assaut, que lui aussi devait avoir droit aux applaudissements et aux hourras.

"Tu sais, Gadjo, répond-elle avec le ton qu'on emploie devant un enfant méritant, je sais bien qu'une enquête ne se résume pas à une course poursuite."

La phrase semble lui plaire. Il rougit du compliment et esquisse un sourire. Elle se tait, se demande pourquoi il est là, ce qu'il attend d'elle.

"Le boulot des petites mains..., reprend-il avec une fierté humble, c'est pas spectaculaire mais il faut bien que quelqu'un le fasse, non ? On n'est pas des cow-boys mais on sait à quelle heure il est rentré, à combien il mettait son chauffage et pour combien de personnes il faisait à manger. On a tout. Ça va mettre du temps d'intégrer tout ça au rapport, mais tu sais ce que j'ai trouvé ?… Ton gars, là, l'éventré, il s'appelle bien Pamouk, non ?"

"Oui…", répond-elle, tout à coup surprise de l'apparition de ce nom dans la conversation.

"Eh bien, ils se sont parlé. Au moins cinq fois."

"Pamouk et Mafram ?… Tu es sûr ?"

"Tout est là, regarde. Des appels. Durant le mois de décembre. Toujours le soir. Et c'est toujours Pamouk qui appelle."

Il a déposé le dossier sur son bureau et contemple maintenant l'effet de cette révélation sur le visage de Salia.

"Les cow-boys ne sont pas encore au courant, dit-il en se levant avec un grand sourire. Ils sont tellement occupés à répondre aux journalistes et à recevoir leur médaille que personne ne m'a demandé ce que donnaient mes analyses. Mais c'est sûr. Alors voilà. Si ça peut t'aider…"

Elle attend que la joie retombe. Que chacun regagne son bureau. Au moment où elle voit Cal se lever, elle s'approche, plonge ses yeux dans les siens et lui dit :

"Cal, il faut que tu me laisses le voir…"

"Qui ? Mafram ? Mais il part au centre de détention…"

"Retarde le transfert. Je t'en prie. Laisse-le-moi, juste le temps d'un entretien."

Il hésite. Elle sait qu'elle pourrait ajouter "tu me dois bien cela" mais elle ne le fait pas. Ce serait brandir leur secret et il lui en voudrait. Elle essaie de le mettre dans ses yeux plutôt que sur ses lèvres. Tu me dois bien ça. Pour la gloire que tu vas récolter, la promotion, les interviews, pour le silence que je vais garder, tu me dois bien ça… Alors il finit par soupirer, pensant probablement que c'est ce qu'il faut faire : montrer qu'il lui fait une fleur, qu'en plus d'être le meilleur flic du service, il sait aussi être juste. Puis enfin il se tourne vers un de ses gars, et lance : "Ronnie ! On retarde le transfert de Mafram d'une heure… Malberg va aller prendre de ses nouvelles !"

24

REALTEST

Elle se concentre en descendant au sous-sol. Elle sait bien que ce sera sa seule occasion d'être face à lui, qu'elle n'a pas le temps d'appeler Zem pour lui dire de venir la rejoindre et que donc, elle va devoir être capable de le faire parler, seule. “Il faut écouter ceux qui ne nous aiment pas”, disait Dombro. Il le répétait sans cesse. “Il faut écouter leur haine. C'est elle qui nous fait comprendre le dossier.”

Elle entre dans la pièce. Les gardiens ont assis Mafram sur une chaise en fer-blanc. Il est menotté à des chaînes qui le relient à la table en acier. Elle le regarde et ne peut s'empêcher d'être impressionnée. Tant qu'elle courait à sa poursuite dans la tempête, ce n'était qu'un corps. Là, elle retrouve Jon Mafram, ce visage qu'elle a vu sur tous les écrans. L'homme recherché par tous les services, le contestataire. Jon Mafram, l'ancien élu à la Commission directoire. Il faut qu'elle se force pour ne pas laisser ce sentiment l'envahir. Elle prend place. Elle croit remarquer qu'il la regarde avec curiosité. Pour l'instant elle ne dit rien, prend son temps. Enfin, elle commence à parler, d'une voix simple, sans menace, employant une courtoisie qu'il note d'emblée. Elle dit "monsieur Mafram". Elle ne donne jamais d'ordre. Elle explique qu'elle travaille sur une série de meurtres, qui, *a priori*, n'ont strictement rien à voir avec lui. Mais que, cependant, il peut peut-être l'aider. Elle dit que rien de ce qu'il dira ici ne servira aux enquêteurs qui l'ont arrêté. Elle essaie d'être la plus coulante possible. Jusqu'à ce qu'il l'interrompe.

"C'est vous ?"

Elle le regarde sans comprendre.

"C'est vous qui m'avez arrêté, n'est-ce pas ?"

Elle se pince les lèvres.

"Oui", répond-elle laconiquement parce qu'il lui semble absurde de nier.

"Pourquoi vous le laissez parler ?"

Là encore, elle se tait, attend de voir si elle a bien compris ce à quoi il fait allusion.

"Celui qui se pavane devant les caméras... précise-t-il avec un geste de la main qui fait cliqueter la chaîne à laquelle il est attaché. Pourquoi est-ce que vous le laissez vous voler la lumière ?"

"Qu'est-ce que ça peut faire ?" répond-elle avec un calme qui l'étonne elle-même. Il n'y a dans sa voix aucun regret, aucune fausse posture. Elle se rend compte que l'attitude de Cal la laisse sincèrement et profondément indifférente.

Mafram la jauge, un temps, et sourit, ce qui fait bouger les rides qu'il a au coin des yeux. Il dit alors avec une sorte de disponibilité retrouvée.

"Qu'est-ce que vous voulez ?"

Elle sort une photo de Pamouk et la lui tend.

"Vous le connaissez ?"

Il prend le temps de regarder avant de relever la tête.

"Oui."

"Vous pouvez me dire comment vous l'avez rencontré ?"

"Il est venu me trouver."

Elle est surprise que ce soit si facile. Elle s'attend à tout moment à un revirement, un sourire narquois qui lui fasse comprendre qu'il s'est joué d'elle et n'en dira pas plus.

"Qu'est-ce qu'il voulait ?" demande-t-elle.

Jon Mafram la fixe, droit dans les yeux.

"Je vais être condamné, dit-il. Je ne sais pas où je vais passer le restant de mes jours. Le plus probable, c'est qu'ils me fassent disparaître. Qu'est-ce qui vous fait penser que je vais vous aider ? Vous avez l'intention de rejoindre les rangs de BreakWalls ? Ne riez pas. Il est peut-être temps que vous regardiez le monde qui vous entoure…"

"Monsieur Mafram, je ne suis pas venue pour un entretien d'embauche."

"Dommage. Parce que si vous voulez des réponses, il va falloir que vous réussissiez à m'intéresser à votre affaire…"

Elle réfléchit. Il lui semble qu'elle doit être franche avec lui.

"Vous avez raison. Je vais jouer cartes sur table. Tout ce que je vais vous dire est confidentiel. Si vous le répétez, je nierai totalement vous l'avoir dit."

"J'adore ce genre de phrases", glisse-t-il en souriant.

"J'enquête sur deux meurtres. Celui de Pamouk et celui d'une femme. Les éléments de l'enquête nous font remonter jusqu'à un membre de la Commission santé. Du coup, tout est compliqué. Je ne peux pas avancer sans être sûre de moi. Et j'ai besoin de vous pour comprendre qui était Pamouk, ce qu'il cherchait, et qui a eu intérêt à se débarrasser de lui."

"Il va falloir que vous me juriez quelque chose..."

Elle est surprise et attend qu'il explicite sa demande.

"Si c'est bien le gars de la Commission qui a fait le coup, qui qu'il soit, jurez-moi que vous ferez tout pour l'arrêter."

"C'est mon métier", répond-elle un peu automatiquement.

"Arrêtez ! Ça, ce sont de jolies phrases. Jurez-moi que vous ne les laisserez pas étouffer l'affaire, que vous vous opposerez à vos supérieurs, qui vous le demanderont d'abord gentiment, puis vous l'ordonneront."

Il a raison. Elle le sait. C'est ce qui se passera si Kanaka est vraiment inquiété. Elle ne pourra probablement pas aller très loin.

"Je vous le jure", dit-elle avec gravité.

"Vous vous appelez comment ?"

"Salia Malberg."

"Après ce que je vais vous dire, Salia, vous ne serez plus comme eux. Si vous me croyez, vous ne pourrez plus rire et travailler avec eux. C'est comme ça. Mais j'imagine que si vous êtes là, toute seule, devant moi, c'est que vous l'avez déjà obscurément compris..."

Il commence alors son récit, avec calme, en la regardant parfois pour bien vérifier qu'elle suit et comprend les enjeux de ce qu'il dit.

"Pamouk est entré en contact avec moi *via* un membre de BreakWalls. On a organisé une rencontre. Il m'a dit qu'il ne partageait aucun de mes combats mais qu'il avait quelque chose pour nous. Quelque chose d'énorme qui pouvait faire valser les commissions."

Il marque un temps.

"Vous connaissez les greffes Eternytox ?" reprend-il sur un ton didactique.

"Oui."

"Les soi-disant meilleurs d'entre nous sont greffés. Les Honorables. C'est un cadeau de la méritocratie GoldTex. Pas vraiment l'éternité mais presque. On est assuré de ne mourir ni d'une crise cardiaque, ni d'un AVC. De ne pas contracter de dégénérescences neurologiques. Bref, ça offre tout de même dix, vingt ans de longévité, en bonne santé qui plus est. Imaginez ce que vous pourriez faire si vous aviez la certitude d'être en pleine forme de soixante-cinq à quatre-vingt-dix ans. D'un coup, le grand âge n'est plus celui de la vieillesse mais le moment de jouir vraiment du monde."

"Je ne vois pas le rapport avec notre affaire..."

"J'y viens. Les greffes, c'est une technologie de pointe. Ultra-sophistiquée. Comme toutes les technologies, elle a besoin de s'adapter, de s'améliorer. De passer à un stade 2, puis à un stade 3. Chaque corps est différent. Il faut envisager toutes les possibilités. Le pire serait qu'un Honorable greffé meure à cause d'un problème technique. Alors, la Commission directoire a trouvé une solution. Les *RealTest*."

"C'est quoi ?"

"Des tests pratiqués sur des hommes et des femmes ordinaires."

"Vous voulez dire qu'on les greffe ?"

Jon Mafram soupire. Il sait qu'il est sur le point de révéler des informations précieuses, qui auraient pu faire grand bruit s'il avait eu le temps de les divulguer dans son journal. Mais tout cela est fini.

"Oui. GoldTex effectue des doublons cliniques. Cela permet de récolter des données, d'étudier les réactions d'une greffe sur l'organisme, sans venir embêter les Honorables avec des suivis médicaux intempestifs."

"Vous voulez dire que les gens comme Pamouk savent qu'ils sont des cobayes ?"

"Ce n'est évidemment pas comme ça qu'on le leur vend. C'est le génie du dispositif. On leur dit que, dans l'immense majorité des cas, il ne se passera rien. Et c'est exact. Les *RealTest* sont alors l'occasion unique de profiter d'une greffe dont on n'aurait jamais pu rêver. C'est une chance inouïe. Qui pourrait refuser ?"

"Et pour les autres ?"

"Tout est établi par contrat préalablement. Les *RealTest* acceptent les risques. Si cela se met à dysfonctionner, il est explicitement établi qu'il n'y aura pas de prise en charge de ce dysfonctionnement. Le programme tient à pouvoir récupérer les données telles quelles, enrichir sa base d'informations et améliorer son produit."

"Ça veut dire qu'ils les laissent crever ?"

"À peu près."

"Et comment ils sélectionnent les candidats ?"

"Par *Destiny*."

"Quel est le rapport avec les tirages au sort ?"

"GoldTex puise parmi les gagnants qui viennent de la zone 3. Quand on vit en zone 3, se voir proposer une greffe Eternytox, c'est comme un miracle."

"Vous êtes en train de me dire que Pamouk était un *RealTest* et que c'est pour ça qu'il n'apparaît pas dans le registre officiel des greffes ?"

“Oui. Mais son régulateur cardiaque s’est mis à s’emballer. Il sentait de drôles de douleurs dans la poitrine. Ça l’a inquiété. Il a paniqué. Il est allé à la Commission santé pour demander à être ausculté. Kanaka n’a rien voulu savoir. Il lui a juste rappelé les règles.”

“Qu’est-ce que ça leur coûtait de le soigner ?”

“Ils se servent des *RealTest* qui ont des problèmes comme laboratoires pour affiner leurs connaissances. S’ils les soignent, cela devient un hôpital, pas de la recherche.”

Salia réfléchit. Puis elle demande :

“Vous voulez dire que tout cela est légal ?”

Jon Mafram sourit.

“Si vous entendez par « légal » le fait que cela ait été décidé et approuvé par la Commission directoire, oui. Parfaitement légal et parfaitement organisé. Les deux à la fois. C’est bien pour cela qu’on voulait le dénoncer. S’ils ne m’avaient pas arrêté, c’était notre prochaine campagne.”

Salia s’assombrit. Jon Mafram le remarque.

“Pamouk vous a parlé de son désir de faire chanter Kanaka ?”

Mafram la regarde avec un air désolé.

“Vous n’arriverez pas à prouver que Kanaka l’a tué.”

“Vous ne m’en croyez pas capable ?”

“Ce n’est pas ce que je dis. Vous n’y arriverez pas parce que ce n’est pas lui.”

Salia se tait. Elle sent qu’elle est sur le point d’apprendre quelque chose d’important.

“Vous connaissez le meurtrier ?”

“Non, répond-il sans hésitation. Mais je sais quelque chose qui va vous surprendre.”

“Je vous écoute.”

Mafram la regarde, comme s’il voulait juger de ce qu’elle est en mesure d’entendre, puis il se lance :

“Pamouk est venu me voir. Il cherchait un moyen de faire payer au système ce qui lui arrivait. Il se savait condamné et souhaitait que sa mort serve à cela. C’est lui qui a eu l’idée de l’éventrement. Il voulait qu’on trouve son corps ouvert, avec la greffe, bien en évidence. Que tout cela fasse du bruit et remonte jusqu’à eux. Il disait qu’il fallait marquer les esprits. « Plus ma mort sera atroce, m’a-t-il dit, plus ils seront embarrassés. »”

“Vous êtes en train de me dire que Pamouk s’est éventré lui-même…”

“Évidemment que non. Il m’a proposé un contrat : que nous nous engagions à le tuer, à une date qu’il ignorait, puis à l’éventrer selon les modalités qu’il avait décidées. C’était sa vengeance à lui.”

“C’est vous qui avez fait ça ?”

“Non. J’ai refusé. Je lui ai dit qu’il était plus intéressant d’accumuler des preuves et de tout révéler au public. Il s’est énervé. Il m’a répondu qu’il n’avait pas le temps. Que de toute façon il allait crever. Que là, il avait trouvé un moyen imparable de les faire tomber. Et que si ce n’était pas moi, ce serait quelqu’un d’autre. Il m’a dit ça me rapporterait une belle notoriété. Que tout le monde serait gagnant. Il parlait vite. Il était comme possédé. J’ai répondu qu’il n’en était pas question. Il s’est mis en colère et j’ai coupé court. Au fond, j’ai eu tort. Il avait raison. C’était la seule chose qui pouvait un peu marquer les esprits. Nos campagnes de sensibilisation n’arrivent à rien. Et regardez, je n’ai même pas eu le temps de commencer à recueillir des preuves.”

“Comment ça se fait que la greffe ait disparu si c’était le but de tout cela ?”

“Je ne sais pas… Quelque chose n’a pas dû se passer comme prévu. Une greffe bien en évidence, en zone 3, ça peut attiser les appétits.”

“Il vous a parlé d’autres *RealTest* ?”

Mafram bascule légèrement en arrière sur sa chaise et prend le temps de réfléchir, puis il répond :

“Non…”

“Une fille du nom d’Ira Cuprack ?”

“Non. Sincèrement, il avait l’air plutôt isolé… Tout ce que je peux vous dire, c’est que la motivation de Pamouk était de révéler le scandale des *RealTest*. Il en voulait à Kanaka mais il se trompait de colère. Je le lui ai dit. Les responsabilités dépassent largement l’actuel élu à la Commission santé. Le protocole *RealTest* existe depuis l’ère d’El Fatong. On peut reprocher à Kanaka de ne pas l’avoir aboli, mais pas de l’avoir inventé. Vous avez l’air dépitée ? Vous n’allez plus arrêter Kanaka ?”

“Vous venez de l’innocenter.”

Jon Mafram la regarde avec dureté. Une colère froide est passée dans ses yeux.

“Ne dites pas cela. Il n’est pas innocent. Il est tout en haut d’un système parfaitement abusif et cynique qui utilise les miséreux de la zone 3 comme cobayes pour les plus riches…”

Salia le coupe.

“Je ne suis pas venue voir si le monde était juste, monsieur Mafram. Si les *RealTest* existent depuis des années, si choquants soient-ils, je n’ai plus de mobile pour mon criminel. Je pensais que Pamouk voulait faire chanter Kanaka…”

“Non, il voulait punir le système.”

Salia se lève, est sur le point d'ouvrir la porte mais s'arrête. Elle fait quelques pas en arrière pour se rapprocher de la table. Comme si elle voulait s'accrocher à l'espoir que cette conversation puisse encore révéler quelque chose.

“Vous croyez qu'il a fini par trouver quelqu'un pour accepter son contrat ?”

“J'en suis certain. Quand je l'ai appelé pour lui dire que je refusais son idée d'assassinat organisé, j'ai évoqué la possibilité de faire un long entretien filmé. Mais il n'a rien voulu entendre. Il était très agité. Il disait qu'il avait rencontré quelqu'un que son histoire intéressait. Et que si nous n'avions pas les couilles de le faire, lui les aurait.”

“Il a dit le nom de cette autre personne ?”

“Skyros, je crois…”

“Il vous a expliqué d'où il sortait ?”

“J'ai cru comprendre que c'était quelqu'un de l'équipe de Barsok. Mais c'était confus. Il n'arrêtait pas de répéter que les gros poissons allaient se manger entre eux. Et que lui rirait bien, dans la mort.”

Salia sent monter en elle une excitation nouvelle.

“Skyros…”, répète-t-elle. Elle essaie de mesurer si ce qu'elle vient d'entendre constitue une véritable piste et tout lui dit que oui. Alors elle regarde Jon Mafram droit dans les yeux et murmure :

“Merci. Vous m'avez vraiment aidée.”

Au moment où elle ouvre la porte de la cellule, elle entend l'autre qui dit, comme pour continuer à retarder le moment où les gardiens viendront le chercher :

“N'oubliez pas, Salia : vous pouvez décider de voir. Je vais disparaître mais le Mouvement aura besoin de gens comme vous. En attendant, faites-les tomber… Qui qu'ils soient… Et lorsqu'ils seront à terre, dites-leur bien que Jon Mafram crache sur leur triste monde."

25

LE DÔME

“Ce sera la dernière”, avait déclaré Yehu Rami dans son allocution officielle. Il avait parlé d’une voix grave, le teint livide. La “coulée 28” venait de s’abattre sur Magnapole. Un cyclone impromptu qui avait tout ravagé, frappant les rues pendant vingt-huit minutes, d’une violence inouïe. Cela avait été un carnage. Ces vingt-huit minutes avaient suffi à inonder des quartiers entiers. Il était tombé en ce court laps de temps autant d’eau qu’en deux ans. Un rideau épais, battu par des vents féroces. Puis étaient venues les coulées de boue qui avaient fini d’emporter ce qui tenait encore. “Ce sera la dernière” était devenu le slogan de la riposte face à cette nature sauvage, imprévisible, qui cachait les chaos qu’elle préparait sous des ciels radieux. Une minute avant que les vents ne fassent trembler la ville, il faisait beau. Une minute après le cataclysme, la température était douce et les oiseaux qui avaient survécu chantaient à nouveau. GoldTex s’était mise à l’ouvrage. C’est en ces jours qu’eut lieu la première Séquence Effort. Les cilariés avaient consenti sans ciller. Il y avait tant à faire. Non seulement on devait remettre la ville sur pied, mais il fallait en outre construire le dôme. Des mois entiers de production forcenée. Des sommes colossales avaient été englouties. Yehu Rami l'avait dit : GoldTex ne regarderait pas à la dépense. Tout bruissait, suait, s'échauffait sans cesse. Jour et nuit, GoldTex était au travail. Le chantier avançait vite mais les grandes œuvres aiment dévorer leur architecte et Yehu Rami mourut quelques semaines avant l'inauguration du dôme. Au même moment, l'entreprise concurrente, MolochFirst, accusa GoldTex de pratiques frauduleuses. Elle aussi avait lancé la construction d'un dôme climatique mais les travaux avaient pris du retard. Des rumeurs coururent selon lesquelles GoldTex avait eu recours à des méthodes barbares. On parlait d'esclaves, de chantiers qui étaient des mouroirs. Yehu Rami mort, le pouvoir hésita. Fallait-il profiter de cette disparition pour dire que l'architecte, dans son désir de mettre tous les cilariés à l'abri, s'était fourvoyé, avait donné des directives répréhensibles ? Fallait-il profiter de sa mort pour tout révéler ? Salir l'icône mais se débarrasser du problème ? Le pouvoir avait choisi l'inverse. Il ne fallait pas faire ce plaisir à MolochFirst. Yehu Rami fut érigé en héros. Le jour de l'inauguration du dôme, une immense bannière à son effigie fut déployée, avec ce simple mot sous son portrait : "Merci." Et tout ce qui avait trait aux conditions de travail sur le chantier fut réfuté. Il fut expliqué à la population que c'étaient des tentatives de déstabilisation émanant de la concurrence. MolochFirst voulait salir son adversaire pour mieux l'affaiblir. Tout fut nié en bloc. Le jour de l'inauguration, une averse subite eut lieu. Aucun dirigeant n'aurait pu imaginer plus belle mise en scène. Les grêlons commencèrent à tomber avec rage. Tout le monde, dans la rue, sur les terrasses, les avenues, les balcons, leva les yeux au ciel avec une sorte de crainte instinctive. Le bruit devint plus fort. Il y eut un moment de suspense. Puis, devant l'évidence que le dôme tenait, un immense hourra monta de partout. Au grondement du cyclone répondait la joie des rues. Le dôme était là et les protégeait. Il n'y eut que sur les chantiers qu'un silence profond accueillit le bruit de l'averse. Les ouvriers ne chantèrent pas, ne dansèrent pas. Ils savaient combien de morts avaient été nécessaires pour atteindre les objectifs. Ils savaient les intimidations dont ils avaient été victimes. Ils savaient surtout qu'ils venaient de construire, avec leur sang et leur sueur, un dôme dont ils ne profiteraient pas, car eux allaient retourner en zone 3 où les travaux n'avaient pas encore commencé. Ils savaient, de ce vieux savoir d'exploités, que les chantiers s'enliseraient, que rien n'avancerait, et qu'eux n'auraient jamais la satisfaction de lever la tête au ciel pour éprouver le plaisir d'échapper à une averse qui ne pourrait plus les atteindre. Ils savaient enfin que leur mort ne serait pas comptée, pas louée, pas même évoquée et c'est peut-être ce qui leur faisait le plus mal. Ils allaient être à jamais enterrés dans l'oubli, dans les fondations du dôme, ce grand catafalque que GoldTex venait d'ériger à la mémoire de Yehu Rami. Et comme l'armée de soldats qui va rejoindre la tombe de son empereur vaniteux, ils maudissaient, en silence, ce cyclone trop faible pour frapper les nantis et les venger, un temps, de leur triste destin.

26

LE VIEUX TOBO

Lorsque Sparak sort du Dreamshop, il a l'air d'avoir trente ans de plus que son âge. Il chancelle, tend la main pour s'appuyer contre le mur du bâtiment. Il marche avec précaution, plisse les yeux. Les lumières de néon du quartier RedQ lui font mal. Chaque retour au réel devient plus difficile. Il lui faut sans cesse plus de temps pour sentir ses forces revenir. Il cherche un endroit où il pourrait se poser, le temps de reprendre forme humaine. C'est au coin de la rue Tallarès et du boulevard Spector qu'il voit le vieux Tobo. Juste devant lui. Le fixant avec attention.

"On va tous finir cramés par la tête", dit le vieil homme comme s'il voulait d'emblée établir entre eux une fraternité de drogués. Sparak ne sait que répondre. Il a peur de parler, craint que le vieux Tobo entende à sa voix à quel point il est en miettes. Le vieil homme lui fait alors un geste de la main pour lui montrer un banc. Ils s'assoient, côte à côte. Les passants vont et viennent. Ils sont le seul point fixe dans cette agitation de rue. Personne ne fait attention à eux. Lentement, Tobo sort deux bières de la poche intérieure de son grand imperméable parcheminé par le temps et la crasse.

“Tiens, Sparak, dit-il avec malice, pour une fois, c’est le vieux Tobo qui régale.”

Zem prend la bière avec reconnaissance.

“Merci”, dit-il. Et il boit une gorgée qui le remet d’aplomb.

“Tu sais ce que je suis, Sparak ?” demande le vieux Tobo.

Il a posé sa question avec un air mutin.

“Tu es l’oracle du trottoir.”

“Oui, répond-il avec un air satisfait, comme si Zem Sparak venait de faire allégeance à son royaume. Mais pas uniquement…”

“Le plus grand buveur de bière de la zone 3 ?”

“Ne m’offense pas, Sparak”, répond le vieillard en souriant. Puis, il redevient sérieux et dit : “Je suis un alchimiste. Je transforme la boue en or.”

“Explique-moi un peu ça…”

“C’est fini pour moi, Sparak. Le vieux Tobo n’ira pas plus loin. Je sens la fatigue qui gagne, à l’intérieur. Mais il y a une dernière chose que je voudrais faire. Laisser ma trace. Pour que ce foutu monde soit un tout petit peu plus juste après mon passage. Je ne suis pas un gars propre. Ni gentil. J’ai vécu dans l’enfer de la rue et je me suis débrouillé. Mais je vais laisser tout ça comme un vieux manteau qu’on fait tomber derrière soi dans un nuage de poussière. C’est fini. Ils ne peuvent plus rien atteindre en moi. Tant pis s’ils me bastonnent, je suis le vieux Tobo et je vais rectifier le monde. Ce ne sera pas grand-chose mais ce sera juste. Je tends l’oreille, Sparak. Depuis toute une vie, je fais ça. Le visage à terre. Je me penche au plus bas pour entendre les rumeurs qui courent sur le bitume. Les nouvelles du jour, les humeurs du quartier, les petites bagarres quotidiennes, tout ce brouhaha qui veut juste dire que la rue vit. Je l'entends, tout ça, mais je sais aussi écouter plus profond. J'ai appris de ma mère. La joue dans la boue. Yeux fermés, cœur coupé entre le monde d'ici et l'autre. Les voix remontent et j'entends ce qu'elles disent aussi clairement que le bruit d'une cascade. Ça, c'est de l'or."

"Ne t'inquiète pas pour ça, Tobo, je paierai", dit Sparak qui commence à comprendre que le vieux Tobo veut lui révéler quelque chose.

"Tu n'as pas compris. Je ne demande pas d'argent. Je ne joue plus selon les vieilles règles. C'est pour l'équilibre, Sparak. Je l'aimais bien, la petite Ira. Le monde est sale et il est temps que les salauds saignent."

Le vieil homme regarde Zem avec sérieux, comme s'il voulait évaluer une dernière fois la fiabilité de son interlocuteur, puis il se lance et sa voix est soudainement plus grave.

"On dit que Panotis a des problèmes. Qu'il a cru malin de voler une greffe mais que certains n'ont pas aimé. On dit qu'il a sauvé sa peau *in extremis* et que depuis, on ne le voit plus nulle part. La roue tourne. Les rois d'aujourd'hui sont les nains de demain."

"Qui lui a tapé sur les doigts ?"

"Ceux qui voulaient que la greffe reste sur place et soit trouvée avec le corps."

"Comment est-ce que Panotis a su que Pamouk était greffé ?"

"On dit que Bareïm l'a appelé, juste avant de t'appeler toi. Que lorsque Panotis est arrivé sur place, il a décidé que cette greffe valait de l'or et il l'a arrachée."

Sparak lève sa canette dans un geste de reconnaissance. Le vieux Tobo fait de même.

“Que les salauds tremblent.”
“Je ferai de mon mieux, Tobo, je te le promets.”

Il a fait venir Bareïm au commissariat Gabou, prétextant qu’il voulait avoir son avis sur un élément d’enquête. Et le gros Bareïm est venu, trop heureux d’apprendre de nouvelles informations qu’il pourrait revendre ici ou là.

Lorsqu’il est arrivé, Sparak n’a rien expliqué. Il lui a juste fait signe de le suivre dans la cellule. “Il faut que je te montre quelque chose”, a-t-il précisé.

Le gros était excité comme s’il allait bientôt avoir accès à des secrets d’enquête, comme si on allait enfin reconnaître ses talents. Une fois entré dans la salle d’interrogatoire, Zem a fermé la porte derrière lui et Bareïm a mis un temps à comprendre. Lorsque Sparak a posé la première question, il est resté interdit.

“Qu’est-ce qui s’est passé entre le moment où tu as découvert le corps et le moment où je suis arrivé, Bareïm ?”

“Tu fais quoi, là, Sparak ?”

Zem sent que cela va prendre du temps, qu’il va d’abord jouer la surprise, puis se draper dans l’indignation, qu’il parlera de leur amitié, de sa loyauté, et il n’a pas envie de cela. Alors il le frappe. Il faut que les rôles soient clairs. Bareïm hurle. Son Curasix se déclenche : “Il vous reste soixante-quatorze mois, trois semaines, huit heures et…” Il appelle à l’aide, invoque ses droits et toutes ces choses que l’on invoque lorsqu’on ne peut plus rien. Sparak l’interrompt :

“Ça ne sert à rien de gueuler, Bareïm. On est dans une cellule d’interrogatoire. Tu crois vraiment que quelqu’un va venir te chercher ?”

C'est seulement à cet instant qu'il semble comprendre. Il regarde Sparak avec effroi et cesse de crier.

"Tu as appelé qui avant moi sur le terrain vague ?" reprend Sparak en s'approchant un peu pour faire monter la pression.

"Panotis…", bafouille Bareïm.

"Pourquoi ?"

"C'était juste comme ça. Qu'est-ce que ça changeait ? On n'a rien fait de mal. Le gars était déjà mort…"

"Il est venu ?"

"En moins de cinq minutes. Il était tout excité. Il m'a dit qu'un greffé comme ça, ça valait de l'or et qu'il n'y avait aucune raison de laisser ça aux flics."

"Vous avez arraché la greffe ensemble ?"

"Non. Juste lui. Je voulais l'aider mais il m'a dit de ne pas me salir… que lorsque les flics arriveraient, il faudrait leur dire que je n'avais pas touché au corps."

"Il l'a gardée, la greffe ?"

Bareïm hésite. On dirait un enfant qui baisse les yeux parce qu'on l'a pris en flagrant délit de gourmandise.

"Non, répond-il. Il l'a vendue le jour même. C'est pour ça qu'ils lui sont tombés dessus."

"Qui ?"

"Je ne sais pas. Je te le jure. Je ne connais pas son nom. Un gars qui bosse pour Barsok. Ils ont débarqué à plusieurs, deux jours plus tard dans le QG de Panotis à la Forêt. Quand il leur a dit que la greffe était déjà vendue, ils l'ont dérouillé en lui disant qu'il méritait qu'ils le butent."

"Tu l'as revu ?"

“Il se cache. Il veut se faire oublier. Mais je l’ai croisé hier.”

“Où ?”

“Il m’a dit qu’il allait en zone 2, que ça avait à voir avec les gars qui l’avaient dérouillé. Qu’ils avaient fini par trouver un accord. Qu’il devait leur rendre un service et qu’après, ils seraient quittes.”

“Tu veux dire qu’il est parti travailler pour eux ?”

“J’imagine. Je ne sais rien de plus, Zem. Je te le jure.”

Le gros Bareïm fait pitié. Il a une expression minable sur le visage. Ce n’est plus qu’un grand corps flasque saisi par la peur. Mais Sparak se souvient du jour où ils ont découvert le cadavre, de la moue de dégoût qu’avait eue Bareïm lorsqu’il avait retourné la victime, devant l’ampleur de l’ouverture thoracique. Tout était faux : sa surprise, son dégoût, ses petits conseils. Alors il ne peut pas s’empêcher de le gifler une seconde fois avant de partir.

27

UNE SEULE ZONE POUR UNE SEULE VILLE

Salia essaie d'appeler Sparak mais il ne répond pas. Il y a ce nom qui lui cogne dans la tête, ce nom que Jon Mafram lui a donné : Skyros. Elle n'a pas une minute à perdre. Elle ferme la porte de son bureau et tourne l'écran de son ordinateur pour que personne ne voie ce qu'elle est en train de consulter. Elle va sur le site de la Commission sécurité pour trouver l'organigramme officiel. Lorsqu'elle l'a devant elle, elle épluche tous les postes un à un, en vain. Aucun Skyros. Et pourtant, elle le sent : elle est sur une piste. Deux clans politiques se font la guerre et sont prêts à s'affronter par victimes interposées. Elle sent que Pamouk et Cuprack ne sont que des pions sur un échiquier plus vaste et qu'il ne faut pas chercher les raisons de leur assassinat dans leur propre histoire. Ce qui compte, c'est qui a pu envisager de les tuer pour éliminer un adversaire. Il faut qu'elle en parle à Sparak. Elle a besoin de son flair. Elle réessaie d'appeler mais sans succès. Tant pis. Elle en est sûre maintenant : la seule solution, c'est d'aller parler à nouveau à Kanaka.

Elle aurait tellement aimé se présenter à lui pour l'arrêter. Lui passer les menottes et le faire sortir de son bel immeuble de la zone 1 comme un vulgaire criminel. Elle se souvient de l'arrogance avec laquelle il les a reçus, et elle aurait adoré que ce soit lui, le meurtrier. Elle se serait fait une joie d'aller jusqu'au bout. Pas uniquement parce qu'elle l'a promis à Jon Mafram, mais parce qu'elle a tout de suite eu envie de lui faire payer sa bonne mine. L'opulence qui l'entoure, le privilège d'être celui qui décrète combien de temps il a à consacrer à ceux qui viennent chez lui et à quelles questions il consent à répondre ou pas, elle a détesté tout cela d'emblée. Mais elle est maintenant persuadée qu'il est innocent. Pas propre, pas gentil, mais innocent.

Elle l'attend devant la porte arrière du bâtiment des Congrégations. Il y a fait un discours, il y a dix minutes, devant une foule compacte venue de tout le quartier d'Outresaule. La campagne bat son plein. Chaque candidat court de meeting en meeting. Elle sait qu'il va sortir, entouré d'une garde serrée de collaborateurs, de journalistes, d'influenceurs d'opinion et qu'elle n'aura que quelques secondes pour le convaincre.

La porte s'ouvre. Un garde du corps sort, regarde tout autour de lui. Il l'observe avec attention mais déjà apparaît le chef de la Commission santé.

"Monsieur Kanaka ?" lance-t-elle de loin. Elle n'essaie pas de s'approcher, le molosse l'en empêcherait. "J'ai besoin de votre aide…"

Kanaka la regarde. Elle lit dans son regard le mépris, le même que celui qu'il a exprimé lors de leur deuxième entretien. S'il pouvait l'écraser comme un morpion, il le ferait. Il faut qu'elle parle. "Je ne sais pas qui veut vous faire tomber, mais je pense que vous, vous le savez… J'ai besoin que vous m'aidiez…"

Il s'arrête. La phrase a l'air de l'intéresser ou en tout cas de l'intriguer suffisamment pour qu'il dévie sa marche et vienne dans sa direction tout en faisant un petit signe à l'intention du garde du corps pour lui signifier de patienter.

"Qu'est-ce que vous voulez ?"

"Cinq minutes."

"Pourquoi est-ce que je devrais perdre mon temps avec vous ?"

"Celui qui a commis les deux meurtres voulait vous atteindre. Vous savez sûrement mieux que moi qui sont vos ennemis."

"J'ai beaucoup d'ennemis."

"Dans votre voiture. Cinq minutes…"

Il acquiesce. Dès qu'il fait signe à son molosse que tout est OK, les choses vont très vite. Le pouvoir, le vrai pouvoir se mesure à cela : être celui qui commande au temps de s'accélérer ou de ralentir, aux choses de se simplifier ou de se durcir. Là, tout devient fluide parce qu'il en a décidé ainsi. La portière arrière de sa voiture s'ouvre. Ils montent tous les deux. Plus personne ne la regarde de travers. Ils sont dans une bulle d'où on ne viendra les tirer que lorsqu'il l'aura décidé.

Elle parle et explique qu'elle connaît l'existence des *RealTest*. Elle reprend ce que lui a raconté Jon Mafram. Que Pamouk voulait mourir pour tout révéler et qu'il avait fini par trouver quelqu'un qui avait accepté de le tuer. Elle explique qu'il a mentionné un certain Skyros. Elle scrute le visage de Kanaka lorsqu'elle prononce ce nom, mais rien ne bouge, alors elle pose la question. "Vous le connaissez ?" Il répond que non. Elle dit que pour elle, il s'agit d'une guerre de commissions.

"Qu'est-ce qui vous fait penser cela ?" demande-t-il avec un regain d'intérêt dans la voix.

"D'après ma source, le dénommé Skyros travaille pour Barsok."

Kanaka la scrute avec intérêt. "Il y a une différence entre profiter d'une affaire et en être à l'origine", dit-il avec prudence.

C'est vrai. Barsok n'a peut-être fait que s'engouffrer dans la brèche, sentant qu'il y avait là le moyen de faire tomber son adversaire, mais elle voudrait bien vérifier, creuser tout de même de ce côté-là. Kanaka la regarde avec intensité.

"Vous pensez que si on trouve ce Skyros, on trouvera le coupable ?"

"J'en suis sûre."

"Et vous pensez qu'il y a une chance qu'il se cache du côté de la Commission sécurité ?"

"Oui."

"Skyros ?..." répète-t-il. Il se tait quelques instants. Elle comprend qu'elle ne doit plus parler, qu'elle doit le laisser réfléchir, qu'il est en train de faire des connexions, d'échafauder des hypothèses, de reconvoquer des souvenirs. Elle sent que toute la puissance de son intelligence est en train d'essayer de trouver quelque chose à lui proposer parce qu'il a bien compris que c'était dans son intérêt. Et après de longues minutes, il parle à nouveau. Sa voix est devenue dure, décidée et froide comme s'il donnait un ordre en plein milieu d'une bataille.

"Barsok a été membre du Bureau migrations pendant dix ans, avant d'être à la Commission sécurité. Il y a une chance pour que ce Skyros vienne de là. Les hommes de confiance, on les trouve aux origines, quand tout se construit, pas durant l'ascension vers le pouvoir. Barsok s'est construit au Bureau migrations. Fouillez là-bas."

Et il lui donne le nom d'un homme qui lui est loyal. Vince Chaoui.

"N'entrez en contact qu'avec lui. Ne lui racontez que le strict minimum. Ne parlez à personne d'autre. Encore aujourd'hui, le Bureau migrations, c'est le royaume de Barsok. Il sera tenu informé de ce que vous cherchez à la minute où vous poserez votre première question."

Barsok fait un discours sur la place des Feux. À quelques semaines du vote, il veut mobiliser au maximum la zone 3.

En sortant du commissariat Gabou, Sparak est surpris par la foule qui se presse autour du tribun. Intrigué, il se rapproche pour venir l'écouter. Soudain il se fige. Dans son discours, Barsok a prononcé le nom de la victime.

"… Vous savez ce qui a tué Malek Pamouk ?"

Barsok a une voix forte et puissante. Il s'appuie de tout son poids sur le pupitre comme s'il voulait le déboulonner et en faire une partie de son corps.

"… Je vais vous le dire. C'est le mépris de la zone 2. C'est le ghetto où il est né et le scandale qui fait que pour un homme comme lui, le seul espoir possible est de gagner un ticket *Destiny*. C'est cela qui l'a tué et c'est cela qui vous tue, vous aussi."

La foule approuve avec un grondement sourd.

"Je suis Barsok. Vous me connaissez. Je viens d'ici. Et je vous le dis : il est temps que les choses changent."

Il semble maintenant à Sparak que Barsok le regarde.

"Magnapole pourrait être un paradis. Il y en a qui pensent que c'est déjà le cas mais vous savez quoi ? Ils vivent tous en zone 2. Nous savons, nous, que Magnapole n'est pas un paradis. C'est juste un site bien gardé. C'est cela qui doit changer. Il est temps d'élargir le cercle. C'est pour cela que j'ai délocalisé la Commission sécurité en zone 3. Cela n'a pas été facile. Mais nous y sommes parvenus. Je travaille ici, parmi vous, depuis que je suis en poste. Et j'ai voulu qu'il en soit ainsi pour que vous voyiez que le changement est possible. Nous avons la volonté et je le dis : il est temps que vous puissiez aller travailler librement en zone 2. Il est temps que vous puissiez vous y installer si vous le désirez, et cela sans loterie. Il est temps qu'un gars comme moi qui vient de ces trottoirs siège à la Commission directoire pour leur dire ce qu'ils ne savent pas. Il est temps que la zone 2 et la zone 3 s'additionnent au lieu de se tenir à distance l'une de l'autre. Il est temps qu'il n'y ait plus qu'une seule zone pour une seule ville ! Que les check-points disparaissent et que les barrières tombent ! L'audace est de notre côté et l'avenir nous sourit !"

La foule exulte. Les plus jeunes crient en cadence : "Une seule zone pour une seule ville ! Une seule zone pour une seule ville !" Sparak regarde autour de lui. Il est surpris de lire tant de ferveur chez ceux qui l'entourent. Surpris, surtout, de sentir cette chaleur en lui comme si les mots de Barsok avaient su réveiller un sentiment très ancien : l'enthousiasme.

Au moment où il va s'éloigner, un homme de la campagne s'approche.

"M. Barsok aimerait vous parler." Zem lève les yeux. Effectivement, Barsok est en train de signer un autographe au pied de la tribune mais lui fait signe de l'autre main pour qu'il le rejoigne. Sparak obéit, prudent et curieux.

"Venez. Faisons quelques pas."

Ils marchent tous les deux, côte à côte, vers le véhicule du candidat situé à une centaine de mètres.

"Comment avez-vous trouvé ?" s'enquiert Barsok pour engager la conversation.

"Je ne suis pas très bon juge…"

"Mais vous savez mieux que personne ce qu'est la zone 3, l'interrompt le candidat, et ce qu'elle pourrait devenir."

Et comme Sparak ne dit rien, il ajoute, avec une conviction profonde :

"C'est possible. Ce sera dur mais c'est possible. On peut venir à bout du zonage humiliant. GoldTex en sortirait renforcée."

"De mon expérience, il y a toujours eu des esclaves pour que les privilégiés aient les joues roses et le ventre bien rebondi."

"Avouez que vous y croyez. J'ai vu votre regard tout à l'heure. Vous étiez avec moi. Vous savez, Sparak, j'ai besoin de gens comme vous."

"Comme moi ?"

"Des gens qui ont connu différentes réalités. Qui n'ignorent rien de la saleté des décors mais sont prêts à se battre."

"Qui vous dit que je suis comme ça ?"

"Vous voulez savoir qui a tué Pamouk."

"C'est mon travail."

"Vous pourriez avoir laissé tomber depuis longtemps. Qu'est-ce que c'est qu'un meurtre de plus en zone 3 ? Qu'est-ce que c'est qu'une affaire irrésolue de plus ? Qui va en faire une insomnie ? Qui, à part vous ? Vous voyez. C'est un signe. Vous y croyez encore. Je le sens. L'envie de rectifier les laideurs pour que le monde soit juste. On travaillerait bien, ensemble."

Sparak garde un silence prudent. Peut-être parce qu'il ne sait que dire. À moins qu'il n'ait été ému et n'ait ressenti une réelle admiration, tout à l'heure, lorsque Barsok était à la tribune.

L'élu à la Commission sécurité lui serre la main. Il est déjà en train de s'éloigner lorsqu'il se tourne une dernière fois et lui lance : "Réfléchissez ! Et venez me trouver quand vous vous serez décidé !"

28

SKYROS

Elle savait que venir seule au Bureau migrations n'était pas une bonne idée. Sa présence dans la partie administrative du quartier Spada ne va pas passer inaperçue. Elle voit le regard de l'homme à l'entrée qui prend soigneusement son identifiant et le scanne au lieu de le lui rendre immédiatement. Il la laisse entrer mais elle est dorénavant scrutée, tracée, analysée. Bien sûr, elle a prétexté une affaire qui nécessitait le témoignage de M. Chaoui, mais il y a des yeux partout ici, des oreilles attentives et personne n'est dupe. Elle sait qu'elle s'expose au danger. Et pourtant, elle n'a pas envie de renoncer. Elle n'a jamais été aussi proche. Elle doit aller au bout de ce qu'elle a commencé. Elle avance jusqu'au bureau qu'on lui a indiqué. Et lorsqu'elle y entre, avant même de prendre le temps de regarder Chaoui, elle dit :

“Je vais prétendre que je suis venue ici pour une affaire d'usurpation d'identité mais c'est M. Kanaka qui m'envoie, n'ayez pas l'air trop surpris… J'ai besoin que tout se passe avec une apparente fluidité… Je m'appelle Salia Malberg, je suis inspectrice et je travaille sur une affaire dans laquelle quelqu'un cherche à salir la respectabilité de M. Kanaka…”

Vince Chaoui s'est d'abord figé, puis, à l'énoncé du nom de Kanaka, quelque chose est passé sur son visage. Il a maintenant un regard vif, concentré. Comme s'il devait suivre une opération compliquée et qu'il savait que toute son attention allait être requise.

Elle parle à voix basse, pour être sûre de ne pas être entendue des bureaux voisins. Elle lui explique qu'elle cherche à obtenir le plus d'informations possibles sur un dénommé Skyros. Qu'il y a une chance qu'il soit passé par le Bureau migrations et qu'il y ait laissé une trace.

Chaoui ne dit rien, sort un ordinateur personnel d'un sac au pied de son bureau et l'allume. Voyant qu'elle est surprise, il explique :

"Si je cherche dans la base de données centrale, ils sauront à la seconde même ce que je cherche et tout ce que je trouve."

L'opération prend quelques minutes. Plus personne ne parle.

"Vous piratez l'installation ?"

"Disons que je contourne certains pare-feux…"

Il tape sur les touches avec rapidité, sans quitter l'écran des yeux. Elle est suspendue à ses lèvres.

"… Skyros… Skyros…, dit-il. Il y a quelque chose mais c'est étrange…"

Elle ne peut plus tenir sur sa chaise et se lève pour passer de l'autre côté du bureau.

"Il y a vingt-quatre ans, un dénommé Skyros est devenu cilarié de GoldTex. Mention : « Remerciements pour services rendus »."

"Et vous savez ce qu'il est devenu ?"

"Non, dit Chaoui d'un air un peu dépité, plus aucune trace… Skyros entre à GoldTex et s'y dissout…"

Elle se rassoit et plonge la tête dans ses mains pour mieux réfléchir. Puis, soudain, elle pense à ce que Zem lui a raconté durant la nuit du LOve Day. "Attendez… Attendez…" Elle se redresse d'un coup. "Il y a des supplétifs qui ont changé de nom…"

"Vous pensez que ce Skyros en était un ?"

"Pourquoi pas ? C'est grec, non ?"

"Oui, ça se pourrait…"

"Si c'est le cas, il y a un moyen de le retrouver ?"

Chaoui se passe la main dans les cheveux. Il est devenu d'un coup hésitant. Elle le voit et l'interroge du regard.

"Je ne peux pas avoir accès au portail des Nouvelles identités avec mes bidouillages… Il va falloir que je passe par le central…"

"Vous pouvez le faire ?"

"Oui."

"Ici ?"

"Oui."

"Alors, faites-le."

"Vous n'avez pas l'air de comprendre. Aussitôt que je taperai son nom, quelqu'un, quelque part, saura que j'ai interrogé le central et lu cette fiche. À partir de là… Je ne sais pas… Il peut très bien ne rien se passer. Ou alors, ce sera le début d'une course contre la montre."

Il a raison. Mais elle ne veut pas renoncer. Elle est certaine que la vérité est dans ce nom qui lui manque. Elle le sent. Alors, elle ne prend pas le temps d'envisager les conséquences. Le nom l'aimante. Il faut qu'elle sache. Elle fait signe à Chaoui de taper. Cela ne dure que quelques secondes. Il ouvre une page d'accueil, entre ses référents système, puis écrit le nom, Skyros. Quelques instants plus tard, il lit à voix haute le nom qui apparaît sur son écran :

“Solobek…”

“Solobek ?”

“Oui.” Et il poursuit la lecture de ce qu'il a sous les yeux. “Il est entré à GoldTex sous le nom de Skyros. A travaillé quelques années au Bureau migrations. Puis a fait une demande de changement de nom. Ensuite, il est devenu conseiller spécial auprès de Barsok.”

Elle reste un temps immobile, avec ce nom en tête : Solobek. Elle se souvient du coup de fil qu'elle a reçu. C'est lui qui les a mis sur la piste de l'altercation entre Pamouk et Kanaka. Solobek, Skyros, c'est comme un Janus qui se moque d'elle et lui tire la langue. Elle n'est pas sûre de saisir tout ce que cela implique, mais elle sent que des secrets viennent de prendre la lumière. Et puis, soudain, elle se souvient de ce que Chaoui a dit lorsqu'ils ont commencé. Une course de vitesse. Les secondes passent et elle doit rester vigilante. À partir de maintenant, elle est en danger. Alors elle se lève, le remercie et sort du bâtiment.

Elle marche vite. Elle a rejoint une artère plus commerçante pour pouvoir se mêler à la foule mais elle est inquiète. Elle se retourne pour voir si quelqu'un la suit. Elle voudrait avoir le temps de tout déplier dans son esprit mais elle sait qu'elle ne doit pas s'arrêter. Elle n'entend pas le danger qui se presse autour d'elle, se met en place, attend le moment propice, elle est trop happée par ses pensées. Elle ne sent pas la voiture qui roule à une centaine de mètres derrière elle, ne voit pas le type qui s'apprête à la croiser, en marchant sur le même trottoir, avec une casquette baissée sur les yeux. Elle ne reconnaît pas Panotis. Elle ne songe pas à lever la tête. Elle croit que l'urgence est de démêler tout ce qu'elle vient d'apprendre. Elle est trop loin, perdue dans l'arborescence de ses doutes… C'est cela, donc ? Un jeu à trois bandes entre membres de commissions rivales ? Tuer Pamouk et Cuprack pour faire accuser Kanaka ? Simplement parce que leurs morts permettent de faire croire que Kanaka est un assassin ? Est-ce que c'est possible, une chose pareille ? Rien d'eux n'entre en compte, rien de leur vie, de leur ambition, de leur désir ? Juste les supprimer parce qu'ils ont croisé Kanaka et qu'il est facile de raconter une histoire qui laisse penser que ce dernier est un monstre de sang-froid. C'est ça ? C'est encore plus triste qu'un acte sadique. C'est tuer en disant que leur vie ne vaut rien, n'a aucune importance. Elle est prise de dégoût. Elle marche, laisse la colère monter en elle. Elle ne voit pas Panotis qui arrive à sa hauteur. Elle ne voit pas qu'il sort son taser et qu'au moment où ils se croisent, il la touche en plein ventre… Elle sent une douleur aiguë la parcourir tout entière mais elle ne peut déjà plus rien faire. Tout va trop vite. La voiture qui la suivait accélère, arrive à son niveau, freine. Deux hommes en sortent, la saisissent sous les bras et la font monter. Elle ne peut pas se défendre. Son corps est comme figé. Elle sent la douleur jusqu'à la racine de ses cheveux. Son corps est lourd et n'a plus aucune force. On la pousse sur le siège arrière, une voix dit au chauffeur de ne pas traîner. Tout est fini. Son esprit s'en va. Elle n'arrive plus à réfléchir, à se concentrer, à retenir ce nom qu'elle a trouvé. Solobek. Il reste encore une fraction de seconde sur ses lèvres, presque inaudible, puis disparaît tout à fait, comme tout ce qui l'entoure.

Sa conscience revient par intermittence. Elle voit des bouts de décor défiler sous ses yeux sans plus comprendre où elle est. Un bruit de porte métallique que l'on claque. Une chaîne que l'on traîne. Le contact d'une main qui lui compresse le bras pour la tirer. Elle ne sent plus la douleur. Une odeur d'essence. Des voix très lointaines, sans qu'elle parvienne à distinguer ce qu'elles disent. Puis le noir, de nouveau. Combien de temps ? Impossible à dire. Elle doit être sur une chaise, la tête renversée en arrière. Elle voit le plafond d'un hangar. Puis on l'attrape par les cheveux. Que font-ils ? Un bruit étrange. Les mains s'agitent sur elle. Elle sent qu'on la bâillonne avec du scotch. Qu'on lui ligote les mains derrière le dos… Elle n'a plus aucune force et s'évanouit.

Humidité… Pénombre… Elle a conscience d'être portée… ou traînée, elle ne sait pas bien… Elle essaie de se concentrer. Ouvre grands les yeux. C'est un tunnel… Elle se dit qu'il ne faut pas qu'elle oublie cela : qu'elle passe par un tunnel. Qu'un jour il sera important de reconstituer le chemin qu'ils lui font prendre. Alors elle se répète ce mot… Un tunnel… Un tunnel… Mais l'épuisement s'empare d'elle. Est-ce qu'elle va mourir ? Oui. Cela ne fait pas de doute.

Panotis sourit. Il est à une dizaine de mètres d'elle et la regarde. C'est cela qui lui fait le plus peur. Pas le fait qu'elle soit attachée à cette chaise. Pas ce nouveau hangar qui l'entoure et semble fait pour dépecer la vie elle-même. Non, c'est son sourire. Elle le reconnaît maintenant. Il est encore en train de régler une machine mais il se réjouit déjà du moment où il pourra s'approcher d'elle et commencer à la détruire. Et cet appétit, cette jubilation qu'il retient avec peine, la terrifie. Elle essaie de réfléchir. Parler, elle ne peut pas. Donner des coups de pied lorsqu'il se rapprochera non plus. Il n'y a aucune solution. Elle est à sa merci. Elle sait qu'il va lui faire mal. Alors elle s'efforce simplement de respirer le plus calmement possible. Ralentir les battements de son cœur. Elle se souvient de ces moments d'entraînement, à l'académie, où elle n'était pas au niveau, où tout la dépassait, où il fallait sauter d'un mur trop haut, se battre contre une recrue qui faisait trente kilos de plus qu'elle, elle tente de reconvoquer tous ces moments où elle aurait dû être balayée par des épreuves qu'elle a pourtant surmontées. C'est à cette idée qu'elle s'accroche. Elle voudrait être capable de se réfugier en un point inatteignable. Qu'il fasse ce qu'il veut : qu'il la frappe, la viole, qu'il lui crache dessus ou la torture, il doit bien y avoir un point qu'il ne pourra pas atteindre, un endroit dans son esprit où il n'est rien qu'une toute petite silhouette lointaine et insignifiante. C'est cela, qu'elle cherche. Et puis il s'approche. Il lui met un casque sur la tête. Elle sent le contact du métal froid sur son crâne. Elle sait ce que c'est : il va la bastonner. Ça va lui rentrer dans le cerveau. Mais le savoir ne sert à rien, ne la prémunit de rien, car au moment où elle prononce ce mot dans son for intérieur, ça commence et c'est comme si le monde se fracassait.

29

PLACE DES FEUX

Pourquoi le taxi l'avait-il déposé place des Feux et non à l'adresse exacte de son nouvel appartement ? Peut-être parce que le chauffeur n'avait pas voulu s'aventurer dans la rue des Myrtes ? À moins qu'il ne le lui ait demandé explicitement, désireux de faire les derniers mètres à pied. C'était le soir. Il était resté longtemps immobile, une fois le taxi reparti, pour laisser les bruits l'entourer. Les Grandes Émeutes avaient eu lieu quelques mois plus tôt et le peuple était revenu à son quotidien, tête basse, renonçant à ses aspirations, à ce rêve de monde plus juste, à cette joyeuse révolution à laquelle tous avaient cru. Sa demande de mutation avait mis du temps à être validée. Il avait dû patienter. Mais il ne regrettait rien. Rester en zone 2 lui devenait insupportable. GoldTex venait de racheter le Venezuela. L'acquisition s'était faite de façon moins heurtée que pour la Grèce. Comme si les gens avaient acté l'idée que c'était ainsi qu'irait dorénavant le monde et qu'il ne servait à rien de s'opposer à cette tendance de fond de privatisation des nations. On parlait déjà du Bangladesh comme prochaine fusion. Des Vénézuéliens arrivaient en nombre en zone 3. Ils étaient facilement reconnaissables avec leur air un peu perdu, timides, désireux de bien faire. Ils venaient s'entasser dans des appartements borgnes, à huit ou dix, en attendant de trouver mieux. C'était une nouvelle vague de misère et de volonté courageuse.

Ce jour-là, place des Feux, trois femmes encombrées de valises lui avaient demandé leur chemin. Elles cherchaient la rue des Sept-Pôles qui croisait celle où il allait habiter. Il la leur avait indiquée et avait failli ajouter qu'ils allaient être voisins. Mais il ne l'avait pas fait. À quoi bon ? Chacun vaquait à son destin. Il les avait laissées s'éloigner en les regardant de dos. Il connaissait leur embarras. Tout ce qui les entourait était nouveau. Il connaissait cette façon d'hésiter, de sourire. C'était celle des peuples arrachés. Il venait de là, lui aussi. Et cela lui avait confirmé qu'il avait bien fait de choisir la zone 3. Il serait parmi les siens, d'où qu'ils viennent.

Le jour tombait, la population changeait. C'était l'heure de bascule. Les femmes qui faisaient leurs courses rentraient chez elles. Les vieux qui s'étaient retrouvés par petits groupes pour évoquer les nouvelles du jour se saluaient et cassaient le cercle qui se reformerait le lendemain. Apparaissait alors, à cette heure du soir, la faune plus esquintée de ceux qui attendent avec impatience la nuit pour vivre leur fièvre. La jeunesse sortait. Les petits trafics commençaient. Pendant un temps encore, les deux populations se croisaient. Chacun constatait avec un étonnement muet qu'un autre monde existait.

C'est ce soir-là qu'il avait eu, pour la première fois, l'impression d'être un œil. Il était immobile et laissait venir à lui toutes ces ombres, petits travailleurs, vieillards alcooliques, enfants mal lavés, femmes éreintées par la course des jours. Il les regardait et il lui sembla que c'était pour être là, parmi eux, qu'il avait fait ce long chemin depuis la Grèce : arriver jusqu'à cette place des Feux et être celui qui contemple ceux qu'on ne voit pas. Peut-être était-ce à cela qu'il était destiné : être l'œil qui voit les masses éreintées ? Non pas pour les protéger mais pour que l'oubli ne tombe pas sur leur vie. Pour que lorsqu'un d'entre eux mourrait assassiné, il soit fait promesse de trouver le meurtrier, de réparer le scandale. C'est à cela qu'il allait donner sa vie. Il l'avait senti ce soir-là. La place des Feux était devenue son royaume. D'un seul grand regard, il lia son destin à cet endroit, en se jurant que c'était pour eux qu'il travaillerait dorénavant et que ce serait ici que tout finirait.

30

BASTONNADE

Il contemple encore quelques instants le bidonville à ses pieds et les quartiers alentour. Un léger vent tiède balaie la voie surélevée. D'ici, il voit parfaitement la Grande Fosse s'étaler à perte de vue. Elle devait initialement être creusée tout autour de la zone 2 pour établir une zone tampon. Mais les travaux ont été abandonnés et seule la partie sud a été aménagée. C'est comme un long cratère en croissant de lune, sur des dizaines de kilomètres, avec trois ponts qui permettent aux avenues VI, VII et VIII d'arriver directement à leurs check-points respectifs. Aussitôt les travaux abandonnés, la population de la zone 3 a réinvesti cet espace et des bidonvilles sont apparus. C'est maintenant une des parties de la ville où la densité est la plus forte. Il s'est accoudé à la rambarde et laisse le monde autour de lui le remplir de ses bruits. À quelques mètres, il y a la faille. L'endroit où le pont a cédé sous la double explosion savamment préparée par les forces de l'ordre au moment des Grandes Émeutes. Tout cela est si loin. Est-ce qu'il est le seul à s'en souvenir ? Les baraques, en bas, qui avaient été englouties sous les gravats, ont été reconstruites. Il y en a encore plus qu'auparavant. Tout s'est densifié. Le monde oublie sans cesse et poursuit sa course. Il tire sur sa cigarette en pensant à Pamouk et Cuprack. Est-ce qu'il ne devrait pas abandonner son enquête ? Les laisser, à leur tour, rejoindre la grande foule des oubliés, de tous ces gens sans importance, morts ou pas, esquintés dans leur corps ou pas, empêchés de suivre leur désir ou pas. Qui s'en soucie ? Que pèse sa mémoire à lui, sa petite ténacité face au grand engloutissement des générations ?

Et puis, soudain, sur ce bout de voie rapide amputé, son bracelet vibre. Il regarde. C'est un message d'urgence. Un corps a été trouvé. Zone 3. Secteur Citadelle. Une notification clignote sur l'écran. Il est stipulé que c'est lié à son affaire. "Taux de connexion : très élevé." Alors, il écrase sa cigarette, quitte la rambarde et retourne à son véhicule.

Une fois dépassé la citerne Citadelle, au croisement de la rue des Anciennes-Broussailles et de Gamma 8, tout est vide. La première chose qu'il aperçoit au loin, c'est Bareïm qui fait le planton en se balançant d'un pied sur l'autre comme s'il voulait bercer son trop gros ventre. Lorsqu'il approche, le siffleur baisse la tête avec une moue boudeuse. Il le salue à peine d'un geste de la tête.

"Qu'est-ce que t'as trouvé, Bareïm ?" lance Sparak pour lui signifier qu'il n'est pas nécessaire d'évoquer ce qui s'est passé entre eux dans la cellule du commissariat et, qu'en ce qui le concerne, l'épisode est clos et les choses reprennent leur cours normal.

"C'est par là", répond laconiquement Bareïm, désireux, visiblement, de montrer sa mauvaise humeur.

Ils s'engagent dans la rue. Bareïm, avec sa grosse carcasse, avance devant lui. Il suit patiemment son guide, jusqu'à ce que celui-ci s'écarte enfin en disant :

"C'est là…"

Il découvre le corps d'une femme, blottie contre le mur, le visage à terre. Un corps nu, couvert de bleus. Le premier réflexe de Sparak est de penser qu'il va devoir la retourner pour vérifier si elle aussi est éventrée mais avant qu'il n'ait le temps de le faire, le corps se met à bouger et Sparak sursaute. Il était tellement persuadé qu'on l'avait appelé pour un meurtre qu'il reste immobile quelques instants.

"Elle est vivante ?"

"Elle est tellement cramée que je ne sais pas si on peut dire ça !" répond Bareïm avec une sorte d'horrible gourmandise.

Il y a de la revanche dans l'intonation de sa voix. Comme si ce misérable corps qu'il a sous les yeux avait été endommagé pour réparer les gifles que Sparak lui a infligées.

"Je te laisse", lâche alors Bareïm, montrant ainsi qu'il s'affranchit de l'obligation de donner un coup de main à Sparak au cas où celui-ci en aurait besoin. Et il s'éloigne d'un pas lent, retournant avec satisfaction à son inspection minutieuse des laideurs de la ville.

Sparak se penche. De la main droite, il touche délicatement l'épaule de la fille. Il a des gestes lents. Comme s'il devait tenter de ne pas effrayer un petit animal. Elle se retourne. Son visage apparaît. Sparak se fige. C'est Salia. Il est tétanisé. Il la contemple, essaie de comprendre. Il y a quelque chose en elle d'étrange. Son regard est changé. Elle le voit mais ne semble pas le reconnaître. Elle a les pupilles qui tressautent. Et elle parle. Sparak le voit plus qu'il ne l'entend. Ses lèvres bougent. Il s'approche pour distinguer ce qu'elle dit et plonge alors dans le flux de mots qui sort d'elle comme une litanie.

"Foutras... la merde qui coule... pénétration, pénétration. Ça gicle, balance... sang qui pue. Tu vas aimer. Crachats. Baïonnettes dans le ventre. Cris. Larsen. Hurle. Hurle..."

Il est livide. Tout son sang semble s'être retiré de son corps. Il ne peut que se laisser tomber à genoux à ses côtés et la prendre dans ses bras.

"Salia ?... Salia ?... C'est moi, c'est Zem..."

Elle ne réagit pas. Elle a la bouche ouverte, les yeux vides. Son regard glisse sur tout, comme si elle n'était connectée qu'avec ce qui gronde en elle. Et elle continue de parler. De façon à peine audible, sans relâche, elle parle, expulse le flux tendu d'images et de scènes qui sont en elles.

"Porcherie... hordes de cochons... l'abattoir... l'abattoir !... ça crie dans l'oreille. Tous pendus par les pattes arrière... les viscères qui sortent... éjaculations sur des filles en pleurs, mains ligotées, corps scarifiés. Ça se goinfre... chair humaine... défécation... à poil, les chiennes... exécution... la trappe, sous les pieds... corde tendue. Tac ! Crac, les vertèbres. Ça pend. Langue violette... tac ! Pendus. Femmes rasées. Crânes pleins de croûtes et de poux... porcherie... tout ça, tac ! Tant mieux..."

Zem la prend dans ses bras. Elle ne se défend pas mais ne se blottit pas non plus contre lui. Son corps est mou, indifférent à tout ce qui l'entoure.

"Tu as été bastonnée, Salia… Tu m'entends ? Ton esprit a été bombardé d'images… Je vais te sortir de tout ça…"

Et il serre de plus en plus fort. Sur ce bout de trottoir, il sent chacun des frissons qui montent d'elle. Le flot d'images immondes lui parcourt les veines et le cerveau. Il sait qu'elle n'en reviendra peut-être jamais, ou en tout cas qu'il faudra des mois, des années de lente rééducation. Ils l'ont massacrée de l'intérieur. C'est comme si elle allait être torturée pendant les dix années à venir, incapable de s'extraire de l'océan de cauchemars : meurtres, pornographie, tortures… Ils l'ont soumise à une vague d'images de souillures et son esprit ne peut que les subir, essayant de les décrire au moment où il les voit passer, mais il y en a trop, cela va trop vite, alors elle balbutie et se noie.

"Chatte ouverte… tu vas saigner… la chienne… toutes les autres aussi… à quatre pattes… balle dans la tête… foutre et sang… le croc du boucher, la tête qui danse… souillures, succion, mâchoires… mords dans la chair… cris de tout…"

Zem ne sait plus que dire, que faire. Il est pétrifié par tant de douleur. Il n'entend même pas l'ambulance qui arrive, se gare. Il n'entend pas les deux gars qui descendent et lui demandent de s'écarter, répètent une deuxième fois qu'il faut les laisser prendre la victime. Il a juste la présence d'esprit de dire qu'elle est de la zone 2 et qu'il faut l'emmener là-bas, puis il se tait. Son esprit se trouble. Il n'a pas envie de répondre à leurs questions, n'entend plus leurs voix et ne desserre pas son étreinte, si bien que les deux gars finissent par décider de les faire monter tous les deux ensemble à l'arrière de l'ambulance et de remettre à plus tard le moment où ils lui demanderont de lâcher celle qui parle sans s'arrêter, ne sachant plus très bien, au fond, lequel des deux souffre le plus.

À l'hôpital Sanita-Santa, le médecin est venu le chercher dans la salle d'attente. Ils marchent l'un derrière l'autre dans le couloir. Tout est calme, blanc, parfaitement froid. Lorsqu'il entre dans la chambre 413, il est surpris de la trouver assise sur le bord de son lit, tête baissée, les jambes pendantes. Sans que Sparak ne demande rien, le neurologue prend l'initiative de lui faire un point :

"C'est vous qui l'avez trouvée ?"

"Oui."

"Vous avez bien fait de nous l'amener en zone 2. Elle sera mieux prise en charge ici. On va faire ce qu'on peut, mais la situation n'est pas bonne."

"À quel point ?"

"Vous connaissez le principe de la bastonnade ?"

Zem fait une moue pour dire qu'il en a entendu parler mais n'est pas un expert.

"C'est un martèlement d'images et de sons qui vont directement au cerveau. Imaginez un marteau-piqueur qui se serait invité dans votre esprit… Les dégâts dépendent du temps d'exposition et de l'intensité du matraquage. Visiblement, pour votre collègue, ils n'y ont pas été de main morte…"

"Vous allez la soigner ?"

"On va essayer. Mais je ne peux rien vous promettre. Ça dépendra d'elle. Pour l'instant, elle est en phase de choc. On ne peut pas faire grand-chose. Pour elle, c'est comme si les images étaient encore là. On va tout faire pour la sortir de cet enfer, mais j'ai rarement vu un patient aussi fortement exposé. Je suis désolé."

Il fait un signe de la tête auquel répond Sparak, puis ouvre la porte et s'éloigne.

Zem reste seul. Il contemple Salia. Elle est tout près de lui et n'a toujours pas levé la tête. Elle ne sait peut-être même pas qu'il est là. Il regarde ce corps qu'il connaît, qu'il a embrassé, qu'il a serré dans ses bras et il se dit qu'elle n'est pas là, qu'il faut qu'il se convainque de ça. C'est un leurre. Salia est en morceaux. Pas sur ce lit, pas assise devant lui. Elle est déchiquetée.

31

DÉVERROUILLÉ

Le capitaine Monk a été sobre et factuel. Il aurait pu signifier tout cela à Sparak par notification, mais il a préféré le convoquer au commissariat. Est-ce un égard particulier ou au contraire le désir de lui infliger une dernière humiliation ? Sparak ne saurait le dire. Lorsqu'il est arrivé dans son bureau, Monk était déjà avec Cal et Ronnie. Il les a présentés, puis s'est mis à parler. Il a expliqué à Sparak que c'étaient eux qui allaient reprendre l'affaire, que le dossier serait en de bonnes mains, que ça ne pouvait pas être mieux. Puis Monk a remercié Sparak du temps passé à travailler sur l'enquête et a ajouté qu'il était navré que cela se termine ainsi, qu'il ne laisserait pas tomber la petite Malberg, qu'on attraperait ces salauds et toutes ces phrases qu'on prononce pour se dire que ce qu'on fait est juste.

"Y a-t-il des infos que vous aimeriez transmettre à Cal et Ronnie avant de passer le relais ?"

"Non, répond laconiquement Sparak. Tout est dans le dossier."

"Parfait. Alors, bonne route, Sparak. Vous êtes officiellement déverrouillé."

Ils se serrent tous la main. Sans grande conviction. Au moment de sortir, Zem s'arrête dans l'entrebâillement de la porte.

"Capitaine Monk ?"

"Oui ?"

"Pour Salia, est-ce que je pourrais ?..."

Il laisse sa phrase en suspens. Le capitaine le regarde avec un air désolé et répond d'une voix faussement prévenante.

"Vous savez bien que je ne peux pas... Pas de visite. Il n'y a que la famille qui puisse y aller."

Sparak songe, un temps, à rétorquer qu'elle n'a pas de famille mais il sait que cela ne sert à rien.

"Oui. Bien sûr."

C'est fini. Il marche jusqu'à son véhicule sans se retourner sur le bâtiment du commissariat Pinto. Il ne reviendra pas ici. Le temps qui s'est ouvert avec la découverte du corps de Pamouk vient de se refermer. Ils ont échoué. Est-ce que l'âme de Pamouk va le maudire pour cela ? Il avait juré de trouver. Dans l'ambulance, lorsqu'il était au chevet du cadavre, il avait juré que le sang versé serait vengé. Salia devait être à deux doigts de la vérité, mais maintenant, tout est en ruine et les morts gémissent de nouveau.

Dans la file des voitures qui attendent au checkpoint Trajan, le malaise s'empare de lui. Il ne peut s'empêcher de penser qu'à cette heure l'assassin doit se réjouir. Il doit sourire. Repense-t-il à ces deux corps qu'il a éventrés ? Probablement pas. Il doit juste jouir de sa victoire. Sparak se sent si lourd, si pesant, il met ses deux mains sur le volant, comme pour ne pas s'enfoncer tout au fond de son fauteuil. Les voitures avancent au pas. Il y a beaucoup de monde. C'est la mauvaise heure. Les travailleurs accrédités zone 2 rentrent chez eux après une journée de labeur. Sparak contemple les feux qui passent du vert au rouge pour laisser avancer au compte-goutte les voitures devant les gardiens. Du bétail. Voilà ce qu'ils sont. Avancer. S'arrêter. Avancer. S'arrêter. Montrer sa bonne mine, ne pas faire d'histoires, avancer, travailler. Fermer sa gueule, montrer ses papiers, avancer. Écouter les ordres, se la fermer et continuer… La file de voitures lui apparaît soudain comme l'image vertigineuse de la vie qui lui reste à vivre. Il ne peut plus rien faire d'autre que ça. Rentrer en zone 3 et continuer. Aller boire des bières à la Niche. Se battre contre son réfrigérateur, enquêter sur des agressions minables de mecs paumés qui tabassent quelques prostituées ou braquent des épiceries de nuit. Combien de temps tiendra-t-il ?

“Êtes-vous prête, Maria, à faire le plus grand sacrifice qu'une mère puisse faire ? Êtes-vous prête ? On ne vous entend pas…”

“Oui… Je crois.”

“Pour le bien de votre fils, Maria, êtes-vous prête à le laisser partir ?”

“Oui…”

“Alors pourquoi pleurez-vous, Maria ?”

Sur le grand écran qui domine la file d'attente défilent des images des résultats de *Destiny*. Un tirage au sort a eu lieu il y a une demi-heure. Toute la zone 3 doit être en train de regarder. Les équipes de tournage ont retrouvé la gagnante. C'est une mère qui élève son gamin seule depuis que le père est parti pour aller finir toutes les bières qu'il trouverait sur sa route ou engrosser une pauvre fille qui croit encore en l'amour. Elle, elle s'appelle Maria. Elle pourrait être jolie si elle n'avait pas les dents défoncées par la misère et les cernes de ceux qui ne savent plus dormir sans médocs. Elle a dû prendre son ticket il y a six ans parce qu'une copine le lui avait conseillé en riant, ou parce que sa mère lui avait fait promettre de le faire avec l'argent qu'elle avait mis de côté, et puis elle a probablement oublié. Les années ont passé et elle a été prise dans la course des jours, avec ce gamin à nourrir, à élever, à surveiller pour qu'il ne sombre pas, ou en tout cas, pas trop vite. La vie l'a esquintée et en six ans, elle a vieilli, Maria, mais voilà, *Destiny* a une mémoire phénoménale et n'oublie pas celles et ceux qui ont tenté leur chance. Alors six ans plus tard, tout à coup, c'est le verdict. Le petit Jeefox sort de l'ombre. Ticket gagnant. Il va quitter la zone 3. Aller dans une des écoles gérées par *Destiny*, devenir un bon petit soldat reconnaissant du système. Il ne verra plus sa mère, ne retournera plus dans la zone 3. Tout continue. Est-ce qu'à celui-là aussi, on proposera une vie meilleure ? Est-ce que ceux qui gagnent se rendent compte qu'au-delà de leur petite victoire – qu'ils appellent destin tant les hommes ont besoin de se tenir éloignés de l'idée de hasard et de son vertige – il y a une plus grande victoire, celle de GoldTex, qui joue avec les vies, les déplace, les culbute pour que tout le monde pense que chaque jour est riche de mille possibles ? Le visage du petit Jeefox est sur l'écran. En gros plan. La mère pleure parce que c'est ce à quoi elle a toujours aspiré : offrir à son gamin la possibilité de s'en sortir, mais elle ne pensait pas que cela voudrait dire le laisser partir, l'arracher à ses propres bras. Que va-t-elle devenir, elle, si elle n'a pas cette petite vie sur laquelle veiller ? Qu'est-ce qui l'empêchera de se défoncer aux TQX du matin jusqu'au soir ou de faire la pute pour s'entendre dire "je t'aime" par des gars que la solitude a rendus sauvages et qui ne savent plus tenir une femme dans leurs bras ? Qu'est-ce qui l'empêchera de mourir tout doucement ? Elle voudrait le demander, tout cela, mais elle n'ose pas, parce que le présentateur l'impressionne, elle l'a vu si souvent à la télévision qu'elle n'en revient toujours pas de l'avoir devant elle, et puis elle sait bien qu'elle a signé un contrat, même si elle ne se souvient plus des termes, ne les a d'ailleurs jamais lus, mais elle sait qu'elle s'était engagée à ne pas faire d'histoires, sauf que c'était improbable à l'époque et que là, tout à coup, ils sont venus chez elle, avec leur caméra, leur sourires et deux grands gars, qui pour l'instant ne disent rien et se tiennent en retrait mais qui sont là pour l'empêcher de s'accrocher au bras de son fils ou de le tenir serré contre elle lorsqu'ils voudront le lui enlever, elle l'a vu faire dans les émissions précédentes, alors elle voudrait crier qu'elle ne voulait pas tout cela, qu'elle a bien le droit d'être égoïste et de préférer garder son fils, mais elle ne le fait pas, n'ose pas, elle pleure simplement et tout passe dans ses yeux, le désarroi, la tristesse, la colère, la caméra aime cela, s'approche encore, fait durer cet instant, car ce qui est beau à cette minute précise, c'est le tiraillement de la mère, sa grimace, le suspense qui monte, va-t-elle craquer, se précipiter sur son fils, va-t-elle griffer et mordre tous les bras qui voudront le lui enlever ou s'effondrer, comme une poupée de chiffon, sans force, acceptant le destin et les applaudissements ? Sparak, comme tous ceux qui attendent leur tour pour passer le check-point, regarde ce visage et il voudrait pleurer et mordre lui aussi. C'est son histoire. Lui aussi a été arraché pour avoir un nouvel avenir. À lui aussi on a vanté les mérites de s'extraire de son milieu, de tracer son propre chemin, et tant pis si les mères pleurent, tant pis si lui aussi est devenu amnésique. Sparak est hypnotisé par le visage de Maria et il se demande si la Grèce a pleuré, si elle a gémi après les enfants qu'on lui prenait, tous ces jeunes gens qui ont rejoint les rangs de GoldTex parce qu'on leur a dit qu'il ne servait plus à rien de rester citoyen d'une patrie qui avait fait banqueroute, qu'une nouvelle histoire commençait et qu'ils allaient pouvoir y prendre part. Il regarde le visage de Maria et plus rien ne compte jusqu'à ce que les klaxons des voitures derrière lui soient si forts qu'ils le sortent de sa rêverie et l'obligent à avancer.

32

JUSQU'AU BOUT

Il a garé sa voiture dans la rue des Myrtes mais ne veut pas rentrer chez lui. Il est sur le point de prendre la direction du quartier RedQ pour aller chez Miki s'offrir une dose d'Okios. Les visions d'Athènes, c'est de cela qu'il a besoin. Rien d'autre ne pourrait étancher sa tristesse. Mais soudain une voiture s'arrête à son niveau, une voiture qui n'a rien à faire là, une berline noir brillant, et lorsque la vitre arrière s'abaisse, c'est le visage de Kanaka qui apparaît. Sparak est surpris et la question lui échappe :

"Qu'est-ce que vous faites là ?"

Kanaka ne se formalise pas. Il prend le temps de dire :

"Vous m'invitez chez vous ?"

Sparak s'arrête, regarde Kanaka droit dans les yeux. Il est incapable de comprendre ce qu'il veut et les raisons de sa présence ici. L'autre doit le sentir. Il voit en tout cas qu'il faut qu'il en dise un peu plus, sans quoi Sparak risque de partir sans se retourner, alors il ajoute :

"J'ai quelque chose à vous proposer…"

Une fois assis sur le canapé et après avoir refusé la bouteille de bière que lui tendait Sparak, Kanaka se met à parler :

“On ne s'aime pas beaucoup tous les deux, n'est-ce pas ? Je ne veux pas vous blesser, bien sûr… Disons que j'incarne tout ce que vous exécrez et qu'en ce qui me concerne, j'ai peu goûté la façon dont vous avez fait irruption dans ma vie, et la joie à peine cachée avec laquelle vous m'avez insulté. N'est-ce pas ? Ne répondez pas. Ce n'est pas nécessaire. Je vous propose qu'on se dise les choses. Nous n'en sommes plus à nous faire des cachotteries, si ?”

Sparak grommelle un mot indistinct qui vaut pour consentement.

“Vous savez ce que je crois, Sparak ? reprend alors Kanaka. Je crois que si votre amie a été agressée de la sorte, c'est qu'elle avait trouvé qui a tué Pamouk. Je crois également que ceux qui l'ont… comment dire… endommagée… doivent se réjouir à l'heure qu'il est parce que plus rien ne permet de remonter jusqu'à eux. Je crois que l'enquête va encore me tourner autour quelque temps comme une grosse mouche désagréable parce qu'il n'y a que cette piste dans le dossier. On va découvrir que je vous ai menti, qu'Ira Cuprack était bien ma maîtresse… Enfin, disons une fille que je faisais venir régulièrement en zone 2. Tout cela suffira à donner l'idée que je suis louche, que je cache des choses, rien de précis, mais juste assez pour me faire perdre mes chances à l'élection, et puis, ensuite, on finira par classer cette affaire parce que je n'ai pas tué Pamouk et Cuprack, mais ce sera trop tard. Vous savez tout cela, n'est-ce pas ? Je crois même que cela vous dérange et que cela nous fait un point commun. C'est de ce point commun que j'aimerais que nous parlions…"

"Que voulez-vous ?" le coupe Sparak que ces circonvolutions commencent à indisposer.

L'autre marque un temps, le regarde, sourit à nouveau, puis reprend :

"Vous voulez faire payer ceux qui ont agressé votre collègue, n'est-ce pas ? Moi, je veux être innocenté au plus vite pour que cette histoire n'entrave pas ma campagne. Si je fais confiance à la justice, cela prendra du temps. C'est exactement ce que souhaite celui qui m'a pointé du doigt. Que je sois enlisé dans tout cela pendant de longues semaines."

"Vous avez une idée pour éviter ça ?"

"Oui. Vous."

Sparak semble ne pas comprendre.

"Je viens d'être déverrouillé."

"Je sais. Justement. J'ai besoin d'aller vite, Sparak. Ce qui veut dire que j'ai besoin de quelqu'un qui connaisse l'enquête et qui ne s'embarrasse pas de la lenteur de la procédure…"

"Qu'est-ce que vous me proposez, là ?"

"Vous savez bien ce que je vous propose. Vous avez compris au moment où vous m'avez vu tout à l'heure. Je veux que vous continuiez. Que vous alliez au bout. Que vous me trouviez le salopard qui a fait ça. Celui qui éventre ou fait éventrer de pauvres bougres pour me nuire, celui qui a ravagé l'esprit de votre collègue pour qu'on ne trouve pas sa trace. Je veux que vous soyez avec moi, et que vous fassiez ce que vous savez faire. Je paierai ce qu'il faudra."

"Et pourquoi est-ce que j'accepterais de risquer mon job pour un type comme vous ?"

Kanaka regarde Zem avec une réelle surprise. Non pas que la question le fasse vaciller mais parce qu'il a du mal à croire que Sparak n'ait pas trouvé lui-même la réponse.

"Parce que vous avez détesté être déverrouillé. Parce que vous savez que cela ne vous laissera jamais en paix."

"Supposons que ce soit le cas…"

"Vous savez ce que c'est que les *RealTest* ?"

"Non."

"Des tests pratiqués sur des humains pour améliorer les greffes destinées aux Honorables."

"C'est ce qu'a reçu Pamouk ?"

"Oui."

"Les *RealTest* sont volontaires ?"

"Il y a mille manières d'être volontaire. Disons qu'on leur offre une vraie prothèse, moyennant quoi ils s'engagent à garder le silence."

"C'est vous qui avez créé ce système ?"

"Non. Cela date d'El Fatong."

"Pourquoi vous me racontez tout cela ?"

"Parce qu'il semblerait que le tueur, en assassinant un *RealTest*, ait désiré qu'on puisse penser que j'étais derrière tout cela. Ou, en tout cas, que la révélation de l'existence des *RealTest* en pleine période électorale allait être très embarrassante pour moi."

"Ce qui est le cas ?"

"Évidemment. À quelques semaines d'une élection, tout ce qui peut instiller le doute est gênant. Pamouk était furieux. Il voulait qu'on le regreffe. Ce qui est impossible. Je le lui ai dit. Sur le fond, je ne suis pas en faute sur les *RealTest*. Ce n'est pas moi qui les ai conçus et chacun de mes prédécesseurs les a validés. Mais, pour mes ennemis, Pamouk était une opportunité. En période électorale, tout incident peut créer un déséquilibre intéressant."

"Pourquoi ne pas nous avoir dit tout cela la première fois que nous sommes venus vous trouver ?"

"Et si vous aviez été envoyés par mes concurrents ? Comment pouvais-je savoir qui vous étiez. Dans mon monde, on dit la vérité par petits bouts, avec prudence."

"Vous pensez que c'est Barsok qui est derrière tout cela ?"

"À qui profiterait mon éviction ?"

"J'imagine que la liste est assez longue…"

"Vous avez raison. Dépêchez-vous de trouver qui a fait ça. Et je saurai être reconnaissant."

Sparak se tait. Il pourrait parler encore, évoquer les conditions, demander de l'argent mais il ne fait rien de tout cela. Il sait que Kanaka répondrait à tous ses désirs, seulement, il n'en a aucun. Il a ce qu'il voulait le plus : la possibilité de continuer. "Je voudrais pouvoir rendre visite à Salia Malberg aussi souvent que je le souhaite."

"Je m'en occupe", répond Kanaka avec un sourire entendu.

Alors Zem pose sa bière, plante ses yeux dans ceux de Kanaka et dit d'une voix froide :

"Jusqu'au bout ?"

Et lorsqu'il entend Kanaka lui répondre "jusqu'au bout", il sait qu'il ne se consacrera plus qu'à cela.

33

PANOTIS

À partir de là, tout doit devenir violent. Il le décide au fond de lui-même : les heures ne compteront plus. Il ne fera plus attention à ce qu'il va briser ou insulter. Il n'entendra plus les suppliques. Il sera dur, parce qu'il a appris à l'être il y a longtemps de cela.

Il demande à Fazar de contacter Panotis et de lui dire qu'il veut le voir, qu'il songe à quitter la police et qu'il voudrait savoir si Panotis a quelque chose à lui proposer. Fazar commence par répondre qu'il aimerait bien mais qu'il ignore où le trouver, alors Sparak sort de l'argent et, au regard que le patron de la Niche pose sur les billets, il sait que tout cela n'était qu'une valse-hésitation pour donner l'impression qu'il est méritant mais qu'il y parviendra. L'argent passe d'une main à l'autre et il n'y a plus qu'à attendre. Panotis finit par venir. Il avait tellement envie, depuis tellement longtemps, de vivre ce moment où Sparak abdiquerait devant lui et reconnaîtrait qu'il ne vaut pas mieux que lui, ce moment où il lui demanderait quelque chose. Il ne peut pas résister. Il vient. Sparak lui a donné rendez-vous à quelques centaines de mètres de la Niche, de l'autre côté du terrain Gabou, dans les jardins publics des Salines. À cette heure-ci, il n'y a que quelques pauvres bougres qui cuvent leur bière ou de jeunes drogués qui n'ont pas pu attendre d'être chez eux pour prendre leur dose de TQX.

Panotis approche. D'aussi loin qu'il le voit, Sparak lui lance : "Tu avais raison, Panotis. Nous sommes pareils, toi et moi." Et l'autre le prend comme un acte de reddition. Il sourit, savoure ce triomphe et ne se méfie pas. Il approche, ne voit pas la lumière de haine dans le regard de Sparak, le poing qui se ferme, impatient de frapper. Il est sur le point de lancer : "Je t'avais bien dit, Zem, qu'un jour on finirait par travailler ensemble…" mais il n'a pas le temps. Sparak le frappe à toute force, faisant exploser l'arête de son nez. Sous la violence du coup, Panotis tombe à la renverse. Aucun des gars avachis sur les bancs alentour ne réagit. Sparak, déjà, est sur lui. Il ne le lâche pas, le roue de coups. D'un genou, il lui compresse la cage thoracique. Avec les mains, il l'attrape par le col et le secoue.

"C'est qui ?… Qui t'en a voulu pour le vol de la greffe ?"

Il pense un temps qu'il faut qu'il suspende son bras sans quoi il va le tuer avant même que l'autre ait pu parler, mais il ne le fait pas. "C'est qui ?" Son poing est rouge sang. Panotis voit sa mort arriver dans cette pluie de coups sans cesse répétés et il finit par lâcher :

"Skyros…"

"Qui c'est ?"

"Un Grec…"

"D'où tu le connais ?"

"Il y a longtemps… C'est un gars puissant maintenant…"

Sparak s'arrête. Il sent que ce nom est le bon. "Qu'est-ce qu'il t'a demandé de faire ensuite, pour te racheter ?" crie-t-il encore. Panotis bascule sur le côté, crachant au sol le sang qui lui coule dans la bouche. Il entend le bruit du pistolet que Sparak vient d'armer et qu'il pointe maintenant sur sa tête.

"Il voulait que je bastonne la fille avec qui tu bossais. Elle était trop près de la vérité… J'avais pas le choix, Zem… Si j'avais dit non, ils m'auraient buté… C'était pour m'en sortir, c'est tout… Il faut me croire…"

Sparak ne peut plus effacer de son esprit le visage de Salia totalement perdu. Il s'approche tout près de son oreille.

"Tu avais raison, Panotis. Toi et moi, on est pareils. Tu crois que je vais m'arrêter ? Tu crois que ça faisait mal, ça ? Tu te trompes. Je vais prendre tout mon temps. Tu vas avoir mal comme t'as pas idée. Il y a plus rien d'autre, mon vieux, plus rien que toi, moi, et ma haine. Tu as pris plaisir à la massacrer, la petite ? Je suis sûr que oui. Et tu sais pourquoi je le sais ? Parce que c'est le même plaisir que je sens maintenant monter en moi…"

Mais au moment où il va se remettre à frapper, quelque chose le traverse comme le lointain souvenir de sa propre humanité, à moins qu'il ne s'agisse d'un dégoût trop grand pour ce corps qui se recroqueville à ses pieds, et il suspend son bras, se relève et laisse Panotis là, brisé dans ses propres déjections.

Il a réussi à entrer malgré l'heure tardive parce qu'ils ont eu peur de lui. Il a traversé le hall d'un pas décidé. Ils sont probablement déjà en train d'appeler des agents de sécurité qui débarqueront bientôt avec un air faussement poli, en lui demandant de sortir. Il sait que c'est ainsi que cela se terminera. "Monsieur, ce n'est plus l'heure des visites", il connaît les mots, l'intonation avec laquelle ils seront prononcés. Il connaît les gestes, la main qui se posera sur le manche du taser à la ceinture, "monsieur, je ne vais pas vous le répéter, vous n'avez rien à faire ici". Peu importe, il a encore un peu de temps, alors il profite du silence qui règne dans la pièce, prend délicatement dans ses bras le corps alité et il l'appelle "Salia ?" en le répétant plusieurs fois, comme si c'était un mot magique qui avait le pouvoir d'ouvrir des portes ou de faire apparaître des mondes invisibles, et Salia se tourne doucement vers lui. Est-ce qu'elle le regarde ? Est-ce que c'est bien lui qu'elle observe, ou est-ce que ses yeux se posent simplement sur lui et le traversent, il ne saurait le dire. Il répète encore son nom "Salia ?", en souriant, et cela lui fait du bien. Elle, elle ne bouge pas. Elle est assise sur le rebord du lit, les mains sur les genoux. Elle a maigri. Ses lèvres remuent. Elle ne cesse jamais de parler, à voix basse pour faire sortir d'elle tous les mots orduriers qui lui remplissent l'esprit et la bouche. Le calme de son visage contraste avec ce long flux abject. Il sait qu'elle n'est pas encore guérie, que cela mettra des mois, des années, mais il est venu pour lui parler, alors, au milieu de son long monologue à elle, "… pute… salope… fourrée à trois… le nez dans la merde… des coups, des coups… éventrées… ça pisse, ça gicle… brûlez tout…", au milieu de cette horreur prononcée à voix basse, presque inaudible, il lui dit que c'est Panotis qui lui a fait ça, qu'il l'a retrouvé et brisé. Et puis il ajoute : "Il m'a donné un nom..." et elle, elle poursuit dans son fleuve immonde, "foutre, à poil, chair flasque, au pas... corps violés... bord de la route, les crachats...", il insiste, il croit encore que cela a un sens, c'est pour cela qu'il est venu, pour lui apporter ce nom, le déposer devant elle, comme sur un autel : "Il m'a dit que le type qui avait tué Pamouk et Cuprack s'appelait Skyros", et là, d'un coup, il lui semble percevoir comme une dilatation dans ses yeux à elle, comme si quelque chose revenait, remontait à la surface pour reprendre possession de ce qu'elle avait été. Cela dure quelques secondes à peine, mais il lui semble qu'elle est là, qu'elle se bat contre la marée de déchets qu'elle a dans la tête pour être avec lui et lui parler, alors il s'approche de ses lèvres, il se penche jusqu'à ce que sa bouche lui frôle l'oreille et il accepte d'entendre le long flux souillé, il y plonge avec elle, il écoute, "... charnier... pattes en l'air... gonflés... ça se bouffe entre eux... Solobek, Skyros... la scie... carcasses... viande froide... Solobek, Skyros... tout qui gueule... découpe à vif... Solobek, Skyros... le sang, le sang..." Il se relève, les larmes aux yeux. C'est comme de recevoir un message de l'autre bout du monde. Il lui embrasse les mains, "merci, Salia". Lorsqu'il la regarde une dernière fois, il retrouve son visage parfaitement impassible, et les lèvres, toujours, qui scandent à l'infini le torrent d'ordures. C'est le moment que choisit le gars de la sécurité pour entrer. "Monsieur ?" C'est là qu'il devrait normalement commencer à se battre, "je vais vous demander de reculer, monsieur...", à lui dire de lui foutre la paix, à le laisser se rapprocher avec son taser pour mieux le mordre, mais ce n'est pas ce qu'il fait, il n'a plus le droit, Salia le regarde, Salia lui a offert ce qu'il était venu chercher, alors il lève les bras en signe de reddition et il dit qu'il sort, qu'il en a fini, que tout va bien, qu'il ne cherche pas les problèmes, et il le dit si fort, avec tant d'autorité, que le gars de la sécurité ne sait plus très bien que faire et le laisse simplement disparaître.

34

L'AVEU

Ils ne peuvent pas se rencontrer dans les bureaux de la Commission, ce serait trop compromettant pour Kanaka. Sparak a évoqué la possibilité de se voir dans l'appartement de Salia dont il a gardé un jeu de clefs et Kanaka a donné son accord. Il est arrivé à la nuit tombée, n'a pas salué, est entré et s'est assis sur le canapé sans se défaire de son manteau. Il a écouté calmement Sparak lui annoncer qu'il avait trouvé, que le coupable s'appelle Skyros.

"Je sais cela. L'inspectrice Malberg me l'a dit quand elle est venue me voir. Je lui ai conseillé d'aller voir au Bureau migrations. Depuis, j'essaie de joindre l'homme que j'ai là-bas, mais il a disparu."

Sparak reprend. Il explique que Skyros porte un autre nom. Là, Kanaka a un léger mouvement. Il s'avance, comme s'il voulait être plus près pour saisir chacun des mots qui vont être prononcés. Lorsque Sparak dit "Solobek", il se recale bien au fond des coussins, les yeux plissés, et il reste quelques instants sans dire un mot. Puis, avec une sorte d'étrange gratitude dans la voix :

"Je savais que vous réussiriez."

"C'est une guerre politique, c'est ça ?"

“Ça m’en a tout l’air.”

“Le but était de vous disqualifier dans la course au poste de la Commission directoire ?”

“C’est ça.”

“Et maintenant ?”

Kanaka le regarde droit dans les yeux, avec une certaine profondeur, comme si cette enquête créait entre eux une intimité qui dépassait le fossé social.

“Maintenant, je voudrais que vous alliez le trouver.”

“Qui ? Solobek ?”

“Oui. Et que vous obteniez de lui des aveux. Je veux qu’il prononce le nom de Barsok. Et que vous enregistriez tout cela.”

“Et pour quelles raisons croyez-vous qu’il le fera ?”

“Parce que vous allez l’acheter.”

Sparak a du mal à cacher sa surprise.

“Vous ne voulez pas qu’on donne l’info aux flics pour qu’ils le bouclent ? Ça vous blanchirait définitivement.”

“Ce n’est pas une enquête, Sparak. C’est une course de vitesse. Les élections à la Commission directoire sont dans trois semaines. Même la plus rapide des enquêtes mettra des mois… Je n’ai pas ce temps-là. Ce que je veux, c’est que Barsok ne soit plus dans mes pattes et ne puisse plus me détourner de mon chemin, vous comprenez ? Solobek peut m’offrir cela.”

“Il a tué deux personnes et il va s’en sortir avec une jolie petite enveloppe ?”

“Qui peut dire comment il s’en sortira… Croyez-moi, il comprendra très bien que malgré tout l’argent que je vais lui offrir, il n’est plus grand-chose.”

Il y a un temps puis l’élu de la Commission santé enchaîne :

“Est-ce que vous êtes avec moi, Sparak ?”

Zem ne répond pas. Kanaka l'observe et voit qu'il est sur le point de dire non. Alors, il ajoute, avec une voix douce, presque amicale.

"Ce qu'il touchera n'est rien par rapport à ce que je vous réserve."

Zem lève la tête et le regarde d'un air fatigué.

"Je ne veux pas d'argent."

"Ma gratitude saura trouver d'autres formes", reprend Kanaka.

"Je veux que Salia soit prise en charge. Qu'elle puisse avoir les meilleurs soins, même si cela doit durer dix ans."

Kanaka marque un temps, puis lui dit avec sincérité :

"Ce sera fait, Sparak. Je sais remercier ceux qui me servent."

Avant d'avoir une réponse, il se lève, lui serre la main, "je compte sur vous", puis sort comme il est entré, sans prendre soin de refermer la porte derrière lui.

Alors c'est ainsi ? Les meurtres ne seront pas punis. La partie va s'achever en laissant sur le côté deux morts qui n'y comprenaient rien, qui ne pouvaient pas se douter qu'ils feraient un jour partie d'une aussi grande équation. Il repense au pacte qu'il a passé avec le corps de Pamouk dans l'ambulance qui les ramenait des Décharges Citoyennes et il se dit qu'une fois encore il va devoir trahir. Laisser le mort à ses questions ou lui dire qu'il n'y aura pas d'arrestation, pas de punition, que tout était perdu d'avance.

Il marche dans les rues du quartier Nevra. C'est là, dans cette partie de la zone 3 bordée par le boulevard Spector et l'avenue VI que Barsok, dans un geste qui fit du bruit à l'époque, a installé le siège provisoire de la Commission sécurité, pour ne plus avoir à aller en zone 1 et rester au plus près de ses électeurs. Il ne fait attention ni aux boutiques ni aux promeneurs. Il se concentre sur ce qui vient. Il imagine la tension entre lui et Solobek, la façon qu'aura, sûrement, son interlocuteur de vouloir esquiver, de bomber le torse et de menacer à son tour. Est-ce qu'il jettera l'enveloppe avec un air outré ? Est-ce qu'il appellera deux gars de la sécurité pour qu'ils le fassent sortir du bâtiment ? Zem Sparak avance. Il n'a pas peur. Il essaie d'anticiper chaque détail de ces moments à venir mais il ne peut pas imaginer qu'il n'y aura ni hurlements ni grands gestes, que tout va être simple et fluide.

Quand il entre dans le bâtiment de la Sécurité, quand il donne son nom, on lui demande s'il a rendez-vous. Il dit non mais avec assurance et cela fait lever la tête de l'homme qui lui a posé la question. Alors il ajoute que M. Solobek sera sans aucun doute très intéressé de le voir. Il y a un temps un peu long, tendu. Puis l'agent passe un coup de fil. Il faut attendre de nouveau. Et enfin, en essayant de cacher sa surprise, le gars à l'accueil lui dit de monter au cinquième étage et de demander le bureau 525.

Solobek le laisse s'asseoir et écoute avec attention lorsque Zem prononce ses premières phrases.

"Je suis venu pour vous dire que je sais."

"Et qu'est-ce que vous savez, monsieur Sparak ?"

“Que vous vous appelez Skyros. Que vous avez tué Pamouk, d’abord, parce qu’il vous le demandait et que c’était une merveilleuse occasion de mouiller Kanaka. Puis Cuprack parce que vous avez dû apprendre qu’elle était sa maîtresse. Cela permettrait de discréditer Kanaka qui se trouve être le concurrent direct de votre patron.”

Silence. Pas de coups de poing sur la table. Pas de hurlements scandalisés. Pas de gardes qui déboulent dans le bureau pour l’en extraire. Ils s’observent.

“Je sais aussi que vous avez demandé à Panotis de bastonner Salia Malberg parce qu’elle avait fini par trouver que c’était vous.”

“Vous croyez que vous me faites peur, Sparak ? répond calmement Solobek. Vous croyez que je vais me liquéfier devant vous comme un gamin pris la main dans le sac ?”

“Je ne suis pas venu vous arrêter, Solobek. Vous ne m’avez pas compris. Je suis venu vous dire que M. Kanaka sait. Et qu’en conséquence, il a jugé opportun de m’envoyer vous apporter cette enveloppe. Ne vous trompez pas, ce n’est pas une offre. Cela n’a rien à voir avec une offre. Les gens comme Kanaka ne font pas d’offres. Ils ne pensent pas comme nous. Pour moi qui la pose là, devant vous, cette enveloppe est incompréhensible. Jamais je ne ferais cela. Je sais faire avouer par d’autres moyens. Si cela ne tenait qu’à moi, nous serions dans une cellule tous les deux, et j’apprendrais à connaître les chemins de douleur de votre corps. Je le ferais avec patience et minutie. Je l’ai dit à Kanaka. Mais il a souri. Et peut-être a-t-il raison, d’ailleurs. Peut-être, dans son monde, cette enveloppe équivaut-elle aux coups que je pourrais vous donner. Je ne sais pas.

Je la pose là parce qu'il m'a demandé de le faire. Mais ce n'est pas une offre. Vous allez la prendre. Parce que c'est la seule chose que vous puissiez faire encore. Vous allez obéir. À partir de maintenant, vous avez un nouveau maître. Et cela, des types comme vous et moi, nous le comprenons. D'instinct. C'est comme un chien qui lèche la main qui lui lance le bâton. La main vient de changer, c'est tout. Le reste continue. Vous allez apprendre à prononcer le nom de Kanaka avec respect. Et vous allez lui dire tout ce qu'il veut que vous lui disiez. Vous allez le faire maintenant. C'est comme une façon de vérifier que vous comprenez bien la situation, rien de plus. Vous allez dire que c'est M. Barsok qui vous a ordonné de tuer Pamouk et Cuprack. Vous ne le direz pas parce que c'est la stricte vérité, cela fait longtemps que les types comme vous et moi avons perdu de vue ce qu'était la vérité et en quoi elle est précieuse ou pas, vous allez le dire parce que c'est le premier ordre que vous recevez de votre nouveau maître et que si vous n'obéissez pas à celui-là, il n'y en aura pas d'autres. Et alors votre monde s'effondrera. L'enveloppe n'est pas un cadeau, pas une largesse de M. Kanaka. C'est sa façon à lui de dire « viens ici ! » et elle est plus efficace que toutes celles que nous connaissons. Votre ancien maître a perdu. Votre chance, c'est qu'il ne le sait pas encore. C'est pour cela que vous êtes encore en vie et que vous avez encore la possibilité de répondre à mes questions et de saisir cette enveloppe, car dès qu'il le saura, il se débarrassera de vous. Vous êtes de ceux qui disparaissent, Solobek, lorsque les maîtres n'ont pas envie qu'on remonte jusqu'à eux. Vous êtes de ceux qui deviennent gênants, toxiques même, alors qu'ils n'ont pas cessé d'être loyaux. Et cela, vous le savez depuis bien longtemps. Vous avez tué. Vous ne pouvez pas dire que vous ne l'avez pas fait. Vous avez accepté l'ordre. Vous l'avez fait parce que vous étiez dans un camp et qu'il y avait une lutte à mort. Les spasmes du corps de Pamouk, c'est vous qui les avez contraints par la force de vos bras. Pas Barsok. Les suppliques de Cuprack que vous avez traînée par les cheveux parce qu'elle ne voulait pas mourir et qu'elle essayait encore de vous échapper, c'est vous qui les avez entendues et c'est vous qui avez décidé d'y être sourd. Le meurtre est sur vous. Cela ne vous impressionne pas, je le sais. Si on vous a demandé d'assassiner ces deux-là, c'est probablement que vous en aviez tué d'autres, que vous saviez faire ce genre de choses. Et, précisément, c'est bien cela que je sais de vous, que j'ai tout de suite reconnu : vous êtes mort depuis longtemps. Par tous ceux que vous avez tués. Vous êtes mort et c'est à ce titre que Barsok vous a fait venir à ses côtés. Les morts ont moins d'ambitions et de réticences que les vivants. J'en suis un, moi aussi. C'est pour cela que je vois en vous. Alors je m'approche encore un peu, regardez, et ne croyez pas que le moment de prendre une décision soit venu, qu'il vous reste encore quelques instants pour réfléchir, tout a déjà été décidé depuis bien longtemps, tout a été décidé depuis que Kanaka et Barsok ont choisi de briguer le même poste. Tout converge vers ce moment où j'appuie sur mon bracelet pour enregistrer ce que vous allez dire lorsque je vais me taire, regardez, je le fais, j'enregistre, à partir de maintenant, tout ce que je dis va directement sur le bureau de M. Kanaka, vous pouvez presque considérer qu'il est là, à mes côtés, je vous parle encore un peu pour vous laisser le temps de bien réaliser ce qui est en train de se jouer, vous devez en avoir conscience, et c'est pour cela aussi que je vous pose cette question : « Qui a tué Pamouk et Cuprack ? Et sur l'ordre de qui a été perpétré ce double assassinat ? » Je veux que vous compreniez que les mots que vous allez prononcer sont ceux d'une nouvelle alliance et qu'après eux, vous n'aurez plus qu'à sortir de ce bâtiment et me suivre pour aller prêter allégeance à votre nouveau maître. Je vois dans vos yeux que vous êtes prêt, que votre esprit a tout envisagé mais qu'il a fini par comprendre que vous n'êtes rien, que vous n'avez pas le choix parce que vos mains sont rouges de sang et que cela fait de vous un homme faible, laissant prise à tant de gens. Alors je vous écoute, Solobek, parce que le moment où je vais me taire approche, je vous écoute dire ce que vous avez à dire…"

Solobek laisse un temps le silence envahir la pièce. Puis il regarde Sparak droit dans les yeux et dit :

"Je m'appelle Zacharias Skyros, *alias* Solobek, et j'ai assassiné Malek Pamouk et Ira Cuprack sur les ordres de Golan Barsok."

35

DELPHES, DERNIERS ÉCHOS DU MONDE

C'était dans les semaines d'après la trahison. Tous ses camarades avaient été arrêtés les uns après les autres. Lui travaillait dorénavant pour les policiers mais ces derniers ne savaient plus très bien que faire de lui. À cette époque, un homme était arrivé à Athènes, mandaté par GoldTex pour coordonner le déplacement des populations. Sparak avait été chargé de lui faciliter la vie. Il devait le guider, lui trouver les contacts dont il avait besoin. Ce n'était pas prenant. L'homme restait parfois des après-midi entiers en réunion. Sparak pouvait se promener, flâner encore un peu dans cette ville qui allait bientôt disparaître. Il avait cherché Léna. À son domicile. Auprès de ses amies. Il avait retrouvé l'adresse d'une vieille tante. Mais rien. Personne ne savait où elle était. Elle avait disparu. La vieille tante, devant sa mine déconfite, lui avait dit qu'elle était peut-être retournée chez ses parents, dans un petit village près de Kalamata. Il avait appelé, cherché encore. Mais les parents visiblement n'habitaient plus à cette adresse. Personne ne savait quoi lui dire. Et puis quelque chose avait changé. Il devint un jour évident qu'il allait bientôt partir. L'homme pour qui il travaillait lui avait donné une Autorisation d'évacuation. Cela valait de l'or. C'était un beau cadeau – pour le remercier de sa disponibilité. Alors s'ouvrirent des jours étranges où il savait qu'il revoyait tout pour la dernière fois. Chaque boutique. Chaque carrefour. Le nom des rues, la couleur des bâtiments. Il essayait de tout enregistrer. Les commerçants de son quartier. Fardi, le tailleur égyptien qui venait d'avoir une petite fille, les deux sœurs Arkomatis, qui tenaient le bureau de tabac sur la place Anargiron. Chaque déambulation était un long salut silencieux. Il se jurait qu'il reviendrait au plus vite mais il savait bien que c'était faux.

Et puis, il y eut ce matin, au kiosque devant le musée archéologique. Il s'était levé tôt et buvait un café dans la douceur de l'air frais à la terrasse de chez Yagournis. Il n'y avait qu'un seul autre client. Un petit homme à la barbe et aux cheveux blancs, trapu, portant un vieux pantalon à la toile épaisse, bleue comme celle des pêcheurs. Il l'entendit dire adieu au patron et lorsqu'il passa, Zem lui demanda s'il quittait la Grèce.

"Non, répondit-il, je pars à Delphes."

La répartition territoriale avait déjà été décidée. On savait que la région de Delphes, comme toute la Grèce centrale et la Thessalie, avait été vendue à une firme de sous-traitance. Il n'y aurait plus rien là-bas. Plus aucune vie. Les populations devaient quitter la zone. Delphes ? La surprise de Zem arrêta le vieil homme. Il parla, alors, dans cette aurore silencieuse avec une voix douce qui n'avait pas d'âge.

"Ma mère était de Delphes. Quand j'étais petit, je retournais là-bas tous les étés. Je n'aimais pas y aller.

C'était trop loin de la mer. Un jour, mon grand-père a eu l'idée de me faire garder ses chèvres. Vous ne pouvez pas imaginer… Les heures que j'ai passées entre les temples, à suivre mes bêtes, les appeler, rester immobile parmi elles et sentir le vent monter de la vallée. D'année en année, je ne pouvais plus m'en passer. J'ai fait cela jusqu'à mes dix-huit ans. Et puis mon grand-père est mort. La propriété a été vendue. Les chèvres aussi, j'imagine. Mais aujourd'hui encore, après toutes ces années, si on me demandait ce que je suis, je répondrais sans hésiter : le gamin qui suivait son troupeau dans la montagne sacrée. C'est puissant là-bas. On sent l'invisible qui nous embrasse. Vous croyez qu'ils peuvent acheter ça ? Ou le détruire ? Vous croyez qu'on peut tuer le centre du monde et le cœur des mystères ? Les soirs d'été, lorsque le soleil décline doucement, c'est l'immortalité qui vous glisse sur la peau, là-bas. Aujourd'hui, je le sais, c'étaient les plus beaux moments de ma vie. Alors, c'est là que je vais. Et tant pis s'il n'y a plus rien. Chacun a le droit de finir où il veut. Peut-être restera-t-il quelque chose pour me saluer ? Le vent, au moins, me reconnaîtra. Il ne faut pas oublier Delphes. Ils pensent pouvoir acheter ce qu'ils veulent, tout détruire, tout salir. Mais il faut bien qu'un d'entre nous aille là-bas. Sinon, qui va prévenir Delphes de ce qui arrive au monde ? C'est un honneur de veiller sur la beauté immobile, un honneur de se laisser traverser par le temps. Rien ne nous appartient. C'est cela, au fond, que je suis : le gardien de ce qui ne nous appartient pas."

Et le vieil homme s'était éloigné en le saluant poliment de la main. Il était monté dans sa voiture et avait pris la route. Des années plus tard, il s'en souvenait encore et la question flottait en lui : “Qui se souviendra de Delphes ? Qui bénira du regard tout ce qui meurt chaque soir et renaît chaque matin ?”

36

GRAND TOURMENT

Est-ce qu'il est heureux ? Ressent-il la moindre satisfaction ? Il a mené son enquête jusqu'au bout mais a-t-il gagné ? Il a remonté la longue chaîne du crime, a fini par mettre un nom sur ceux qui ont voulu la mort de Pamouk et Cuprack, mais il ne peut s'empêcher de cracher par terre. Il sait que tout cela est sale. Il a déposé Solobek à l'adresse que lui avait donnée Kanaka : un petit appartement au pied de la butte Liberty, dans une rue calme et élégante du quartier Spada. Et il est parti. Il a été remercié par Kanaka qui lui a fait savoir qu'il avait d'ores et déjà donné des instructions pour que tous les soins médicaux dont aurait besoin Salia Malberg soient pris en charge. Il s'occupait de tout. Est-ce qu'il a vaincu ? Tout cela ne l'intéresse plus. Il ne veut pas savoir ce qu'il adviendra de cet homme aux mains de sang, ni de Kanaka aux calculs ambitieux. Il apprendra la fin de l'histoire par les journaux télévisés. Si Kanaka est élu à la Commission directoire, c'est qu'il aura réussi à faire place nette. C'est une sorte de justice. Il n'y en aura pas d'autre. Est-ce que cela suffira à venger Salia des outrages qu'ils lui ont fait subir ? Est-ce que cela rééquilibrera ce monde perdu où des corps sont éventrés dans des décharges publiques ? Il marche et ces questions restent sans réponse, continuant indéfiniment à tourner en lui.

En arrivant dans la rue de son immeuble, il est surpris de voir Mazdo et Solar accoudés à une voiture garée juste devant chez lui. Ils le saluent de loin, l'air un peu gêné.

"Il nous a demandé de le conduire chez toi, Zem…", dit Mazdo en baissant les yeux.

"C'est pas contre toi, ajoute Solar. Le sergent Solomos a insisté, on n'avait pas vraiment le choix…"

"De quoi vous parlez ?" demande Sparak.

"Le mieux serait que tu montes et que tu voies par toi-même."

Il monte les escaliers avec lenteur. Arrivé à son étage, il tombe sur Solomos qui attend dans le couloir. Étrangement, le patron ne lui dit pas un mot, fait juste un signe de la tête pour lui signifier d'entrer dans son appartement. Zem se dirige vers la porte. Une fois devant, il constate qu'elle est ouverte. Il pénètre chez lui. Le silence règne. Il enjambe les packs de lait qui traînent toujours dans le couloir et arrive au salon.

Barsok est là, assis sur le canapé.

"Vous ne m'en voulez pas de cette intrusion ?" demande-t-il sans que ce soit véritablement une question.

Sparak ne répond rien. Il enlève lentement son manteau qu'il dépose sur une chaise.

"Qu'est-ce que vous voulez ?"

Barsok soupire, comme s'il avait besoin de prendre son souffle avant de se lancer.

"Est-ce que vous pensez que je suis un meilleur candidat que Kanaka, Sparak ?"

"Je ne crois pas que ce soit le problème."

"Vous vous trompez. C'est exactement le problème. Parce que c'est ce qui donne du sens à tout le reste. Vous ne croyez pas qu'il serait bon, salutaire même, pour les habitants de la zone 3 qu'un type comme moi siège à la Commission directoire ?"

"Qu'est-ce que vous êtes en train de me dire ? l'interrompt Sparak. Que la fin justifie les moyens ?"

"En quelque sorte, oui. Disons plutôt que vous ne pouvez pas faire comme s'il n'y avait pas de fin."

"Je ne comprends pas."

"Je ne suis pas fier de ce qui s'est passé. Je vous assure. Vous pouvez refuser de me croire mais je n'ai pas voulu tout cela."

"Qu'est-ce que ça change que vous l'ayez voulu ou non ? Qu'est-ce que ça change que vous ayez donné l'ordre explicite à Solobek de tuer Pamouk et Cuprack ou que vous ayez simplement évoqué devant lui cette possibilité en espérant qu'il s'en saisisse ? Ils sont morts. Et c'est pour vous qu'on les a tués."

"Vous avez raison. Les gens autour de moi font des choses pour m'être agréable, pour être récompensés, ou pour que je ne puisse plus me passer d'eux. Est-ce que ces meurtres m'ont arrangé ? Vous voulez que je vous dise la vérité ? Si cela avait marché, si cela avait obligé Kanaka à retirer sa candidature, je n'aurais aucun regret. Est-ce qu'on reproche à un général qui a gagné les morts qui ont permis sa victoire ?"

“Vous oubliez que nous ne sommes pas en guerre.”

“Vous le croyez vraiment ?”

Zem le regarde avec une curiosité qui le dégoûte lui-même, mais il doit bien avouer que le calme de Barsok le fascine.

“Vous vous trompez et vous le savez, reprend le chef de la Commission sécurité. Parce que vous êtes d’accord avec moi lorsque je dis que la zone 3 est écrasée et humiliée. Appelez cela « oppression » si le mot « guerre » vous fait peur, mais admettez qu’il y a des vaincus. Chaque jour. Et que ce sont toujours les mêmes.”

Sparak se lève, va chercher un ouvre-bouteille dans la cuisine et décapsule deux bières. Il en dépose une sur la table basse devant son invité puis il avale une première gorgée tout en restant debout.

“Qu’est-ce que vous voulez ?” demande-t-il.

“Ce que je veux ? Écoutez-moi : il y a deux solutions. La première, c’est que le revirement de Solobek m’empêche de gagner les élections à venir. Ce sera contrariant mais je m’en remettrai. La seconde, c’est que cela marque la fin définitive de ma carrière. À l’heure actuelle, c’est Solobek qui peut choisir, ça dépend de s’il parle ou pas. Et je n’aime pas savoir mon destin entre ses mains. Alors voilà : je suis prêt à renoncer à gagner contre Kanaka cette fois-ci mais pas à m’effacer face à ces salauds qui nous écrasent inlassablement. Il est temps que ça change. Et je suis le seul à pouvoir espérer faire bouger les lignes. Vous me regardez avec dégoût parce que vous auriez aimé qu’un candidat comme moi ait les mains propres ? Savez-vous de quelle couleur sont celles de Kanaka ? Avez-vous fouillé dans son histoire pour savoir combien d’hommes et de femmes il a brisés ? Pourquoi exigez-vous de moi une propreté qu'il n'a pas ?"

"Je ne vois pas ce que vous attendez de moi ? L'absolution ?"

"Non, Sparak. Ne vous vexez pas mais je me moque infiniment de ce que vous pensez de moi. Je suis venu vous recruter. Je vous avais dit que nous finirions par travailler ensemble. Le moment est venu."

Sparak est sur le point de lui demander s'il plaisante, mais il ne le fait pas. Il sait que si un homme comme lui parle ainsi, c'est qu'il a des cartes en main, et la peur commence à le gagner.

"Vous savez, Sparak, reprend le candidat, il y a quelque chose que je reconnais en vous et c'est ce que je suis venu nourrir."

"De quoi parlez-vous ?"

"De la vengeance."

À cet instant, Barsok pose sur la table basse, devant lui, avec un geste lent, un dossier.

"Je suis l'élu de la Commission sécurité. J'ai accès à beaucoup de fichiers, comme vous pouvez l'imaginer. Le monde entier est dans mes dossiers. Je suis sûr que cela vous intéressera. Je vais vous laisser. Et vous verrez. Vous êtes le seul à pouvoir atteindre Solobek et à pouvoir le faire taire. Vous ne le ferez pas pour moi, vous ne le ferez pas au nom de ces luttes qui ne vous intéressent pas, mais vous le ferez parce que les fantômes qui hurlent en vous vont l'exiger."

Une fois prononcée cette dernière phrase, il se lève, ajuste le bouton de son manteau et sort, laissant derrière lui Sparak tétanisé.

Alors commence son grand tourment. Sparak s'assoit, ouvre le dossier laissé sur la table et s'y plonge. Au début, il n'arrive pas à lire. Tout est trouble. Il sent son cœur qui s'emballe. Il essaie de respirer calmement, revient, se concentre de nouveau. Il saisit les feuilles les unes après les autres. C'est un mélange disparate contenant de vieux documents archivés, des photos de filature, des comptes rendus de réunions ou d'interrogatoires. Il y a toute son histoire, toute l'histoire de l'OPA sur la Grèce. Des fiches de surveillance des manifestations. Des rapports. Son nom revient plusieurs fois. Il a été entouré au stylo. Est-ce par Barsok ou par la personne qui a écrit le dossier à l'époque ? Il y a tout ce qui explique le système des supplétifs. En plongeant dans la lecture des documents, il apprend que chaque officier recruteur devait retourner une dizaine de jeunes militants. Qu'à chaque numéro de recruteur correspond une série arithmétique. Avec son numéro 51, il appartient donc à la série de ceux qui ont été retournés par l'officier au matricule 5, comme les supplétifs 52, 53, 54, etc. Il fouille dans les pages, avec une fièvre nouvelle et il tombe enfin sur la fiche de l'officier 5. Et alors vient la haine. Skyros. Zacharias Skyros. Militant grec dans le même mouvement clandestin que lui, mais recruté dès le début des troubles. Un traître. Un vrai. Qui a vendu ses camarades pour de l'argent. C'est lui qui l'a donné. Il ne se souvient pas de l'avoir croisé. Ce nom, "Skyros", ne lui dit rien, mais qu'est-ce que cela change ? Il suffit qu'il ait été au-dessus de lui dans l'organigramme du mouvement, qu'il ait donné son nom comme on donne une liste. Si Skyros sait qui il est, il a dû bien sourire : le même Sparakos, arrêté des années plus tôt sur ses conseils, qui le raccompagne pour le mettre en sécurité dans un joli appartement au pied de la butte Liberty. C'est lui qui a détruit sa vie. Skyros s'est offert un avenir chez GoldTex en vendant un à un les membres de son réseau. La fiche est catégorique : Sparakos a bien été arrêté sur dénonciation du matricule 5. Zacharias Skyros.

Sparak repose le dossier sur la table basse. Il veut du temps pour replonger dans cette époque lointaine, pour reconvoquer en son esprit les visages de ses amis, le détail de cette nuit où il dormait dans un squat lorsque les flics sont venus les cueillir au petit matin, le corps de ses camarades exécutés les uns après les autres. Qui décidait de ceux qui devaient mourir et de ceux qui pouvaient être retournés ? Qu'est-ce qui en lui a pu donner l'impression qu'il était approchable ? Il repense à tout cela. Ils avaient raison. Il était approchable. C'est peut-être cela qui le torture le plus. Il n'a pas dit non. Il ne s'est pas défenestré dans le petit bureau où on l'interrogeait, à la faveur d'un moment d'inattention de ses gardiens. Il a dit oui pour sauver Léna. Et ensuite, il a vécu. Alors que là encore il aurait pu se laisser mourir. Arriver chez GoldTex et se détruire à coups de drogues, d'alcool ou de bagarres de nuit. Non, il s'est trouvé un trou dans la zone 3 et il a travaillé pour eux. Est-ce qu'ils avaient vu tout cela ? Est-ce que c'est Skyros lui-même qui a recommandé qu'on le garde ? Il repense à ses camarades. S'ils le voyaient aujourd'hui, devenu cet homme solitaire et usé, que penseraient-ils ? Les souvenirs remontent et la colère avec eux. Le sourire de Léna emplit son esprit. Il cherche désespérément à réentendre sa voix mais elle ne vient pas, se refuse à lui. Léna, saccagée, probablement, par ceux-là mêmes qui l'ont arrêté lui. Il y a pensé souvent. Pendant toutes ces années, il a cherché à envisager toutes les possibilités et il revenait toujours à cette triste certitude : il n'y a aucune raison pour qu'ils l'aient laissée en paix. Lui ne l'aurait pas fait. Il le sait bien depuis qu'il travaille dans la police : il faut dire à celui qu'on interroge ce qu'il veut entendre. Ils lui ont promis qu'ils ne l'arrêteraient pas mais c'était une sorte de pas de danse sournois. Tout le monde sait qu'aucune promesse ne sera tenue, qu'aucun avenir ne sera meilleur, qu'il n'est question que de la façon dont on va céder, et finalement, il doit bien se l'avouer : obtenir la promesse qu'ils ne toucheraient pas à Léna n'était que sa façon à lui de céder. Ils ont dit oui. Ils ont souri. Ils lui ont laissé croire que tout cela se passerait selon ses vœux, alors il a parlé. Dans la minute qui a suivi, probablement, ils ont procédé à son arrestation. C'est ce qu'il aurait fait, lui. Il sait bien qu'il s'est menti durant toutes ces années. Il n'a sauvé personne. Il a trahi et c'est tout. Comme tous ceux qu'on interroge pendant des heures et qu'on finit par tenir, d'une façon ou d'une autre. Pas par les points faibles sur lesquels on pourra les faire chanter mais par l'espérance qui est encore en eux. À cette époque, Sparak en avait encore, de l'espérance, et elle s'appelait Léna. Ils ont compris cela et tout le reste a été facile. Il repense à ces heures, il laisse le dégoût de lui-même monter. Il se tend. Il a envie de frapper. Il sait que c'est bien, que c'est de cela qu'il va avoir besoin : frapper de toutes ses forces, et le faire sans pitié.

37

VIEUX SANG

"À genoux !"

"C'est Kanaka qui t'envoie ?"

"À genoux, je t'ai dit."

Il frappe Skyros sur le haut du crâne, avec le manche du pistolet qu'il a brandi dès que ce dernier a ouvert la porte de son appartement. Il ne s'est pas méfié. Il pensait que Sparak venait lui apporter un message de son nouvel employeur. Skyros, surpris par la rapidité du coup, tombe en avant sur les genoux, en se tenant la tête à deux mains. La douleur lui a coupé le souffle et le sang maintenant coule entre ses cheveux.

"Qu'est-ce que tu veux ?" demande-t-il, soucieux d'établir un dialogue et de calmer son agresseur.

"Rien. Rien que tu pourrais me donner. Je suis venu prendre, aujourd'hui."

"Tu vas me tuer, c'est ça ? Pour venger Pamouk et Cuprack que tu ne connaissais même pas ?"

"Non, répond Sparak en armant son pistolet et en le pointant sur la tête de Skyros. Au nom d'Athènes et de ma jeunesse. Il est temps que tu paies, Skyros, pour tous ceux que tu as balancés."

Skyros lève la tête. Il a l'air surpris par les mots de Sparak.

"C'est Barsok qui t'a dit ça ?... Il t'utilise, tu ne vois pas ? Ça l'arrange de m'éliminer."

Sparak prend son temps et avec une voix sourde, lente, il dit :

"Tu te souviens d'Héraclès Mourikos ? De Georges Perifomi ? D'Artémis Partouros ? Tu te souviens de Yannis Eufrenio ? De Maria Agopoulos ?" Et il continue ainsi la longue liste de tous ceux qui étaient ses amis. Tous ceux qu'il n'a plus jamais revus. Plus il égrène leurs noms, plus sa colère devient dure. Il sent sa main ferme, son souffle, calme. C'est comme une sentence froide et sûre d'elle-même qui nécessite, avant de tomber, de récapituler la longue liste des chefs d'accusation. Skyros sait qu'il ne sert à rien de louvoyer. Il finit par regarder Sparak droit dans les yeux avec un air nouveau, non plus pour le supplier, pour lui enjoindre de trouver un compromis, mais pour le confronter avec force.

"Tu veux la vérité, Sparak ?... dit-il. Non. Je ne me souviens pas. Tous ceux dont tu viens de dire les noms, tu sais quoi ? Je les ai oubliés. Ils sont trop nombreux. J'en ai fait tomber tellement qu'à la fin, ce n'étaient plus que des noms sur des listes. Ils ne m'ont jamais empêché de dormir. Jamais hanté. Tu entends ça, Sparak ? Ça te déçoit, je suis sûr. Tu aurais préféré m'imaginer harcelé par les tourments ? Eh bien non. Tandis que toi... Tu vas tirer... Et ensuite ? Laisse-moi te dire ce qui se passera. Tu n'en dormiras plus. Tu sais pourquoi ? Parce qu'en me tuant tu engloutis le monde auquel on appartient tous les deux. On n'est plus beaucoup, Sparak. À qui est-ce que ça dit encore quelque chose, la Grèce ? Tu vas me tuer, et ça en fera encore un de moins qui sait que ça a existé. Alors tu seras tout seul avec tes souvenirs et tu ne sauras plus quoi faire… Tu auras des questions, des milliers de questions qui viendront te bouffer la nuit, et même le jour, des questions auxquelles je pourrais peut-être répondre, moi, parce que, que tu le veuilles ou non, on fait partie de la même histoire. On ne l'a pas vécue du même côté, mais j'ai des réponses à tout ce qui va te brûler le crâne, alors tu devrais réfléchir à quoi tu te condamnes, Sparak, tu devrais…"

Un coup de feu fracasse l'air et fait exploser, en une fraction de seconde, et la phrase de Skyros et son crâne.

Il a tué.

Le silence, dans la pièce, le surprend. Il est calme. Il regarde le corps à ses pieds. Toute cette enquête pour aboutir au meurtre… Le jour où il avait trouvé le corps de Pamouk, il avait pensé que le chemin qui s'ouvrait devant lui était celui de la recherche de la vérité, mais il s'était trompé : ce qui s'était ouvert en ce jour, c'était le long chemin qui allait le mener au crime. D'un sang à l'autre. Il n'a pas allégé le monde. Il a fait comme les autres : il a tué. Et il est surpris de voir que ses mains ne tremblent pas, que son esprit n'est pas agité de mille idées, de mille sensations, qu'il se sent calme et froid. Il n'y a pas de regret en lui. Il regarde le corps à ses pieds, dans cet appartement cossu. Il regarde cette masse informe qui se défait de sa chaleur, qui n'aura plus jamais de voix, d'odeur, ne fera plus jamais naître de désir ou de peur et il se dit que tout a contribué à l'amener à ce point-là. Depuis que la borne centrale l'a verrouillé avec Salia jusqu'à maintenant, tout n'a été qu'un long chemin vers le sang. Alors, dans une sorte de bravade, il tire à nouveau. Que le vieux sang coule comme il a toujours coulé, en sacrifice ou en carnage. Le vieux sang qu'il a dans les veines, que Skyros avait dans les veines, qui vient de loin et les relie à une terre qui n'existe plus. Il tire. Trois coups dans le corps à ses pieds. Comme pour défier le destin qui s'est amusé avec lui et affirmer qu'il n'a plus peur, qu'il n'espère plus se préserver de quoi que ce soit, que cela fait bien longtemps que tout, en lui, a été sali. Il tire pour insulter le sort qui a violenté Salia, qui s'est moqué d'eux en leur faisant croire qu'une histoire était en train de naître puis qui a tout détruit. Il tire pour dire qu'il se souviendra jusqu'à son dernier souffle de la Grèce, qu'il ne pardonne rien et que cette violence, au fond, il la chérit car c'est la seule chose qu'il lui reste du jeune homme qu'ils ont brisé dans les rues d'Athènes. Il tire pour dire qu'il sera grec, jusqu'à sa mort.

38

DOSSIER 5

Il y a des remerciements qui sont comme des brûlures. Il aurait dû se douter que Barsok n'était pas un homme gentil, qu'il ne lui serait pas reconnaissant de lui avoir enlevé cette épine du pied ou que – du moins – sa reconnaissance serait étrange et prendrait la forme d'une blessure. Il aurait dû se douter que les hommes comme Barsok n'aiment pas être redevables.

Lorsqu'il rentre chez lui, il trouve sur la table du salon une enveloppe déposée sur laquelle Barsok a écrit : “Je vous dois bien la fin de l'histoire…” En ouvrant l'enveloppe, il sent la morsure venir. Il sort le dossier qui est à l'intérieur. C'est une mince chemise en carton contenant un document d'archive composé de deux feuillets agrafés l'un à l'autre. Il devine qu'il va souffrir, il devine qu'il ne devrait pas regarder ce papier mais, à cet instant, il est impossible de ne pas le faire. Tout l'appelle. Alors, il le parcourt des yeux, vite, d'abord, pour essayer d'en saisir le contenu. C'est un document de la police de GoldTex qui date de l'occupation de la Grèce. Il lit plus attentivement. Léna Farakis. Le nom est inscrit en haut. Il cherche un titre, un libellé. Il tombe alors sur la mention : Arrestation. Ses yeux se troublent. Son esprit s'échauffe. Il regarde la date et ce qu'il craignait instinctivement lui apparaît. Elle a été arrêtée quelques jours avant lui. Ce n'est pas possible. Il regarde à nouveau. Tout est écrit, avec ce vocabulaire d'administration si particulier. Arrestation. Mise au dépôt. Interrogatoire. Remise en liberté. Elle était déjà en prison lorsqu'ils l'ont arrêté, lui. Il tremble. Repense à ses bourreaux. "Léna Farakis, tu connais ?" Il se souvient de leur sourire. Du deal qu'ils avaient ensuite proposé : donner les noms de ses camarades moyennant quoi ils ne la toucheraient pas. Il avait parlé mais il l'avait fait pour préserver Léna. C'est à cela qu'il s'était accroché. L'idée qu'elle avait échappé à leurs mâchoires, et que c'était son cadeau à lui, rachetait ses fautes, sa laideur, sa capitulation. Le document qu'il a sous les yeux lui dit que tout cela était faux. Elle avait déjà été arrêtée. Ils avaient dû rire, les interrogateurs, une fois sortis de la cellule. Rire en rejouant la scène, en l'imitant avec son côté ridicule lorsqu'il disait : "Promettez-moi de ne pas vous en prendre à elle." Ils avaient dû se taper sur le ventre et peut-être même étaient-ils allés dans sa cellule à elle pour lui raconter et rire encore plus fort. Il avait donné les noms de son réseau pour la liberté de Léna mais tout était pipé d'avance. Alors il ne peut plus empêcher les images d'envahir son esprit : celles de Léna à la robe déchirée, au visage tuméfié, Léna qui devait trembler de peur, se pissant dessus sur la chaise où ils l'avaient ligotée. Il ne peut pas s'empêcher de la voir, avec cette table en fer-blanc sur laquelle ils l'avaient peut-être violée à plusieurs après un interrogatoire. Ce sont des choses qui se faisaient dans les hangars du Pirée, à cette époque. Et elle, dents serrées, à vouloir mourir plutôt que de vivre cela.

Il tourne alors la première feuille et poursuit sa lecture. Il reconnaît tout de suite le formulaire de la seconde page. C'est le même que celui du dossier Skyros. Le même également que son propre dossier. C'est un document rempli au moment de l'arrivée à GoldTex. Léna Farakis. Recrutée en Grèce. Admise pour service rendu en tant que supplétive. Et un numéro, là, juste après le nom : Supplétif 50. Il reste bouche bée, assis sur son canapé, avec les deux feuillets qu'il a reposés sur la table basse. Supplétif 50. Il avait toujours pensé qu'il avait été le premier à trahir. La lecture de son dossier personnel lui avait confirmé qu'il avait été le supplétif 51 du recruteur Skyros. Il en avait déduit qu'il avait bien été le premier à avoir parlé. Mais il découvre maintenant que le compte commençait à 0. Il y avait quelqu'un avant lui et c'était Léna. L'idée s'invite en lui. Est-ce elle qui a donné son nom ? "Toutes les questions viendront tourner en toi…" Skyros disait vrai, elles sont là. Elles se pressent. Il ne va pas pouvoir les chasser ni les faire taire. Elles se multiplient à l'infini : est-ce que c'est elle qui l'a donné ? Est-ce que cela veut dire qu'elle est vivante ? Que, comme lui, elle est venue ici, a trouvé un poste dans la police de la zone 2 ? Est-ce qu'elle a fait le même trajet de la trahison, le même voyage de renoncement à ce en quoi ils croyaient ? Sait-elle qu'il est en vie ? A-t-elle cherché à le retrouver ? Il sent que les questions dorénavant ne le laisseront plus en paix. La voix de Skyros résonne en son esprit. "En me tuant, tu détruis ce qu'il reste de notre pays..." Il avait raison. Il savait, lui, sûrement, ce qu'était devenue Léna Farakis et si elle vivait encore. Il savait ce qu'elle avait fait, si elle était une pauvre déracinée, à jamais enlisée dans ses souvenirs de Grèce, ou la plus déterminée des supplétives, ayant fait carrière, côtoyant peut-être, elle aussi, les puissants... Léna Farakis... Ce nom résonne et cogne dans sa tête. C'est celui de son plus grand amour. Il la revoit, avec sa robe noire à bretelles au marché Varvakios. Son rire de soleil, sa voix rauque qui l'appelait comme par plaisir de simplement prononcer son nom. Il se souvient des heures heureuses, lorsqu'ils étaient au lit, dans le quartier de Psyri, fenêtre ouverte sur un après-midi d'amour, et il ne sait plus si tout cela a véritablement existé. Supplétif 50. Il regarde une dernière fois le dossier envoyé par Barsok puis, avec lenteur, se lève et sort de chez lui. Il sent qu'il ne va pas chercher à la retrouver. Il n'a plus cette force. C'est trop tard. Cette nouvelle, au lieu de l'intriguer, fait tout déborder et précipite sa fin, comme si le monde entier avait décidé de le pousser dans le vide et de sourire en le regardant tomber.

39

DONNE-MOI TOUT

“À cette heure-ci, il n’y a plus de visites, monsieur.”

“Ce n’est pas une visite.”

“Je ne peux pas vous laisser entrer.”

“Je viens la chercher. J’ai tous les papiers. L’autorisation. La tutelle médicale. Vous pouvez regarder. C’est signé directement par M. Kanaka, élu de la Commission santé. Je monte, je la prends, je redescends. Tout est en règle. Je signe toutes les décharges que vous voulez. Je ne repartirai pas sans elle. Ouvrez-moi !”

Quelque chose, dans son regard, doit être effrayant à cet instant. L’infirmière de garde hésite, puis cède. La porte s’ouvre puis toutes les autres ensuite : celle qui mène au grand hall, celle de l’ascenseur, celle de la chambre, enfin. Toutes les portes s’ouvrent et le laissent passer.

Elle ne dort pas. Elle est assise sur le bord du lit, comme si elle l’attendait depuis longtemps. Lorsqu’il entre, elle lui sourit – signe qu’il est encore en ce monde quelqu’un pour le reconnaître. Il lui tend la main et elle se lève, avec un air décidé qui le bouleverse, comme si elle avait toujours attendu de pouvoir quitter cette chambre d'hôpital.

Arrivé dans son appartement, il pousse les affaires qui traînent au sol et la fait s'asseoir devant lui, sur le canapé. Salia ne dit rien. Elle le fixe avec intensité. Comme si elle voulait deviner ses intentions à travers ses gestes. Il lui demande si elle veut boire quelque chose. Elle fait oui de la tête. Elle va mieux. Son regard est à nouveau habité. Elle se fait comprendre par gestes. Il n'y a que la parole, encore, qui reste engluée dans le torrent d'insultes et de déjections. Il faudra du temps. Mais elle va remonter la pente. Les médecins le lui ont dit. Ses lèvres remuent encore, et il entend des mots, glissés à voix basse, "brûlure… brûlure… ça saigne, pisse…" Elle arrive de mieux en mieux à contrôler ce qui jaillit hors d'elle. Bientôt, ce ne sera plus qu'un mot de temps en temps, "Souillure… giclée… la truie…" mais elle pourra retravailler. Tout son corps lutte pour cela, avec une volonté farouche. Il est content. Il lui semble, en la regardant, qu'une chose au moins aura été sauvée du saccage.

Il va chercher de quoi boire dans le réfrigérateur. Lorsqu'il revient, elle n'est plus là. Elle s'est levée et est partie sur la terrasse. La porte-fenêtre est encore ouverte. L'air doux du dehors entre dans la pièce. Il s'approche et la rejoint. Elle ne sursaute pas lorsqu'il s'accoude à ses côtés. Elle fixe la rue, en bas, et les gens qui vont et viennent. À gauche, au coin, on aperçoit un petit bout de la place des Feux. Il la regarde. Ses lèvres bougent, comme toujours, mais il y a quelque chose de plus calme en elle. Elle se tourne vers lui et prononce ce mot avec concentration : “Donne… Donne… tout ce que… tu portes.” La rue des Myrtes, en contrebas, est baignée d’une belle lumière de fin de journée qui apaise les contours. “Donne…” Il lève les yeux sur elle et il est alors comme absorbé par son regard. Il est vu. Pour la première fois depuis qu’il a quitté la Grèce, quelqu’un le considère et pourra dire qu’il a été. Cela change tout. Il n’est plus celui qui compte les morts, les ombres, les oubliés, il n’est plus le témoin d’un monde englouti. Salia est là qui le regarde. Alors il lui semble que c’est possible. Qu’il va pouvoir se débarrasser de sa fatigue, de tous ces mondes du passé qui pèsent sur son esprit et le rendent si étranger à tout ce qui l’entoure. Doucement, avec délicatesse, il pose son front sur le sien. Ils ne s’embrassent pas. Ce n’est pas un baiser. Il n’y a pas d’amour entre eux mais la certitude d’un apaisement partagé. Ses lèvres à elle se ferment et ne bougent plus – signe que pour quelques minutes, elle n’est plus traversée par le fleuve d’immondices, ou, en tout cas, qu’elle est parvenue à le faire taire. Alors il sait qu’il a trouvé quelqu’un à qui tout donner, d’une âme à l’autre, et il le fait. Il lui ouvre ses milliers de souvenirs et elle les prend. “Donne tout ce que tu portes.” Il ne peut plus continuer ainsi. Il est depuis trop longtemps gardien du passé. Il est temps que cela cesse. D’une âme à l’autre. Tout passe. Il lui donne la Grèce et ses nuits plus grandes que le ciel, le calme de la mer qui vient lécher les chaises sur des plages silencieuses. Il lui donne le brouhaha des manifestations, toute cette rage qu’il a connue, qui l’entourait, qu’il a vénérée comme si c'était la seule force qui permettait de faire tourner le monde. Il lui donne Léna et ses compagnons trahis un par un, et elle prend. Dans ces secondes d'immobilité où son fracas intérieur est suspendu, elle prend tout : l'arrivée dans cette zone de misère après les Grandes Émeutes, les centaines d'enquêtes pour des petits larcins minables, les corps ensanglantés, ceux qui pleurent sur ce qu'ils ont perdu, le sang de Pamouk et celui d'Ira. Elle prend le vieux meurtre qui rôdera toujours, tant que l'homme aura faim. Il a vu passer tant de vies qui ne sont plus rien aujourd'hui. Il lui confie tout cela, sa traîtrise, ses nuits de remords, toutes ces tortures lentes, il lui donne les collines d'Argos de son enfance, et le vent du cap Sounion, toutes ces couleurs qu'elle ne connaîtra jamais, la clarté du ciel lavé par un vent puissant. Il lui donne les secondes horrifiées lorsque l'avenue VIII s'effondre sur les bidonvilles, et les vies qui disparaissent en une seconde, tous ces gens dont on ne saura plus rien. Il lui donne cela et le reste. Il veut être débarrassé de tout ce qui l'encombre. Et elle prend tout, d'une âme à l'autre, parce que sa phrase d'ordures s'est tue et qu'elle peut à nouveau prendre soin de ceux qui l'entourent. Elle prend et ferme les yeux pour que résonne en elle ce nouveau maelström d'images, de sons, de sensations et lorsque, quelques minutes plus tard, il quitte l'appartement, descend l'escalier, marche dans la rue en direction de la place des Feux pour se fondre dans la foule et disparaître, il sait qu'elle est là, qu'elle va le regarder jusqu'au bout, du haut de la terrasse, et cela le console. Tout, dorénavant, peut finir.

40

ITHAQUE

Il s'enfonce dans les ruelles de RedQ. Il est prêt pour ce qui vient. Il a hâte. Plus rien ne l'encombre et le regard qu'il pose sur ce qui l'entoure est dépouillé du souvenir de tout ce qu'il a fait préalablement en ces lieux. Cela fait si longtemps qu'il n'a pas ressenti une telle légèreté.

Lorsqu'il pousse la porte du Dreamshop, Miki l'accueille de son sempiternel :

"Ça fait longtemps que vous n'étiez pas venu me voir…"

Et comme Sparak ne répond rien, il lui demande :

"Qu'est-ce que je vous propose ?"

"Comme d'habitude", dit Sparak d'une voix calme.

"Vous êtes un nostalgique, inspecteur…", lance, triomphant, Miki, comme si avoir percé ce secret intime créait entre eux une proximité qui pouvait s'apparenter à de l'amitié. Et il dépose sur le comptoir deux pilules d'Okios. Zem marque un temps, puis sort une liasse de billets qu'il place devant lui en ajoutant :

"Mets-en un peu plus, Miki."

Le patron a l'air surpris. Il regarde la liasse, essaie d'évaluer la somme, puis commence à compter les pilules qu'il aligne.

"Six… sept… huit… J'en ajoute combien ?"

"Dix", répond laconiquement Zem.

"Une petite soirée entre amis ? lance alors Miki en rigolant. Je vois que vous commencez à comprendre tout ce qu'on peut faire avec ces petites merveilles", et le clin d'œil qui suit a quelque chose de sale, comme une connivence de vestiaire.

Une fois dans la salle, Sparak prend deux pilules et s'allonge en ajustant les émetteurs. Il sent tout de suite que quelque chose a changé : il n'y aura plus de parasitage. Le monde de ses souvenirs, de ses craintes et de ses blessures va rester en dehors de sa vision. Et il le sait : il va retrouver l'intensité des premières fois. Avant que son corps ne se relâche complètement, il ouvre le petit sachet que lui a donné Miki et avale les huit pilules supplémentaires. Tout s'efface. Athènes apparaît comme au premier jour. Il est parfaitement calme. C'est ici que tout doit finir. Il ne reste que cette ville qui s'offre à ses yeux et dans laquelle il marche à nouveau. C'était avant que la Grèce ne meure, avant qu'il ne trahisse les siens, avant qu'il ne se remplisse de toutes ces vies brisées. Il est chez lui et il sait qu'il peut mourir, puisque après une longue errance qui l'a contraint à traverser des mondes violents, il est enfin de retour.

TABLE

1. Dernières visions du port 11
2. Le serment 17
3. L'île-guichet 29
4. Bon chien 33
5. La trahison de Gazynski 45
6. Check-point 49
7. Et les morts auront un nom 61
8. Barsok 69
9. La voyante 77
10. Les Grandes Émeutes 85
11. Vision-chimère 91
12. Le greffé 101
13. Le goût de la Grèce 107
14. Premier opposant 113
15. L'altercation 117
16. Kanaka 123
17. LOve Day 133
18. Le tombeau Seznec 143
19. Pauvres traces de vie 151
20. Outrages 157
21. Furie 163
22. Lumières déchets 173
23. Les héros 183

24. *RealTest* 187
25. Le dôme 199
26. Le vieux Tobo 203
27. Une seule zone pour une seule ville 209
28. Skyros 217
29. Place des Feux 225
30. Bastonnade 229
31. Déverrouillé 237
32. Jusqu'au bout 243
33. Panotis 249
34. L'aveu 255
35. Delphes, derniers échos du monde 263
36. Grand tourment 267
37. Vieux sang 275
38. Dossier 5 279
39. Donne-moi tout 283
40. Ithaque 287

DU MÊME AUTEUR

Romans

CRIS, Actes Sud, 2001 ; “Les Inépuisables”, 2014 ; “Les Ateliers d’Actes Sud”, 2021 ; Babel n° 613.

LA MORT DU ROI TSONGOR (prix Goncourt des lycéens, prix des Libraires), Actes Sud, 2002 ; “Les Ateliers d’Actes Sud”, 2023 ; Babel n° 667.

LE SOLEIL DES SCORTA (prix Goncourt), Actes Sud, 2004 ; Babel n° 734.

ELDORADO, Actes Sud, 2006 ; “Les Ateliers d’Actes Sud”, 2021 ; Babel n° 842.

LA PORTE DES ENFERS, Actes Sud, 2008 ; Babel n° 1015.

OURAGAN, Actes Sud, 2010 ; Babel n° 1124.

POUR SEUL CORTÈGE, Actes Sud, 2012 ; Babel n° 1260.

DANSER LES OMBRES, Actes Sud, 2015 ; Babel n° 1401.

ÉCOUTEZ NOS DÉFAITES, Actes Sud, 2016 ; Babel n° 1560.

SALINA. LES TROIS EXILS (grand prix du Roman métis, prix du Roman métis des lecteurs), Actes Sud, 2018 ; Actes Sud audio (lu par Guillaume Gallienne), 2019 ; “Les Ateliers d’Actes Sud”, 2022 ; Babel n° 1712.

CHIEN 51 (prix des Écrivains du Sud, roman français préféré des libraires du palmarès *Livres Hebdo*, prix Imaginales des bibliothécaires), Actes Sud, 2022 ; Actes Sud audio (lu par Jacques Bonnaffé, prix du livre audio France Culture/Lire dans le noir), 2022 ; Babel n° 1958.

Théâtre

ONYSOS LE FURIEUX, Théâtre ouvert, 1997 ; Actes Sud-Papiers, 2000 ; Babel n° 1287.

PLUIE DE CENDRES, Théâtre ouvert, 1998 ; Actes Sud-Papiers, 2001.

COMBATS DE POSSÉDÉS, Actes Sud-Papiers, 1999.

CENDRES SUR LES MAINS, Actes Sud-Papiers, 2002 ; Babel n° 1547.

LE TIGRE BLEU DE L'EUPHRATE, Actes Sud-Papiers, 2002 ; Babel n° 1287.
SALINA, Actes Sud-Papiers, 2003.
MÉDÉE KALI, Actes Sud-Papiers, 2003 ; Babel n° 1621 (prix *Transfuge* du meilleur livre de poche).
LES SACRIFIÉES, Actes Sud-Papiers, 2004.
SOFIA DOULEUR, Actes Sud-Papiers, 2008 ; Babel n° 1547.
SODOME, MA DOUCE, Actes Sud-Papiers, 2009 ; Babel n° 1621 (prix *Transfuge* du meilleur livre de poche).
MILLE ORPHELINS suivi de *LES ENFANTS FLEUVE*, Actes Sud-Papiers, 2011.
CAILLASSES, Actes Sud-Papiers, 2012.
DARAL SHAGA suivi de *MAUDITS LES INNOCENTS*, Actes Sud-Papiers, 2014.
DANSE, MOROB, Actes Sud-Papiers, 2016.
ET LES COLOSSES TOMBERONT, Actes Sud-Papiers, 2018.
LA DERNIÈRE NUIT DU MONDE, Actes Sud-Papiers, 2021.
GRAND MENTEUR, Actes Sud-Papiers, coll. "Au singulier", 2022 ; Actes Sud audio (lu par Dominique Reymond, Maria de Meideros et Pierre-François Garel), 2022.
MÊME SI LE MONDE MEURT, Actes Sud-Papiers, 2023.

Récits

PARIS, MILLE VIES (prix Castel du Roman la Nuit), Actes Sud, 2020 ; Babel n° 1904.
TERRASSES. OU NOTRE LONG BAISER SI LONGTEMPS RETARDÉ, Actes Sud, 2024 ; Actes Sud audio (lu par Alysson Paradis et Pierre-François Garel), 2024.

Nouvelles

DANS LA NUIT MOZAMBIQUE, Actes Sud, 2007 ; Babel n° 902.
LES OLIVIERS DU NÉGUS, Actes Sud, 2011 ; Babel n° 1154.

Poésie

DE SANG ET DE LUMIÈRE, Actes Sud, 2017 ; Babel n° 1655.
NOUS, L'EUROPE. BANQUET DES PEUPLES, Actes Sud, 2019 ; "Les Ateliers d'Actes Sud", 2022 ; Babel n° 1776.

Littérature jeunesse (album)

LA TRIBU DE MALGOUMI, Actes Sud Junior, 2008.

LULU ET LE MACABOUC, Actes Sud Junior, 2023.

Beau livre

JE SUIS LE CHIEN PITIÉ (photographies d'Oan Kim), Actes Sud, 2009.

OUVRAGE RÉALISÉ
PAR L'ATELIER GRAPHIQUE ACTES SUD
ACHEVÉ D'IMPRIMER
SUR ROTO-PAGE
EN AOÛT 2024
PAR L'IMPRIMERIE FLOCH
À MAYENNE
POUR LE COMPTE DES ÉDITIONS
ACTES SUD
LE MÉJAN
PLACE NINA-BERBEROVA
13200 ARLES

DÉPÔT LÉGAL
1re ÉDITION : SEPTEMBRE 2024

N° impr. : 105248
(*Imprimé en France*)